터무니없는 스킬로 이세계 방랑 밥

2 군만두 ✕ 환상의 용

에구치 렌 지음
author - Ren Eguchi

마사 일러스트
illustration - Masa

이신 옮김

"맛있는 밥을 먹고 달을 바라보며
술 한 잔이라니, 꽤나 호사네."

문득 하늘을 올려다보니
둥글고 커다란 달이 떠 있었다.
일본에서 보던 것보다
훨씬 커다란 달이었다.

무코다

터무니없는 스킬
이세계 방랑 밥

2

군만두

환상의 용

에구치 렌 지음
author · Ren Eguchi
마사 일러스트
illustration · Masa
이신 옮김

목 차

9 × 장

4 × 한 담

1 × 번 외

다음 ▶

람베르트 씨의 상단과 함께 카레리나까지 가게 된 우리들.

람베르트 씨의 이야기에 따르면 카레리나 마을까지는 앞으로 이틀 정도 남았다고 한다.

참고로, 오랏줄에 묶인 도적들은 카레리나의 기사단에 넘기기로 했다.

도적 두목은 죽어버렸지만, 응전인 경우에는 도적을 죽여도 죄가 되지 않는 데다, 기사단에 보고하여 그 사실을 인정받으면 토벌 보수가 나온다고 한다. 살아남은 도적들도 기사단에 넘기면 현상금이 나온다는 모양이다. 이 도적들은 페르와 스이가 쓰러뜨렸으니 내가 그 돈을 받아야 한다고들 했다.

람베르트 씨는 도움을 받은 것만으로도 매우 감사한 일이니 부디 그렇게 해달라고 했고, 피닉스의 멤버들은 호위 임무의 책임을 다하지 못했으니 현상금은 우리가 받아야 한다고 이야기했다.

돈이 들어오는 건 고마운 일이니 감사히 받기로 했다. 도적을 줄줄이 끌고 가야 한다는 건 큰일이지만.

그러던 중에 작은 목소리로 대화하는 모험가들의 이야기가 귀에 들어왔다. 참고로 피닉스의 멤버는 모두 남자이며, 라슈 씨 정도로 덩치가 좋았다. 그래서인지 본인들은 작은 목소리로 이야기를 할 셈이라고 해도, 전혀 작은 목소리가 아니었다. 대화가 전부다 들리고 있거든요.

"저기, 리더가 저건 펜리르라고 하던데, 진짜일까? 소문으로는 그레이트 울프라고 들었는데."

"나도 잘 모른다고. 리더는 펜리르라고 하지만⋯⋯."

"전설의 마수가 사역마 같은 게 될까?"

"솔직히 말하면 나, 샌드라한테는 그레이트 울프라고 들었는데 말이지."

"샌드라라고 하면, 너랑 사이가 좋은 길드 직원인 그 샌드라 말이야?"

"그래. 그 왜, 모험가 길드 간에 전이 마법 도구로 편지를 주고받는다는 건 유명하잖아? 펜리르니, 그레이트 울프니 하고 연락이 오갔나 보더라고. 샌드라네 길드에서는 설마하니 펜리르일 리 없다는 의견이 대부분이라, 그레이트 울프일 거라고 의견이 모아졌다는 모양이야."

"그런가, 보통은 그렇겠지."

"하지만 말이야, 우리 리더가 펜리르라고 단언했다고. 게다가 죽고 싶지 않으면 절대로 거스르지 말라는 말까지 했고⋯⋯."

"뭐 어느 쪽이든 우리로서는 상대가 안 될 거야. 그레이트 울프라고 해도 A랭크 마물이니까."

"그야 그렇지. 다행히 사역마라는 건 틀림없는지 얌전하니까, 괜히 건드리지만 않으면 괜찮을 거라고 생각하자고."

"그러게."

⋯⋯⋯⋯상황이 그렇게 된 거였구나.

전화도 없는 이 세계에서 페르의 소문이 어떻게 이토록 빠르게

퍼질 수 있는 건가 의아하게 여겼었거든. 전이 마법 도구라. 그런
게 있었구나. 모험가 길드 무서워.

그보다, 아무리 생각해도 페르 소문을 퍼뜨린 건 모험가 길드
직원이란 거잖아? 뭐, 어디든 마찬가지겠지만, 조직의 구성원 중
에는 별별 사람이 다 있는 법이니까 할 수 없지.

그나저나 라슈 씨는 페르가 펜리르라고 확신하는 것 같았는데,
다른 멤버들은 그렇지도 않은 모양이다. 역시 어느 정도의 힘이
나 경험이 보는 눈을 만드는 것일지도 모르겠다.

페르가 펜리르라고 단번에 간파한 아이언 월의 베르너 씨 일행
은 C랭크의 모험가였고, 모험가 길드의 아저씨도 그럭저럭 랭크
가 된다고 스스로 말했으니 C나 B 정도는 되었으리라. 라슈 씨도
C랭크라고 했고.

피닉스의 다른 멤버는 아직 20대 초중반쯤으로 보이기도 했고,
랭크도 D와 E라고 했었지. 그런 점을 생각하면, 펜리르라고 간
파할 수 있는 건 C랭크 정도부터인가……

일단은 그레이트 울프인 것으로 하고, 펜리르라고 간파한 사람
에게는 애매하게 반응해둘 수밖에 없으려나. 간파한 사람은 그
나름대로 역량이 있을 테고, 펜리르가 어떠한 마수인지 아는 만
큼 함부로 손을 대거나 하지는 않을 것 같으니까. 라슈 씨도 다른
멤버들에게 "죽고 싶지 않으면 절대로 거스르지 마라"라는 말을
해둔 모양이고 말이지.

제일 큰 문제는 귀족 무리와 국가일까? 차별이 없고 비교적 자
유로운 나라라고 해서 일부러 이 나라에 온 것이니, 이곳에서는

이상한 간섭이 들어오지 않았으면 좋겠다.

◇ ◇ ◇ ◇ ◇

해가 지고 마차가 멈추었다.

"오늘은 여기까지 하죠."

람베르트 씨가 그렇게 말하자 야영 준비가 시작되었다.

『어이, 낮에 한 약속은 잊지 않았겠지?』

어? 무슨 약속을 했었지?

『도와주면 저녁밥을 진수성찬으로 차려주겠다고 하지 않았느냐.』

아, 그랬지. 상황이 상황이다 보니 완전히 잊어버리고 말았다.

페르는 제대로 기억하고 있었구나.

"알았어, 알았어. 그럼, 뭐가 먹고 싶어?"

『스이, 튀김 먹고 싶어.』

『오, 지난번에 자네가 만들었던 그건가. 그거 좋은 생각이구나. 이 몸도 튀김이 먹고 싶다.』

페르도 스이와 같은 것으로 정한 모양이다. 나도 그때는 조금밖에 못 먹었으니까 좋은 생각이라고 본다.

그럼, 튀김을 만들어볼까요.

이번에는 진수성찬이라고 약속했으니까, 평소의 간장 베이스 맛과 소금 베이스 맛 두 종류를 전부 만들기로 했다. 고기도 블랙 서펜트와 코카트리스와 록 버드의 남은 고기를 전부 써주겠어.

간장과 소금으로 맛을 낸 튀김을 계속해서 튀긴다.

『주인, 먹어도 돼?』

"잠깐 기다려."

튀김을 접시에 담아서 페르와 스이에게 주었다.

『아, 지난번이랑은 다른 맛이 있어. 이것도 맛있다.』

오, 스이는 눈치챈 건가. 좋아해주니 다행이다.

페르는 아무 말도 없이 우걱우걱 먹고 있다. 저렇게나 허겁지겁 먹는다는 건 맛있다는 뜻이겠지?

그럼 계속해서 튀겨볼까…… 응? 아니, 어쩐지 람베르트 씨와 람베르트 씨에게 고용된 상단의 소년과 청년들, 피닉스의 멤버들이 우리 주변에 모여들어 있는데? 이쪽을 빤히 바라보고 있는 데다, 몇 명은 침을 흘리고 있잖아. 뭔가 무언의 압박이…….

아아, 예이예이, 알겠습니다.

"저기, 괜찮으면 드셔보세요."

튀김을 담은 접시를 내밀자 모두 기다렸다는 듯이 달려들었다.

"이거 참, 죄송합니다."

"그러게, 조른 것 같아서 미안하네."

"맛나다."

"맛있습니다, 맛있어요."

"이렇게 맛있는 건 처음 먹어봐."

역시 튀김은 인기가 좋구나.

그 이후로는 튀김을 끝없이 계속 튀겨야 했다. 페르와 스이 몫만으로도 큰일인데, 사람이 늘었으니 더 말할 것도 없다. 게다가 말이야, 슬프게도 이번에는 튀김이 하나도 남지 않았다고.

할 수 없이 몰래 인터넷 슈퍼에서 과자빵을 사 먹었다고. 젠장.

그 대신에 나는 불침번을 면제받았다. 페르가 결계를 쳐주는 덕분에 지금껏 망을 본 적이 한 번도 없었는데, 보통은 반드시 해야겠지.

"도와준 데다 맛있는 음식까지 먹게 해준 답례라고 하기에는 조금 그렇지만, 편하게 자라고."

피닉스의 멤버들이 그렇게 말해주었으니, 감사히 여기며 푹 자기로 했다.

"네놈들에겐 이거다. 더럽게 맛없는 휴대식량이지만, 먹을 게 있다는 걸 감사하게 생각하라고. 그리고 혹시라도 도망치려고 하면 바로 베어버린다."

첫 번째 불침번 담당인 라슈 씨는 우리가 잠자리에 들 무렵에야 겨우 도적들에게 먹을 것을 조금씩 나눠주며 위협을 해두었다. 역시 모험가, 가차 없구나. 하지만 자업자득이지.

낮의 참극 이후로 시간이 흐른 탓인지 조금 반항적인 태도인 놈들도 나오기 시작했기에 나도 위협에 힘을 살짝 보태기로 했다.

"우리는 잠을 자겠지만, 귀가 밝습니다."

페르 쪽을 보며 그렇게 말한다.

"잠이 들었어도 벌떡 일어나죠. 라슈 씨가 손을 댈 필요도 없이, 도망치려고 하는 사람은 갈기갈기 찢길 겁니다."

그 말을 마치자 도적들이 겁에 질린 듯 몸을 떨었다.

"그것도 그렇군. 너희 두목처럼 죽고 싶지 않다면 얌전히 있으라고."

위협이 먹힌 모양이니 괜찮을 것 같다.

이불을 꺼낼 수 없는 상황인지라, 오랜만에 망토를 두르고 자기로 했다.

이불을 좋아하는 스이가 조금 투정을 부렸지만 말이지. 도시에 도착할 때까지만 참으라고 말하자 기특하게도 『스이, 참을게』라고 대답해주었다. 아, 스이는 귀엽기도 하지.

내일도 스이가 먹고 싶어 하는 걸 만들어주리라 나는 마음속으로 맹세했다.

"어서 오십시오, 카레리나에."

람베르트 씨는 문을 통과하는 것과 동시에 나를 향해 그렇게 말해주었다.

밖에서 볼 때도 생각했지만, 카레리나는 꽤 커다란 도시였다. 람베르트 씨에게 물어보니, 레온하르트 왕국에서도 다섯 번째로 커다란 도시라고 자랑하듯 알려주었다. 아무래도 람베르트 씨네 집안은 카레리나에서 대대로 장사를 하고 있는 모양으로, 람베르트 씨는 자신이 나고 자란 곳이기도 한 만큼 카레리나를 정말 좋아한다고 역설했다.

도시에 들어오기까지 두 시간 가까이 줄을 서 있어야 했지만, 막상 문을 통과할 때는 비교적 쉽게 들어올 수 있었다. 카레리나에서 오랫동안 상점을 운영하고 있는 람베르트 씨 덕분일 것이다. 페르에 관한 것도 문지기 병사에게 잘 이야기해주었다.

"그럼 기사단 초소로 갈까요?"

도적들을 기사단에 넘길 때, 습격받았던 람베르트 씨와 피닉스 멤버들의 증언도 필요할 수 있으므로 우선은 함께 기사단 초소로 향하기로 했다.

기사단 초소는 문 바로 근처에 있었고, 도적을 넘긴 후 람베르트 씨와 피닉스 멤버와 나는 한 시간 정도 사정 청취를 받았다.

"각각 이야기를 들어보니 문제는 없는 것 같군. 도적은 요즘 들어 문제가 되고 있던 '흑견(블랙 독)'이라는 도적단이었다. 죽은 흑견의 두목, 자하르란 남자는 도적이 되기 전부터 꽤 나쁜 짓을 하고 다녔는지 현상금이 금화 30닢이나 붙어 있더군. 그걸 포함해서 토벌 보수는, 금화 45닢이다."

기사단장이라고 자신을 소개한 풀 플레이트 갑옷을 입은 40대 초반의 갈색 머리 아저씨가 그리 말하며 금화가 담긴 자루를 건네주었다.

도적이라고는 해도 사람의 목숨이 돈으로 바뀌는 세계로구나. 도적으로 전락한 자신들의 자업자득이기는 하지만, 어쩐지 찜찜한 기분이 들었다.

그 후에 람베르트 씨는 가게로 돌아가기로 했고, 피닉스의 멤버들은 모험가 길드에 의뢰 보고를 하러 간다고 하기에 그들을 따라가기로 했다.

고기 조달을 위해서도 우선은 모험가 길드에 가야 했으니까.

"그럼, 람베르트 씨. 나중에 가게 쪽으로 찾아뵙겠습니다."

"네, 기다리고 있겠습니다."

람베르트 씨의 가게는 가방, 지갑, 벨트, 나이프의 칼집 같은 가죽 제품을 팔고 있다고 하여 흥미를 느낀 나는 나중에 찾아가 보기로 했다. 스이의 정위치인 가방이 심하게 지저분해진 데다 꽤 너덜너덜해졌기 때문이다. 뭐, 공짜로 받은 거니까 말이지. 애초에 중고품이었으니 당연하다면 당연한 일이겠지만. 그래서 이번 기회에 튼튼한 가죽 가방을 구입하는 것도 괜찮겠다고 생각한 것이다. 물론 물건을 본 다음에 정하겠지만. 그리고 스이도 마음에 들어 할 경우에 말이지.

피닉스 멤버와 함께 카레리나의 모험가 길드에 왔다. 무척 어두워진 시간대인지라 창구도 그다지 붐비지는 않았다. 나는 피닉스 멤버가 줄을 선 창구 옆에 섰다. 내 쪽의 줄이 조금 더 빨리 줄어들어서 먼저 창구에 도착했다.

"실례합니다. 매입을 부탁드리고 싶은데요."

그렇게 말하고 모험가 길드의 길드 카드를 내밀었다.

"네, 매입 말씀이군요."

접수 담당 직원이 그리 말하며 내가 내민 길드 카드를 받아 들었다.

손에 들고 무언가를 확인하던 담당 직원의 표정이 어두워졌다.

"이거, 등록이 말소되었네요. 무코다 씨는 G랭크인데, 1개월 이내에 의뢰를 받지 않으셨던 건가요?"

…………앗, 일정 기간 내에 의뢰를 받지 않으면 모험가 길드에서 등록을 말소한다고 했었지. 아니 그게, 여러 가지 일이 있다 보니 완전히 잊고 있었어.

"실은, 이런저런 일이 많아서 그만……."

"G랭크는 기간이 제일 짧아서 종종 그런 분들이 계시답니다."

이야기를 들어보니, G랭크는 아무튼 의뢰를 닥치는 대로 수행해서 서둘러 F랭크로 올라가는 것이 일반적이라고 한다. 그렇게 하면 기간도 3개월로 늘어나고, F랭크에서는 그럭저럭 수입이 되는 의뢰도 받을 수 있기 때문이라고 한다.

에엑, 그런 거야? 나는 그런 이야기를 전혀 듣지 못했다고. 아니, 기간을 잊었던 내가 제일 잘못하긴 했지만.

"등록비를 다시 지불하면 문제는 없는 겁니까?"

마물 해체도 해야 하니까, 모험가 길드에 등록해두지 않으면 곤란하다고.

"네, 등록비 은화 다섯 닢을 지불해주시면 문제없습니다. 무코다 님은 현재 최저 랭크인 G랭크이니, 길드 카드도 그대로 사용하시면 됩니다."

"아, 전에 등록해두었던 사역마도 문제없는 겁니까?"

뒤에 있는 페르를 돌아보면서 접수창구 직원에게 물어보았다. 페르를 보고 창구 직원이 조금 놀라기는 했지만 "문제없습니다"라고 말해주었다. 그렇구나, 그럼 은화 다섯 닢 지불할게요.

나는 은화 다섯 닢을 지불하고 재등록을 했다.

"그리고 새로운 사역마가 있는데, 그 등록도 부탁드릴 수 있을까요?"

"새로운 사역마인가요?"

"네, 이 녀석입니다."

나는 가방에서 꺼낸 스이를 안아 들어 직원에게 보여주었다.

"스, 슬라임인가요?"

곤혹스런 표정을 짓는 접수창구의 아가씨. 스이를 우습게 보면 안 된다고. 다른 슬라임과는 다르게 우리 스이는 엄청나게 강하니까 말이지.

"특수 개체죠. 엄청 강합니다."

자랑하듯이, 아니, 대놓고 자랑했지만 창구 직원은 믿지 않는지 "네에" 하고 마음 없는 대답을 할 뿐이었다. 크으으으. 스이의 강함을 한번 봐야 하는 건데.

스이의 사역마 등록을 하고, 매매에 관한 이야기를 시작했다.

"매입에 관한 건, 오크와 기타 마물을 몇 마리 정도 부탁드리고 싶습니다."

"그렇다면 옆의 매매 창구 쪽을 이용해주시기 바랍니다."

역시 커다란 마물은 전용 창구가 따로 있는 건가.

"무코다 씨, 용건은 다 끝난 건가?"

말을 걸어온 것은 피닉스의 리더인 라슈 씨였다.

"네. 의뢰 기간을 잊어버리는 바람에 재등록을 해야 했습니다."

"그거 큰일이었군그래."

"솔직히 말하자면, 저는 모험가 일이 메인이 아니다 보니 그다지 열심히 하고 있지 않았거든요."

"그런가?"

"네. 아시는 대로 저희 사역마들은 대식가라서요. 일단 페르가 마물을 사냥해 오니까 그리 큰 문제는 아닙니다만, 그 사냥해 온 마물 해체가……."

"그렇군. 해체를 부탁하기엔 모험가 길드가 제일이지. 뭐, 무허가 해체업자나 정육점에 부탁하는 방법도 있기는 하지만, 그놈들은 그다지 신용할 수 없으니까 말이야. 무허가 해체업자는 바가지를 씌울 가능성도 있고, 일을 대강 하는 놈도 많거든. 정육점은 고기는 잘 다루지만 그 외에 가죽 같은 소재 취급이 엉성해. 우리로서는 고기보다 다른 소재 쪽이 비싼 경우도 있으니까. 그런 점들을 생각하면, 경험이 풍부하고 프로 의식도 높은 모험가 길드에 해체해달라고 하는 게 제일이지."

호오, 그런 건가. 무허가 해체업자나 정육점이라는 수단도 있었던 거구나. 그런 내용의 이야기를 들은 이상 그쪽에는 절대 부탁하지 않겠지만. 등록이라든가 번거롭기는 해도 모험가 길드에 부탁하는 게 역시 정답이었던 거로군.

"그래서, 무코다 씨는 마물 매매를 하려는 건가?"

"네. 이제 고기가 없어서요."

"아, 우리가 먹어버려서인가?"

뭐 그것도 이유 중 하나지만, 그냥 넘어가기로 하자.

"아뇨 아뇨. 거의 다 떨어져가던 참이었습니다."

"사냥해 온 거지? 어떤 마물인지 궁금하니 봐도 괜찮을까?"

라슈 씨가 페르를 보면서 그렇게 말했다. 피닉스 멤버라면 그다지 상관없으려나.

"괜찮습니다."

우리는 옆 매매 창구로 이동했다.

"매입 부탁드립니다."

"여어, 어디 보여주게."

여기도 파리엘의 모험가 길드와 마찬가지로, 매매 담당자는 모험가 출신인 것 같은 우락부락한 대머리 아저씨였다.

"오, 라슈 일행과 아는 사이인가?"

라슈 씨 일행과 대머리 아저씨는 가볍게 인사를 나누었다. 대머리 아저씨는 라슈 씨 일행, 피닉스 멤버와 잘 아는 사이인가 보다.

"저기, 잔뜩 있는데요……."

그렇게 말하자 창고로 안내해주었다.

"여기라면 문제없겠지. 꺼내보게."

그 말을 듣고 제일 먼저 꺼낸 것은 오크 제너럴×5였다.

"이, 이건 오크 제너럴이 아닌가……? 그것도 다섯 마리나……."

오크 킹도 이번에 처분할 생각이었는데, 이렇게 놀라는 걸 보면 그만두는 편이 좋겠다.

오크 킹은 한동안 봉인이다.

"그리고, 이것도 부탁드립니다."

꺼낸 것은 록 버드×3이다.

토종닭처럼 맛있는 록 버드 고기는 반드시 확보해두고 싶기 때문이다.

"로, 록 버드도 있는 건가……."

대머리 아저씨도 피닉스 멤버들도 엄청나게 놀라고 있다.

놀라고 있는 중에 미안하지만, 아직 더 있거든요. 이것만으로는 고기가 아직 부족하다. 페르와 스이라는 대식가가 있으니 말이지.

"다음은, 자이언트 도도랑 자이언트 디어."

어라? 다들 아연실색하고 있는데? 하지만 아직 더 있다고.

"그리고 머더 그리즐리랑 블랙 서펜트와 레드 서펜트. 이걸로 끝입니다."

오거는 못 먹는다고 했으니까 딱히 지금 꺼내지 않아도 괜찮을 테지.

그리고 메탈 리저드도 이름과 그 외양을 생각하면 먹을 수 있을 것 같지 않다.

그 외에 키마이라와 오르트로스는 꺼내놓으면 큰일이 날 것 같으니 영구 봉인이다.

"………………레, 레드 서펜트라고?"

너무 놀란 나머지 말을 잃었던 대머리 아저씨가 제일 먼저 부활하더니, 레드 서펜트를 확인하며 그렇게 말했다. 어? 꺼내면 안 되는 거였나?

"어디서 이런 걸 잡아 온 건가?"

날카로운 눈빛으로 묻는 아저씨의 모습에 살짝 기가 죽었다.

"저기, 제가 사냥한 게 아니라서……."

내 뒤에 엎드려서 하품을 하는 페르를 바라보며 그렇게 답했다.

"아, 그런가. 펜리르라면 가능한가……."

이 아저씨도 페르가 펜리르라는 것을 눈치챈 모양이다.

"그렇죠. 펜리르라면 레드 서펜트 정도는 별거 아닐 테죠. 더 높은 랭크의 마물도 문제없을 겁니다."

라슈 씨의 말에 움찔했다. 죄송합니다. 키마이라랑 오르트로스도 있습니다.

"분명 라슈 말대로군. 이 정도로 놀라선 안 되겠지."

정말, 죄송합니다. 키마이라와 오르트로스는 영구 봉인해두고 꺼내지 않을 테니 좀 봐주십시오.

"이 정도의 마물을 한 번에 보는 건 처음이야. 보통은……."

"나, 레드 서펜트 같은 거 처음 봤어."

"그런 얘기를 하자면, 나는 블랙 서펜트도 처음 봤다고."

"진짜, 대단하다. 게다가 무코다 씨가 이 정도의 양을 넣을 수 있는 아이템 박스를 갖고 있다는 것도 놀랍네."

라슈 씨 이외의 피닉스 멤버들이 부활해 그렇게 입을 모아 말했다.

"확실히, 이렇게나 넣을 수 있다니 대단하다."

"응응. 이 정도 양이 들어가는 아이템 박스를 가진 사람은 그다지 없을걸."

"좋겠다, 대용량 아이템 박스라니."

"무코다 씨, 우리 파티에 들어오지 않을래?"

아이템 박스에 관한 화제가 나오자 피닉스 멤버들이 그런 말을 꺼냈다.

헉, 크, 큰일 났다……. 고기를 우선시해서 정신없이 꺼낸 게 잘못이었나.

『크르르르르르.』

라슈 씨 이외의 피닉스 멤버들을 향해 페르가 이를 드러내고 으르렁거리며 위협했다.

위협을 당한 피닉스의 멤버들은 움찔하며 굳어졌다.

"어이, 너희들 입 다물어!"

라슈 씨가 안색을 바꾸며 다른 멤버들에게 소리를 질렀다.

"무코다 씨, 미안하네. 용서해주게. 위협하는 걸 멈춰주지 않겠나?"

"네……. 페르, 괜찮으니까 그만해."

그렇게 말하자 페르가 위협을 멈추었다.

"너희들 쓸데없는 소리 좀 하지 마. 알겠나?"

"""네."""

라슈 씨 이외의 피닉스 멤버들은 새파랗게 질린 얼굴로 고개를 끄덕이는 인형처럼 딱딱하게 고개를 끄덕였다.

다들 미안해. 하지만 아이템 박스에 관한 건 언급하지 말아줘.

아이템 박스에 관한 부분은 페르도 이미 알고 있었던 것이리라.

피닉스 멤버들에게는 미안하지만, 잘했어, 페르.

"어이, 미안하지만 이쪽 이야기를 해도 괜찮겠나? 이 정도나 되면 아무래도 시간이 좀 걸리겠어. 그러니까, 내일 하루 시간을 주고 모레면 괜찮겠는데."

아저씨가 쓴웃음을 지으며 예정을 알려주었다. 모레라……. 으음, 고기가 이제 없는데. 한 마리 분량이라도 고기가 필요하다. 오늘 저녁에 쓸 것과 내일 하루 쓸 고기는 어떻게든 확보하고 싶은 마음이다.

"저기, 한 마리만이라도 먼저 해체해주실 수 없을까요?"

"응, 한 마리?"

"네, 정확하게 말하자면 고기가 필요합니다. 지금, 꺼낸 마물들도 고기는 전부 제가 받아 갈 겁니다. 그 이외의 소재는 팔아도 괜찮지만, 고기는 꼭 필요해서요……."

힐끗 페르를 본다.

"아, 그렇군. 알겠네. 바로 한 마리 해체해주지. 어떤 게 좋겠나?"

다행이다. 그럼 뭐가 좋으려나? 으음, 그러니까…… 아, 저녁은 그걸로 할까? 그렇다면.

"록 버드로 부탁드립니다."

"알았네."

아저씨가 시원스런 손놀림으로 록 버드를 해체해간다. 역시 내장은 폐기 처분인 모양이다.

조금 아까운 기분이 들어 내장은 먹지 않는지 물어보았더니 이상한 표정으로 날 바라보았다.

여기에는 내장을 먹는 문화는 없는 모양이로군. 아쉽지만 지금은 어쩔 수 없지.

"아, 레드 서펜트도 먹을 수 있는 겁니까?"

레드 서펜트는 처음 가져온 마물이니 일단은 물어봐야지.

블랙 서펜트를 먹는 걸 보면, 괜찮으리라 생각하지만 말이야.

"그럼, 먹을 수 있지. 아주 고급 식재료라네. 우리 같은 서민들은 평생 먹어보지 못할 정도로."

어? 그, 그렇게나?

어떤 맛인 걸까. 블랙 서펜트도 맛있었으니까, 이거 엄청 기대되네.

"무코다 씨. 쭉 신경이 쓰였는데, 우리한테 먹게 해줬던 고기는 무슨 고기였던 건가?"

라슈 씨가 난처한 표정으로 그렇게 물었다.

"그러니까, 블랙 서펜트랑 코카트리스랑 록 버드, 그리고 자이언트 디어랑 머더 그리즐리였습니다."

그렇게 말하자 라슈 씨를 포함한 피닉스 멤버 전원이 입을 떡 벌렸다.

"고기가 꼭 필요하다고 하기에 설마 하기는 했지만…… 미안하네!"

""""죄송합니다!""""

라슈 씨와 피닉스의 멤버가 고개를 푹 숙였다.

"어? 자, 잠깐, 고개 드세요. 왜, 왜 그러세요?"

"그런 고급 식재료인 줄은 꿈에도 모르고, 우리가 잔뜩 먹어버려서······."

라슈 씨의 말에 피닉스 멤버들이 응응 하고 동의했다.

"평생에 한 번 먹을까 말까 한 고급 음식들을 먹었던 거구나, 우리······."

"그러니 맛있을 수밖에."

"그래, 전부 맛있었지."

"··········(맛을 떠올리고 있는지 아무 말 없이 몇 번이고 고개를 끄덕이고 있다)."

감동하고 있는 중에 미안하지만, 그것들은 전부 페르가 사냥해 온 거라 솔직히 공짜인 셈이거든. 고급 식재료라고 해도, 우리는 평범하게 늘 먹는 것들이니까 그렇게까지 감사하는 마음으로 먹지도 않고. 게다가 내가 산 건 조미료뿐이라, 내 주머니에도 거의 피해가 없으니까 말이지.

"정말 미안하네, 무코다 씨. 필요한 일이 있다면 개의치 말고 이야기해주게. 우리가 할 수 있는 일이라면 뭐든 할 테니."

"그렇게 신경 쓰지 않으셔도 괜찮습니다. 도적을 여기까지 끌고 오는 걸 도와주셨으니까······."

"아니 아니, 그런 고급 요리를 먹여줬으니 말이지."

"아닙니다. 아니에요. 도적을 여기까지 끌고 와주셨잖아요."

"어이, 그쯤 해둬. 해체 끝났다고."

아저씨, 나이스 타이밍. 록 버드 고기를 건네받았다.

"그럼, 내일모레 다시 오겠습니다. 잘 부탁드립니다."

"그래."

나와 피닉스 멤버들은 함께 모험가 길드를 뒤로했다.

"여기 모험가 길드는 좋네요. 페르와 함께 들어가면 보통은 웅성거리거나 빤히 바라보거나 하는데, 그런 게 없더군요."

화제를 바꾸기 위해 걸으면서 그런 말을 하자 "리더가 있었으니까"라는 반응이 돌아왔다.

"리더는 이 도시에서 이름이 꽤 알려진 모험가거든. 그 일행에게 시비를 걸 멍청이는 없다고."

호오, 그렇구나. 아는 사이가 되어 다행일지도.

"이 녀석 말대로 나도 이곳에서는 아주 조금 이름이 알려져 있지. 너무 여러 번 말하는 것 같지만, 무슨 일이 있으면 뭐든 이야기해주게."

"고맙습니다. 라슈 씨가 그렇게 말씀해주시니 마음이 든든하네요."

"다만 내일부터는 또 옆 마을까지 호위 임무를 가야 해서 2주 동안은 이곳에 없겠지만……."

아, 그렇구나. 하지만 그렇게 금방 곤란한 일이 생기지는 않을 거라고 보니까.

"이 녀석이 고집을 부려서 말이지."

"맞아 맞아."

"샌드라~."

"시끄러."

아, 길드 직원인 샌드라 씨를 만나러 가는 거구나……. 리얼충 폭발해버려.

"2주 동안은 없겠지만, 그 후에는 여기 있을 거야. 그러니 모험가 길드에 전언을 남겨두면 달려가겠네. 무슨 일 있으면 꼭 말해 줘."

그렇게까지 이야기해주다니, 고맙다. 라슈 씨도 의리가 있는 사람이구나.

……아, 중요한 일을 잊고 있었다.

"바로 부탁드리고 싶은 게 있는데, 사역마와 함께 묵을 수 있는 숙소가 있으면 가르쳐주시겠습니까?"

"그거라면, 이 길을 쭉 가면 '그리폰 둥지'라는 여관이 있다네. 거기를 추천하지."

"오, 그럼 거기로 가보겠습니다. 그럼 이만."

우리는 피닉스 멤버들과 헤어져 '그리폰 둥지'로 향했다.

오랜만에 침대에서 잘 수 있겠구나.

소개받은 '그리폰 둥지'에서 묵기로 결정했다.

그리폰의 영역 한가운데를 지나온 나로서는 좀 복잡한 기분이지만, 뭐 그저 이름일 뿐이니까. 여기는 사역마 동반으로 1박에 은화 여덟 닢이다. 전에 묵었던 숙소와 마찬가지로 건물 뒤편에 축사가 있는 모양이라, 페르는 그곳으로 이동하게 했다.

그럼 나는 일단 내가 묵을 방으로 가서 식사 준비를 해야겠다. 생각한 메뉴의 재료를 인터넷 슈퍼에서 사야지. 메인 요리는 원래대로라면 한 시간 정도 고기를 재워두어야 하지만, 록 버드 고기에 양념이 배기 쉽게 해두었으니 재워두는 시간이 조금 짧아도 괜찮을 터다. 그 사이에 숙소의 침대 위에 내 이불을 깔아둘까.

슬슬 페르한테 가지 않으면 이 방에 억지로 밀고 들어오겠지. 나는 가방에 들어간 후로 쭉 자고 있는 스이를 데리고 페르한테로 갔다.

"페르, 기다렸지?"

『너무 오래 기다렸다. 배가 고파서 견딜 수가 없다.』

"아, 미안. 하지만 조금 더 시간이 걸릴지도 모르는데."

『뭐라?!』

당장에라도 『크앙』하고 울 것처럼 비장감 넘치는 얼굴 하지 말라고.

조금 안되어 보였으므로, 인터넷 슈퍼에서 민치가스를 열 개 정도 사서 주었다.

『밥?』

아, 스이도 일어난 건가. 스이한테도 민치가스를 다섯 개 주었다.

"둘 다 일단은 이거 먹으면서 기다려."

자 그럼, 우선은 함께 곁들일 브로콜리부터. 브로콜리를 적당한 크기로 잘라서 물에 헹구고, 소금을 조금 넣은 뜨거운 물로 데친다. 데치자마자 물기를 제거하고 식힌다. 물에 담가 식힐 경우 수분기가 많아지므로, 물에 담가 식히진 건 좋지 않다.

어째서 브로콜리인가 하면, 물론 내가 좋아하기 때문이다. 브로콜리에 마요네즈를 뿌려 먹으면 맛있다. 나는 지금부터 만들 메인 요리에는 늘 이걸 함께 곁들여 먹는다.

그럼, 그 메인 요리는 무엇인가. 탄두리 치킨을 만들까 한다.

준비해둔 비닐봉지를 연다. 이건 방에 있을 때 미리 준비해둔 것이다. 비닐봉지에 플레인 요구르트, 간 마늘, 간 생강(둘 다 튜브에 담긴 것), 소금, 후추, 그리고 카레 가루를 넣어서 뒤적뒤적. 거기에 적당한 크기로 자르고 포크로 쿡쿡 찔러 구멍을 내둔 록 버드 고기를 투입하여 주물럭거린다. 그리고 잠시 방치해두었던 것이 바로 이거다.

재워두었던 록 버드 고기를 올리브유를 두른 프라이팬에 올려 껍질 쪽부터 굽는다. 양쪽 모두 알맞게 구워지면 완성이다. 접시에 탄두리 치킨을 담고, 옆에 브로콜리를 올린 다음 마요네즈를 듬뿍 뿌리면 끝.

"다 됐어."

기다리고 있었다는 듯이 페르와 스이가 달려들어 먹기 시작했다.

『이건 신기한 맛이 나지만 맛있구나.』

『응. 스이도 좋아, 이거.』

향신료가 잔뜩 들어간 카레는 이 세계에서는 미지의 맛일지도 모르겠다. 하지만 맛있을 거야.

나도 탄두리 치킨을 덥석 베어 물었다.

아, 맛나다. 이걸 먹다 보니 어쩐지 카레가 먹고 싶어지네. 카레는 가끔 이유 없이 먹고 싶어질 때가 있다니까. 그것도 공을 들여 만든 카레가 아니라 집에서 만든 카레가 먹고 싶어진다고. 내 경우에는 두 종류의 카레 루를 쓰는 것이 비법이다. 하나는 늘 쓰는 루를 절반, 나머지 절반은 새로 나온 루를 쓴다. 그러면 어쩐지 맛이 더 풍성해지는 것 같은 기분이 든다니까. 별거 아닌 비법이지만.

카레에 관한 생각을 했더니 점점 더 먹고 싶어졌다. 고기를 큼직큼직하게 썰어 넣고 카레를 만들어볼까? 페르도 스이도 대체로 뭐든 먹으니까 괜찮겠지. 불만이 나오면 따로 스테이크라도 구워주면 될 테고.

『주인 더 줘.』

『이 몸도.』

예이예이. 탄두리 치킨을 추가로 더 구웠다. 둘의 몫을 만들어 가며 나도 오랜만에 맛보는 카레 맛을 만끽했다. 물론 데친 브로콜리에 마요네즈를 뿌린 것도 맛있었다.

다음엔 꼭 카레라이스를 만들어야지.

방으로 돌아와 스이를 재운 다음, 앞으로의 일을 생각했다.

우선 어떻게든 해두고 싶은 것이 모험가 랭크다. 모험가 길드는 고기 확보를 위한 해체 작업 때문에 반드시 신세를 져야만 하므로 탈퇴는 생각할 수 없다. 하지만 지금의 G랭크로는 등록 말소까지의 기간이 한 달밖에 안 되니까 말이지.

여행을 하며 느낀 건데, 여행을 하다 보면 한 달은 생각보다 금방 지나가 버린다. 그러니 모험가 길드의 랭크를 이 도시에 있는 동안에 올려둘까 한다. 모처럼 안정된 레온하르트 왕국에 왔으니, 이 나라 이곳저곳을 여행해보고 싶은 마음이지만 서두를 필요는 없다. F랭크가 되면 기간이 3개월로 늘어난다고 하니 앞으로 여행을 할 때도 조금은 여유가 생길 것이다.

그런고로 여기서 열심히 해서 F랭크를 만들어두려고 한다. 다행스럽게도, 람베르트 씨와 피닉스 여러분과 아는 사이가 된 덕분에 의지할 수 있는 존재도 생겼으니까.

다만, 랭크를 올리려고 해도 지금껏 모험가를 메인으로 활동하겠다는 생각을 해본 적이 없기 때문에 어떻게 하면 랭크가 올라가는지를 잘 모르겠단 말씀. 그래서 내일 모험가 길드에 가서 물어볼 생각이다. 의뢰를 수행한 횟수 같은 것과 연관이 있을 것은 틀림없을 테니, 의뢰도 받아볼까 싶다. 지금은 약초 채취 의뢰 같은 걸 차근차근 수행하며 노력할 수밖에 없겠네.

괜찮은 걸까? 나, 모험가가 되고 싶은 게 아닌데 말이지.

아앗, 이런. 또 잊어버릴 뻔했다. 그거다. 여신(유감 여신)님께 공물을 바쳐야 한다. 잊어버렸다가 또 불평을 들을 뻔했네. 지금 바로 할 일을 하고 자자.

어디, 인터넷 슈퍼를 열고. 뭐가 좋으려나…… 지난번에는 양과자뿐이었으니까 이번에는 화과자로 해볼까.

우선은, 콩떡이랑 딸기 찹쌀떡하고 만주로 할까. 아, 밤이 통째로 들어간 만주도 있네. 이것도 하자. 그리고 경단 꼬치는 소스를 바른 거랑 단팥이랑 깨로 하고. 다음은 카스텔라랑, 아! 화과자라면 도라야키를 또 해도 괜찮겠다. 도라야키는 전에도 바친 적이 있지만, 그 여신이라면 불만을 가질 리 없지. 아, 그리고 마지막으로 양갱을 통째로 하나 해야지. 좋아, 이 정도면 됐겠지. 여신님에게 바칠 상품들을 계산하고 종이 상자 제단에 화과자들을 올려두었다.

"바람의 여신 닌릴 님, 공물을 받아주십시오. 신의 가호를 주셔서 감사합니다. 앞으로도 잘 부탁드립니다."

그렇게 말하자마자 머릿속에서 여신님의 목소리가 울렸다.

『오옷, 기다렸느니라! 더 늦어지면 신탁을 내리려 하던 참이었느니라!』

　저기, 지난번에 꽤 많이 줬잖아? 그거 벌써 다 먹은 거냐? 단 것만 먹으면 살찐다고요. 신도 살이 찌는지 어떤지는 모르지만.

　『이, 이이이이 몸 같은 신이 살찔 리 없지 않느냐. 이 몸은 어, 언제나 아름다우니라.』

　저기, 왜 말을 더듬으십니까?

　『시, 시시시시끄럽구나. 그 케이크니 푸딩이니 하는 게 너무 맛있는 탓에 사흘 만에 다 먹어버리거나 하지는 않았느니라.』

　여신님은 정말 유감스런 사람(신?)이로군요. 스스로 까발리고 있잖아. 글렀잖아.

　살찔 리 없다느니, 아름답다느니 하는데, 완전 의심스럽다. 말을 더듬는 걸 보면, 신도 과식하면 살찌는 모양이다. 그보다, 사흘 만에 그 양을 다 먹었다면 확실하게 살찌겠지.

　『크으으으읏, 그 이야기는 끝이니라. 그런 것보다도, 이번에는 어떤 단것을 준비했느냐?』

　응, 목소리만 들려서 다행이야. 고작 단 음식에 대체 얼마나 흥분하고 계신 겁니까. 여신님이 눈앞에 있었다면 몸을 쑥 내밀면서 달려들듯이 물어봤을 것 같잖아.

　『뭐라? 고작 단 음식이라고? 이 어리석은 놈! 단맛이야말로 지고이니라.』

　오, 오오, 그렇게 화내지 말라고. 그보다 전부터 생각한 건데, 완전히 내 생각 읽고 있는 거지? 그러지 말라고. 이거, 명백한 사생활 침해니까.

『흥, 뭐가 사생활 침해냐? 이 몸은 신이니라. 신 앞에 사생활 따위가 있을 리 없지 않느냐. 보려고 하면 네 생활 하나하나를 전부 볼 수 있고, 네가 생각하는 것도 손에 쥐듯 알 수 있느니라. 이 몸은 신이니 말이다. 대단하지 않느냐? 그러니 이 몸을 공경하도록 하거라.』

……그러하십니까. 대단하지 않느냐, 라고 자기 입으로 말하는구나. 정말로 유감스런 여신님이다. 가능한 한 생각을 읽는 건 그만둬 주십시오. 그리고 제 생활을 전부 지켜보는 것도요. 내 생활을 지켜본들 재미도 없을 거라고. 게다가 공경하라고? 그런 무리한 말 하지 말아주세요. 자신의 언동을 좀 생각해보시라고요. 단걸 엄청 좋아하는 유감스런 여신님.

『크으으으웃, 이 몸은 유감스럽지 않느니라.』

아, 예이예이. 그러시군요.

귀찮아질 것 같으니 화제를 바꾸자.

"저기, 이번에는 화과자로 준비해봤습니다. 제가 살던 나라의 과자입니다. 닌릴 님이 바라셨던 단팥빵과 도라야키 안에 들어 있던 검고 단 '단팥'이 잔뜩 들어간 과자입니다."

『뭣이라?! 그 '단팥'이 들어간 과자인 게냐? 그건 질리지 않는 부드러운 단맛이 참을 수 없이 맛있었느니라.』

역시 유감스런 여신님. 쉽군그래.

"보시는 대로, 도라야키도 또 준비해두었습니다."

『오오, 도라야키를 준비했느냐. 잘했구나.』

도라야키가 무척이나 마음에 드셨던 모양이다.

"그럼 받아주십시오."

『알았느니라. 바로 신계로 전송이니라.』

종이 상자 제단에 있던 화과자가 엷은 빛에 감싸이며 사라져간다. 지금까지는 그다지 자세히 본 적이 없었는데, 이런 느낌으로 전송되는 거구나.

『우오옷, 이번에도 잔뜩 있느니라. 아주 잘했느니라.』

그러니까, 우오옷이 뭐냐고 우오옷이. 정말 진짜로 유감스런 여신님이네.

『그럼 바로 도라야키를 먹겠느니라. 우물우물…… 우훗—— 도라야키는 여전히 맛있느니라!』

뭐야, 이번에는 우훗이냐. 하아, 딴죽 거는 건 그만두자. 어차피 유감스런 여신님이니까.

그럼 유감스런 여신님은 내버려 두고, 나는 이제 슬슬 자야겠다. 유감스런 여신님이랑은 더 이상 어울려줄 수 없으니, 서둘러 스이가 있는 이불 속으로 들어가자. 하아~ 역시 날 치유해주는 건 스이뿐이야.

어제에 이어 페르와 스이를 데리고 모험가 길드에 왔다.

아침 시간대는 붐비리라 생각하고 그 시간을 피해서 온 덕분에 금방 접수대에 도달했다.

"저기, 조금 문의하고 싶은 게 있습니다만."

"네, 무슨 일이신가요?"

"저기 말이죠, 저는 지금 G랭크인데, F랭크로 올라가려면 어떻게 해야 하나요?"

어, 이제 와서? 라는 느낌으로 한순간 놀란 표정을 짓기는 했지만, 접수창구의 직원 아가씨는 설명을 제대로 해주었다.

랭크를 올리기 위해서는 퀘스트를 성공시켜서 일정 포인트를 획득할 필요가 있으며, 거기에 C랭크보다 위의 랭크로 올라가기 위해서는 시험도 치러야 한다고 한다. C랭크 이상이 될 생각은 없으니 시험에 관한 건 괜찮겠지.

G랭크에서 F랭크로 올라가기 위해서 필요한 포인트는 100포인트지만, G랭크가 받을 수 있는 의뢰는 대부분 1포인트나 2포인트, 많아 봐야 3포인트라고 한다. G랭크는 모험가가 될 때까지의 훈련 기간에 해당하며, 그 사이에 모험가의 이런저런 것들을 배우는 모양이다. 모험가에 맞지 않는 자는 자연스레 탈락하고, 모험가를 생업으로 삼으려는 자는 그 기간에 다양한 것을 배워간다. 그런 이유도 있어 G에서 F로 올라갈 때 필요한 포인트는 높게 설정되어 있다고 한다.

과연, 그렇군. 그런 의미가 있었던 건가. 모험가로 등록할 때 그런 건 전혀 가르쳐주지 않았는데 말이지. 뭐, 모험가를 생업으로 삼을 생각은 없지만, 재등록하기도 했고 F랭크로는 올려두고 싶으니까 열심히 해봐야지.

"아, G랭크에서 F랭크로 올라가는 데는 빠른 경우 3개월, 보통은 반년 정도 걸립니다. 무코다 님도 열심히 해주세요."

뭐어? 그, 그렇게나 걸리는 거야? 모험가를 얕봤는지도 모르겠어……. 그보다, 빨라도 3개월이라니, 나는 더 걸릴 게 틀림없잖아? 이 도시에 장기 체재 결정이네. G랭크 등록 말소 기간이 1개월인 데다, F랭크로 올라갈 때까지도 꽤 시간이 걸린다고 하니, G랭크 모험가는 멀리 나가는 의뢰 같은 건 받을 여유가 없겠는데?

그 부분을 접수창구 직원에게 물으니 웃는다. 애초에 G랭크에게 멀리 나가야 하는 의뢰 같은 건 들어오지 않고, 특별한 사정이 없는 한은 G랭크 모험가가 F랭크로 올라가는 것을 내팽개치고 멀리 나가는 일도 없다고 한다. 그러니 모험가 길드에 맨 처음 등록한 도시에서 F랭크로 올라갈 때까지 의뢰를 해결해나가는 것이 보통이란다. 나 등록했을 때 딱 한 번 약초 채취를 하고 바로 여행을 떠났었다고. 안 되는 거였잖아~. 어제 접수창구의 아가씨가 "기간이 제일 짧다 보니 종종 그런 분들이 계시답니다"라고 말해줬지만, 마음을 써준 것이었는지도 모르겠다. 지금 들은 이야기로는, 모험가에 맞지 않는다고 판단하거나 특별한 사정이 없는 한은 F랭크로 올라갈 수 있게 의뢰를 수행하며 포인트를 모으는 것이 보통인 모양이니까.

하아, 뭔가 모르는 것투성이네. 모험가 길드에는 신세를 져야만 하니, 이건 열심히 할 수밖에. 가자, F랭크로.

바로 의뢰를 받기 위해 게시판을 살펴보았다.

접수창구 직원의 말대로 G랭크가 받을 수 있는 의뢰는 한정되어 있네. 의뢰는 도시 안에서 하는 잡무가 많았다. 의뢰서의 오른쪽 아래에 포인트가 쓰여 있다고 했었지…… 아, 있다. 잡무 의뢰로 획득 가능한 포인트는 전부 1포인트로군. 그 외에 G랭크가 할 수 있는 건 약초 채취. 이게 2포인트. G랭크에 토벌 종류의 의뢰는 거의 없지만 유일하게 고블린 토벌 의뢰만은 있었다. 이게 3포인트다. 으음, 미묘하네. 하지만 생각해보면 약초 채취가 제일 나을 것 같은데? 이걸로 하자.

약초 채취 의뢰서에 손을 대려 했을 때 페르가 염화로 말을 걸어왔다.

『고블린으로 해라.』

『뭐? 싫어. 그보다, 페르는 인간의 문자도 읽을 수 있는 거야?』

『이 몸을 누구라고 생각하는 것이냐? 오랜 시간을 살아온 이 몸에게 인간의 문자를 읽는 것 따위는 별것 아니다.』

예이예이, 그러십니까. 그래도 고블린은 각하.

약초 채취 의뢰서에 다시 손을 대자 『그러니까 고블린으로 하라고 했다』라며 페르에게서 염화가 날아왔다.

『그러니까 싫다고. 약초 채취 의뢰가 좋다고.』

『자네가 나누는 이야기를 들었다. 포인트라는 게 필요한 것이 아니냐? 그렇다면 포인트가 제일 높은 고블린으로 해야 하지 않겠느냐.』

『아니, 여기는 안전제일(차근차근)로 포인트를 벌어나가기로

39

하겠어.』

『무슨 말이냐. 그래서는 아무리 시간이 지나도 바다에 갈 수 없지 않느냐.』

뭐? 언제부터 바다를 향해 가는 게 목표가 된 건데?

『바다라니? 바다에 간다니? 나 그런 말 한 번도 한 적 없는데?』

『내가 가기로 정했다. 생각했더니 시 서펜트나 크라켄이 먹고 싶어졌다.』

뭐여 그게.

『그러니 자네는 서둘러 F랭크라는 게 되어야만 한다.』

그런 말을 한들 말이지. 고블린에 관해서는 안 좋은 추억이 있다고. 어느 분 덕분에.

『스이, 너는 어찌 생각하느냐? 산탄을 쏘며 싸우고 싶지 않느냐?』

페르의 염화에 스이가 가방에서 얼굴을 내밀었다.

『싸우는 거야? 스이 퓻퓻 쏘고 싶어.』

『이것 봐라. 스이도 이렇게 말하지 않느냐.』

크으으, 스이를 내세우다니.

『스이, 퓻퓻 쏘는 거 말고 약초, 여러 가지 약의 재료가 되는 풀을 찾으러 가자.』

『우으, 스이 아픈 거 낫는 약 스스로 만들 수 있으니까, 퓻퓻 하고 쏘는 쪽이 좋아.』

크읏, 그것도 그렇구나.

『스이도 이렇게 말하니, 이번에는 고블린 토벌 의뢰를 받아라.』

『고블린? 고블린이면 초록인 거? 스이, 고블린한테 풋풋 해서 해치울 거야.』

스, 스이?

『자네, 그만 포기해라.』

크으으으으으……. 져, 졌다. 즐겁게『풋풋 해서 해치울 거야』라고 말하는 스이에게 안 된다고는 말할 수 없다고.

나는 고블린 토벌 의뢰서를 게시판에서 떼어내 접수창구로 가져갔다.

고블린 토벌 의뢰를 수락한 우리는 도시 동쪽 숲으로 왔다. 접수창구의 아가씨에게 최근 동쪽 숲에 고블린이 자주 출몰한다고 들었기 때문이다. 고블린×5로 의뢰 달성이다. 보수는 은화 세 닢이며, 포인트는 3포인트 들어온다. 냉큼 고블린을 사냥해서 마을로 돌아가자. 응, 그게 좋겠다.

숲속을 걷고 있다 보니 바로 고블린 발견. 세 마리 있군.

『주인, 스이가 풋풋 해도 돼?』

"되고말고."

풋, 풋, 풋.

고블린은 스이의 산탄을 맞고 푹 쓰러졌다. 쓰러진 고블린은 세 마리 모두 배에 커다란 구멍이 뚫려 있었다. ……변함없이 대단한 위력이네.

"잘했어, 스이. 고블린을 해치운 증거로 귀를 가져가야만 하니까, 머리에 맞추면 안 돼. 알았지? 지금처럼 배 근처에 맞춰야 해."

『알았어.』

그렇다. 고블린을 토벌한 증거로 오른쪽 귀를 잘라 가져가야만 하는 것이다. 으으, 하기 싫어. 하지만, 그런 말을 하고 있을 상황이 아니니까……

나이프를 꺼내 과감하게 잘랐다. 잘라낸 오른쪽 귀는 여기 오는 도중에 잡화점에서 산 포대 안에 넣었다. 아, 기분 나빠.

기분을 전환하고 다음 사냥감을 찾으러 가자. 다시 고블린을 찾아 숲속을 뒤지고 다녔다.

『어이, 저기에 다섯 마리가 있다.』

그 말을 듣고 페르가 바라보는 방향으로 시선을 돌리자, 있었다.

『스이가 해도 돼?』

『기다려라, 스이. 이번엔 자네가 해보아라.』

예이예이. 여기는 숲속이니까 파이어 볼보다 스톤 배럿을 써야겠지?

좋아, 정신을 집중해서.

"스톤 배럿."

돌멩이(스톤 배럿)가 날아가 고블린에게 세게 부딪쳤다. 두 마리가 털썩 쓰러졌다. 남은 세 마리는 그다지 대미지를 받지 않았는지 "그갸그갸악" 하는 외침과 함께 곤봉을 휘두르면서 이쪽으로 달려들었다.

"스톤 배럿, 스톤 배럿, 스톤 배럿."

이쪽을 향해 오던 고블린들이 풀썩 쓰러졌다. 후우~ 겨우 쓰러뜨렸다. 스톤 배럿은 세 번 정도 동시에 쏘지 않으면 공격에 틈이 생기는구나. 주의하자. 숨이 끊어진 고블린의 오른쪽 귀를 엉거주춤한 자세로 잘라냈다. 이걸로 여덟 마리인가. 의뢰는 어찌어찌 완수한 모양이다.

"의뢰 달성을 위해 필요한 수는 다 채웠으니까, 그만 돌아가자…… 페르?"

페르에게 말을 걸었지만, 페르는 대답하지 않은 채 지면에 코끝을 대고 킁킁 냄새를 맡더니 멀리를 응시했다.

"왜 그래?"

『이 앞에 고블린 집락이 있다.』

"어? 집락?"

『간다.』

"간다, 가 아니거든. 안 갈 거야."

『무슨 말을 하는 것이냐. 고블린을 사냥하면 포인트라는 것이 모인다고 하지 않았느냐? 그렇다면 집락에 가서 고블린을 모조리 사냥하면 포인트라는 것도 잔뜩 쌓일 테지.』

그야 그렇지만 고블린, 아니, 특히 고블린 집락에는 엄청나게 안 좋은 기억이 있단 말이다.

『스이, 아직 더 싸우고 싶지 않느냐?』

『응, 스이 더 더 풋풋 쏘고 싶어!』

크으으, 이 자식 또다시 스이를 내세우는 거냐.

"저기, 스이. 이제 충분하니까 마을로 돌아가자."

『에이, 싫어. 스이 더 픗픗 쏘고 싶어. 주인, 제발.』

스이여, 너는 어째서 그렇게 전투를 좋아하게 되어버린 것이냐? 평소에는 귀엽게 푸들푸들 떨고 뽕뽕 뛰어다니며 나의 위안이 되어주면서.

『그렇다고 한다. 쓸데없는 저항은 그만두고 어서 내 등에 타라.』

크읏, 또 졌다.

『픗픗 할 수 있어? 만세!』

스이는 내 주변을 뽕뽕 뛰어다니며 기뻐하고 있다. 그리고 내 가슴으로 뛰어올라『주인 고마워 정말 좋아』라며 푸들푸들 떨었다. 크으, 스이 귀여워. 정말이지 전투를 좋아하든 어떻든 상관없어. 스이의 귀여움은 최강이라고.

『어이, 서둘러라.』

예이예이. 모처럼 스이의 귀여움을 만끽하고 있었는데.

스이를 가방 안에 들어가게 한 다음, 나는 페르의 등에 올라탔다.

◇ ◇ ◇ ◇ ◇

고블린들이 눈치채지 못하도록 하며 집락을 살펴보니, 당연하게도 고블린이 우글우글 있었다.

"어떡하지?"

『어떻게라니, 뭘 말이냐?』

"아니, 그러니까 이제 고블린 집락을 어떻게 공격할 생각이냔 말이야."

『그야 전과 같은 방법인 게 당연하지 않느냐.』

전과 같은 방법이라니, 그냥 덤벼들라는 거냐? 아니 아니 아니, 뭔가 작전 같은 걸 말이지.

『멍청하게 있지 마라. 간다.』

그렇게 말하자마자, 페르가 『크아―――앙』하고 포효했다. 역시 그렇게 나가는 거냐고.

페르의 포효에 고블린들이 일제히 이쪽을 보았다. 그리고 곤봉이나 검이나 도끼를 든 수많은 고블린이 이쪽을 향해 달려들었다.

『평소처럼 너희 주변에는 결계를 펼쳐두었다. 이 몸은 상위 고블린을 사냥하러 갈 테니, 피라미들은 자네와 스이 둘이서 처리해라.』

그렇게 말한 페르는 시원스레 달려갔다. 또 이렇게 되는 거냐 아―――앗.

『우와아, 초록이 잔뜩 있어! 주인, 풋풋 쏴도 돼?』

스이가 가방에서 기어 나왔다. 그래, 전과는 다르게 스이가 있었지.

"되고말고. 잔뜩 풋풋 해서, 여기 있는 초록인 것들을 나랑 스이 둘이서 전부 해치우는 거야."

『스이랑 주인 둘이서 해치우는 거야?』

"그래. 나랑 스이 둘이서 여기 있는 걸 전부 없애는 거야. 할 수 있겠어?"

『응, 할 수 있어. 스이, 열심히 할게.』

"그럼, 가자!"

『응.』

그 다음은 필사적이었다고. 아무튼 내가 쓸 수 있는 마법인 파이어 볼과 스톤 배럿을 쏴댔다. 스이도 종횡무진하며 산탄을 날렸다. 명중률이 엄청나서, 노린 사냥감에 백발백중이었다. 솔직히 말하면, 나한테 날아오는 건 아닌지 움찔움찔 했다. 그도 그럴게, 위력이 대단하다고. 하지만 그런 걱정은 전혀 할 필요가 없었고, 스이는 산탄을 적에게만 명중시켰다. 솜씨도 좋지. 계속해서 고블린에게 산탄을 맞추어 쓰러뜨린다. 나도 스이에게 지지 않도록 파이어 볼과 스톤 배럿을 쏴댔다고.

그런 느낌으로 전투는 한 시간도 걸리지 않고 끝이 났다.

"하아, 지쳤다. 겨우 끝난 건가."

『만세! 주인, 전부 해치웠어.』

스이가 뿅뿅 뛰며 기뻐했다.

이번에는 정신을 잃지 않았지만 나는 꽤 지친 상태였다. 반면 스이는 힘이 넘친다. 스이의 전력은 상당한 것이었고, 여기에 있는 고블린의 80퍼센트는 스이가 사냥한 것이었다. 새삼 생각한 건데, 스이 강하구나. 주변을 살펴보니………… 사체가 산더미. 그 표현이 딱 들어맞는 상황이었다. 주변 전체가 고블린의 사체로 채워져 있다.

『겨우 끝냈나.』

페르가 어슬렁어슬렁 모습을 드러냈다.

"페르 쪽은 괜찮았어?"

『이 몸 쪽은 아까 전에 끝났다. 고블린 킹과 고블린 제너럴, 고블린 메이지에 고블린 솔저가 있었다.』

예에, 그러십니까. 고블린 킹이 있었구나. 뭐, 이 정도 집락이라면 당연히 있겠지. 눈앞에 있는 것은 200 이상은 될 터인 고블린의 사체.

"하아, 귀 자르는 시간이 더 걸리겠네."

『귀를 잘라내는 건 자네밖에 할 수 없으니 어서 해라.』

예이예이, 알겠습니다. 그 후로는 묵묵히 고블린의 오른쪽 귀를 잘라냈다.

스이의 산탄에 맞아 좀비 영화의 좀비도 새파랗게 질릴 법한 모습이 된 고블린도 있었지만, 그곳은 보지 않도록 하면서 오른쪽 귀를 자르는 데 집중했다. 마음을 무(無)로 만든다는 건 바로 이런 뜻이구나 하고 깨달았다.

세 시간 가까이 걸려서 겨우 오른쪽 귀 잘라내기가 전부 끝났다. 세어보니 227개였다. 무시무시한 숫자네. 그러고 보니…….

"저기, 페르. 고블린 킹이나 다른 상위종은 마석을 갖고 있지 않았어?"

지난번에는 마지막에 정신을 잃었기 때문에 거기까지 생각이 미치지 못했었는데, 킹 정도라면 갖고 있을 것 같기도 하거든?

『고블린 킹 말이냐? 작지만 있었다.』

마석, 있구나. 좋아, 고블린 킹은 아까우니까 가지고 가자. 다른 건 잘 모르겠지만, 일단 가져가 볼까? 나는 페르가 쓰러뜨린 고블린 킹×1, 고블린 제너럴×3, 고블린 메이지×2, 고블린 솔저×7을 아이템 박스에 수납했다.

돌아갈까 하다가 주변을 보고 문득 생각했다.

"페르, 이 고블린 사체 그대로 둬도 괜찮을까?"

『뭐가 말이냐?』

"아니, 이렇게나 많으면 위생적으로도 안 좋을 테고, 마물이 몰려들지 않을까 해서."

『고블린 사체를 먹으러 오는 마물은 있을 테지. 그게 자연의 섭리다.』

"그건 그렇지만, 이만큼이나 있으면 몰려드는 마물도 엄청나지 않을까? 그중에 강한 마물이 있으면 성가신 일이 될지도 몰라. 여기는 도시와도 가까우니까."

『그 말을 듣고 보니 분명 그럴지도 모르겠구나. 그렇다면 태우는 편이 좋겠지.』

태운다고 해도 말이지, 이렇게나 많아서……. 게다가 숲속이니까 삼림 화재가 나기라도 하면 큰일이라고.

……아, 스이가 있잖아. 스이의 산으로 어떻게든 될 것 같은데?

"스이, 이 초록 놈들을 평소의 퓻퓻 하는 걸로 전부 녹여줄 수 있을까?"

『응, 있어. 이 초록 전부 녹여버려도 돼?』

"전부 하면 돼. 부탁해도 될까?"

『알았어. 하지만, 조금 기다려줘.』

그렇게 말한 스이가 부들부들 떨기 시작했다. …………어? 스, 스이?!

부들부들 떨던 스이가 갑자기 커졌다. 옆으로 2미터 반, 위로 1미터 반 정도는 될 것 같다. 페르보다도 살짝 클지 모르겠다. 『스이는 진화하고 있다』라는 페르의 말에 스이를 감정해보았다.

【이름】스이
【나이】1개월
【종족】빅 슬라임
【레벨】2
【체력】684
【마력】679
【공격력】668
【방어력】674
【민첩성】682
【스킬】산탄(酸彈), 회복약 생성, 증식

···········스이, 어느 틈에 빅 슬라임이 된 거니? 빅 슬라임으로 진화한 데다 레벨 2가 되었잖아. 게다가 스테이터스 수치가 엄청나게 수직 상승했고, 스킬도 늘었어. 증식이라고 되어 있는데, 어떤 스킬이지? 스이가 커다래진 것도 이 증식이란 스킬 때문인가?

"페르, 이 증식이란 스킬 본 적 있어?"

『없다. 원래 슬라임이란 건 어느 일정 레벨을 넘으면 분열한다만, 그뿐이다.』

음, 페르도 모르는 건가.

"스이, 진화해서 스이한테 증식이라는 새로운 스킬이 생긴 것 같은데, 그 기다래진 모습은 증식 스킬을 쓴 거니?"

『잘 모르겠어. 그치만 스이 커졌다 작아졌다 할 수 있는 것 같아.』

"커졌다 작아졌다?"

『저기 있지, 해볼 테니까 봐봐.』

커다래진 스이는 그렇게 말하고서 부들부들 떨기 시작했다. 스이에게서 작은 슬라임이 분열해 나오더니, 스이가 원래 크기로 돌아갔다.

『모두들, 초록 녀석들을 녹이고 와.』

분열되어 나온 작은 슬라임이 고블린 사체에 몰려들었다. 그리고 사체 위에서 퐁 하고 파열하더니 액체가 흩날렸다. 흩날린 액체는 산인지, 그 산이 순식간에 고블린의 사체를 녹여갔다.

마지막에는 고블린의 뼈도 남지 않았다. 그 광경에 나도 페르도 입을 떡 벌릴 수밖에 없었다.

"페르, 이런 거 본 적 있어?"

『오랜 세월을 살아온 이 몸이지만, 본 적 없다.』

스이, 그건 어떻게 된 거냐?

"스이, 그 자그맣게 분열한 건 뭐야?"

『우응, 그것도 스이야.』

"그것도 스이?"

『그러니까, 커다래지고 싶다고 생각하면 스이의 몸은 커다래질 수 있지만, 작아지고 싶다고 생각하면 그렇게 스이의 몸이 나눠져. 나눠진 건 잠깐 동안 스이랑 얘기할 수 있어. 시간이 지나면

얘기 못 하게 돼버려.』

저기, 증시이란 스킬로 커질 수 있고, 그 증시된 부분은 분열시킬 수 있다는 건가? 그 분열되어 나온 부분은 단시간은 통신 가능하지만, 장시간은 할 수 없다. 흐음흐음.

"그래서, 나뉘어 나온 부분은 어떻게 된 거야?"

그 점이 신경 쓰이거든.

『그러니까, 스이는 여기 있으니까 나뉜 애들은 시간이 한참 지나면 없어져버려.』

분열한 후 시간이 지나면 사라지는 건가. 분열체에는 수명이 있다는 거로군. 그것참, 뭔가 엄청난 스킬이네.

분열체에 수명이 있다고는 해도, 지금 상황으로 판단하기에 10분 정도는 되는 것 같다. 그걸 생각하면, 자기 자신은 멀리 있으면서 분열체에게 공격을 시키면 원거리 공격이 가능해지고, 기습 공격 같은 것도 손쉬워질 터다. 게다가 분열체에게 스이 특제 포션을 만들게 하면 생산성이 무척 높아지리라.

"어쩐지, 스이가 점점 강해져가네……."

『그렇구나. 하지만 강해진다고 해서 문제 될 건 없다.』

그야 그렇지만 말이지.

『주인, 배고파.』

『음, 그렇구나.』

아, 두 먹보 캐릭터가 슬슬 그 말을 할 때가 됐다고 생각했었어.

"그럼, 여기서는 먹을 마음이 들지 않으니까 조금 떨어진 곳에서 식사하자."

아무리 그래도 고블린 사체가 있던 곳에서 식사할 마음은 없다고. 그런고로 스이는 가방 속으로 들어가고, 나는 페르 등에 올라타 장소를 옮겼다.

조금 이동했을 때 "이 부근이면 되겠어"라고 페르에게 말을 걸었다.

"좀 지쳤으니까, 바로 줄 수 있는 단과자빵이어도 괜찮을까?"

『뭐든 좋으니 어서 내놓아라.』

예이예이. 나는 인터넷 슈퍼에서 단과자빵을 구입했다. 늘 먹던 단팥빵과 잼 빵과 크림빵에 이번에는 메론 빵과 초코 소라 빵도 구입해보았다. 그리고 빵을 먹을 때 없어서는 안 될 캔 커피.

『이건 처음 보는군.』

페르가 눈썰미 좋게 메론 빵과 초코 소라 빵을 발견하고 말했다.

"네네, 종류별로 다 줄 테니까 기다려줘."

봉투를 열어 접시에 담고 페르와 스이에게 내주었다.

『이거, 맛있어.』

『음, 맛있군. 처음 먹어보는 것들도 제법 괜찮다.』

스이도 단과자빵이 마음에 든 모양이다. 페르도 멜론 빵과 초코 소라 빵이 마음에 들었나 보다. 나도 캔 커피를 한 손에 들고 단팥빵을 베어 물었다. 아, 맛있다. 지친 몸에 당분이 스며드는구나.

그건 그렇고, 고블린 토벌 의뢰가 어쩌다 고블린 집락 섬멸로 바뀌어버린 걸까. 하아~. 뭐 이걸로 100포인트 벌었으니 됐지만. 장기 체재를 각오했었는데, 하루 만에 끝나버렸다. 이게 뭐람.

바람의 여신 닌릴은 평소처럼 수경(水鏡)으로 하계라고 할까, 그 일행을 보고 있었다.

"늦느니라, 늦느니라, 늦느니라."

이세계인 놈, 좀처럼 이 몸에게 공물과 기도를 바치지 않느니라. 기다리다 지칠 무렵에 펜리르가 이세계인에게 화를 냈다. 잘 했다, 펜리르. 역시 이 몸이 가호를 받을 만하니라. 하나 이 몸에게 공물과 기도를 바치지 않은 이유가 "잊고 있었다"라니! 이 몸에게 공물을 바치고 기도를 올리는 신성한 의식을 잊다니, 정말로 어리석은 자로구나. 이세계인이 이제야 겨우 공물을 바치며 기도를 올리기 시작했다.

"오오, 드디어로구나. 정말이지 얼마나 기다리게 할 셈이냐."

이세계인이 "이쪽에도 여러 가지로 일이 있어서"라는 변명을 했다. 그건 거짓말이지 않느냐. 이 몸은 모두 간파하고 있느니라. 하지만, 이 몸은 관대하니라.

"흐응, 이번에는 용서해주겠으나 두 번 다시 이러한 일이 없도록 하거라. 너무 늦어지기에 몇 번이나 신탁을 내리려고 했는지 아느냐. 하나 이 몸 쪽에도 여러 사정이 있어서 그럴 수 없었느니라……."

정말로 몇 번이나 신탁을 내릴까 생각했던가. 그러나 예의 여신 동료와 전쟁의 신, 대장장이 신이 있단 말이다. 특히 여신 동료들은 뭔가를 눈치챘는지, 이 몸 주변에 신출귀몰하게 나타나는 상황이니라. 섣불리 신탁 같은 걸 내리면 들킬 위험도 있느니라.

이 몸도 세심하게 주의를 하지 않으면 안 된다. 아직 다른 신들에게 알려줄 수는 없으니 말이다.

이세계인이 여러 가지로 준비했다는 말을 하기에 공물을 살펴보았다.

"우오옷! 이, 이것은!!"

각양각색의 단것들이 잔뜩 있지 않느냐. 게다가 전부 다른 종류의 단것이니라. 장하니라, 장하니라. 무어라? 이세계인 녀석, 지나치게 많은가 생각했다고?

"무, 무슨 소리냐. 지나치게 많지 않다. 이게 좋으니라. 다음에도 이 정도를 바치거라. 명령이니라."

그러하니라. 지나치게 많지 않느니라. 이세계인의 말에 따르면 이 과자들은 생과자라고 하며 냉장 보관을 해야 하고 늦어도 내일까지는 다 먹어야 한다고 한다. 후후후, 그러나 이 몸에게 그런 건 문제가 되지 않느니라.

"알았느니라. 하나 이 몸은 신이니 냉장 보관도 시간 경과도 신경 쓸 필요가 없느니라. 매일 하나씩 즐길 것이니라. 우후후~."

우후후~ 우후후~ 우후후~ 기대되는 일이 있다는 것은 좋구나.

헉, 이세계인에게 이 말만은 전해두어야 하느니라.

"그럼 다음에도 이 정도 양으로 부탁하마. 절대 잊어서는 아니 되느니라."

우하하하, 단것이 이렇게나 잔뜩 있다니 훌륭하니라. 그럼, 바로 먹어볼까.

어·느·것·으·로·할·까나~. 좋아, 이것이니라. 붉은 과
실 같은 것이 얹어진 하얀 삼각형의 '딸기 쇼트케이크'라는 과자
니라. 어디 어디, 덥석. 우오옷, 이, 이건 엄청나게 맛있느니라!
안의 폭신폭신과 주변의 하얀 것이 엄청나게 잘 어울리는구나.
이 빨간 과실도 새콤하고 달콤해서 실로 좋구나. 우걱우걱우걱우
걱. 앗, 벌써 다 없어졌느니라.

조금 부족한 기분이드니, 하나 더 먹겠느니라. 다음은, 이거니
라. 둥글고 부드러운 '슈크림'이라는 것이니라. 어디 어디. 덥석.
우오옷, 주변의 부드러운 것 안에 노란빛이 감도는 달콤~한 것
이 정말 좋구나. 이건 좋다, 맛있느니라. 우걱우걱우걱우걱. 앗,
다 없어졌느니라.

아직 부족한 것 같으니 하나만 더 먹겠느니라. 이걸로 하겠다.
뭔가 특이한 모양을 한 '몽블랑'이라는 과자니라. 누르스름한 가
늘고 긴 것이 구불구불하게 빙빙 둘러져 있구나. 그 위에는 무슨
열매인가? 싶은 것이 얹어져 있느니라. 어디 어디, 덥석 우오옷,
누르스름한 가늘고 긴 것의 부드러운 단맛이 맛있지 않느냐. 위
에 얹은 열매 같은 것도 질리지 않는 단맛이라 정말 좋구나. 우걱
우걱우걱우걱. 앗, 이제 없느니라.

아, 아아아아아아니 된다. 조금씩 먹으며 즐기려고 생각했는
데, 세 개나 먹어버렸느니라. 차, 참아야 한다. 내일의 즐거움이
사라지고 마느니라. 내일 다시, 내일이니라.

카레리나의 모험가 길드 앞, 페르의 등에서 내려 페르와 함께 안으로 들었다.

　마침 모험가들이 길드로 돌아올 시간대와 딱 겹쳐서, 안은 모험가들로 혼잡했다.

　우리도 접수창구 앞에 줄을 섰다.

　『이걸로 F랭크라는 것으로 올라가게 되면, 내일은 바다로 갈 수 있는 것이냐?』

　페르의 염화다.

　『F랭크로 올라간다고 해도, 조금 더 이 도시에 체재할 거야.』

　『어째서냐?』

　『람베르트 씨라고, 그 도둑들한테서 구해줬던 상인 말이야. 그 사람 가게에도 가보고 싶어.』

　『그럼 내일모레냐?』

　『그렇게 재촉하지 마. 바다는 도망가지 않는다고.』

　『흠, 그러기는 하다만…… 사람의 도시는 너무 답답하다. 특히 지금 숙소의 잠자리는 좋지가 않다.』

　『아, 그 축사 말이지.』

　지금 묵는 숙소의 사역마용 축사는, 페르에게는 좀 좁은 느낌이었다. 페르가 들어가서 누웠을 때 아주 조금 여유가 있는 정도다. 지금까지 여행하는 동안은 하늘 아래에서 자유롭게 잤으니 더 좁게 느껴지리라. 좀 안쓰럽네…… 아!

『축사에 이불을 깔아줄까? 그러면 조금은 자기 편해질 거야.』

『그렇구나. 그렇게 해다오.』

『뭐, 기간이 그렇게 길어지지는 않을 테니까, 잠시만 참아줘. 그 대신 맛있는 밥 만들어줄게.』

『알았다. 맛있는 밥, 잊지 마라.』

예이예이. 그렇게 페르와 염화를 하는 사이에 내 차례가 되었다. 접수창구에 길드 카드를 건넨다.

"고블린 토벌인가요? 토벌 증명 부위인 오른쪽 귀는 가지고 오셨나요?"

"네. 저기, 여기 있습니다."

고블린의 오른쪽 귀로 빵빵해진 자루를 접수창구 직원에게 내밀었다.

"네? 아니, 이게? 어?"

미안. 놀란 것 같은데, 이게 전부가 아니야. 나는 이어서 마찬가지로 빵빵해진 자루를 세 개 내밀었다. 다 해서 네 개의 자루. 그 안에는 고블린의 오른쪽 귀가 총 227개 들어 있다. 그것참, 자루를 넉넉하게 사두길 잘했지 뭐야. 음, 창구 직원이 아무 말도 하지 않는데, 왜 그러지? 접수창구의 직원 아가씨는 네 개의 자루 안을 들여다보고 아연실색하고 있었다.

"저기, 괜찮으신가요?"

그렇게 말을 걸자 퍼뜩 놀라며 정신을 차린 접수창구 직원은 "잠시만 기다려주세요"라고 말하고는 어딘가로 가버렸다.

잠시 기다리니 직원이 돌아왔다.

"길드 마스터가 부르시니 따라와 주세요. 사역마도 함께요."

나는 고개를 끄덕이고 페르에게 『따라와』하고 염화를 보냈다.

길드 2층에 있는 길드 마스터의 방으로 들어갔다. 길드 마스터의 방인 만큼 다른 방보다는 넓어 보였지만, 페르가 들어가기에는 빠듯한 크기였다.

"나는 이 카레리나의 모험가 길드를 맡고 있는 길드 마스터 빌렘이라고 하네."

길드 마스터인 빌렘 씨는 백발이었고, 다부진 얼굴에는 잔뜩 주름이 새겨져 있었다. 얼굴을 본 느낌으로는 60대로 보이지만, 큰 키와 단단한 체격이 아직 현역이라 말하고 있는 듯한 할아버지였다.

"무코다라고 합니다. 잘 부탁드립니다."

길드 마스터에게 불려오다니, 고블린의 오른쪽 귀를 한 번에 그렇게나 가져온 게 잘못이었나?

"그쪽의 사역마는 펜리르가 틀림없군."

질문이라기보다 단정 지은 것을 확인하는 듯한 같은 말투에, 아무래도 길드 마스터쯤 되는 사람에게는 얼버무릴 수 없겠구나 생각했다.

"네. 펜리르인 페르입니다."

길드 마스터가 페르를 보며 감개무량하게 "설마 전설의 마수를 이 눈으로 보게 될 줄이야……" 하고 중얼거렸다. 역시 펜리르라는 사실을 알고 페르를 보면 엄청 놀라거나 그런 반응을 한단 말이지. 아, 사역마라고 하면 역시 스이도 소개해둬야겠지?

"저기, 페르 말고도 사역마가 있습니다…….."

가방 안에서 스이를 꺼내 안아 들었다.

"슬라임인 스이입니다. 특수 개체인지 다른 평범한 슬라임과는 다르게 엄청 강합니다."

"스, 슬라임이 말인가?"

"네."

길드 마스터의 질문에 강하게 긍정한다. 길드 마스터에게는 스이가 평범한 슬라임으로 보이는 모양이지만, 그건 틀렸어. 스이는 엄청 강하다고.

"어흠, 뭐, 뭐어, 펜리르를 사역할 정도이니 이런저런 비밀이 있겠지."

네, 그렇습니다.

"그럼, 일부러 이곳으로 오게 한 용건을 전하지. 왕궁에서 급히 연락이 왔다네. 간단히 말하자면 '우리 나라 안에서는 자유롭게 지내십시오. 저희 쪽에서 무리하게 참견하거나 하는 일은 절대 없을 겁니다. 국내의 귀족들에게도 그리 잘 일러두었으니 걱정하실 필요 없습니다. 다만, 무슨 일이 벌어졌을 때에는 부디 협력을 부탁드립니다'라고 하는군."

뭐? 자유롭게 지내도 된다고? 나라도 귀족도 손을 대지 않는다고?

"이 나라의 왕이라면 생각할 법한 일이지. 그는 완전히 실리를 취하는 타입이니까. 실제 문제로 너희들은 그다지 간섭을 받고 싶지 않겠지?"

"네, 뭐 그야……."

"그러니 섣불리 간섭하지 않고, 자유롭게 지내도록 하면서 이 나라에 머물게 하는 편이 좋다고 생각한 거야. 전설의 마수 펜리르가 이 나라에 있다는 것만으로도 적대국에게는 위협이니까. 그 펜리르가 사역 계약을 맺었다고 한다면 더할 나위 없지. 그렇게 자유롭게 내버려 두었다가 무슨 일이 생기면 부탁을 하겠다는 거다."

확실히. 사역 계약을 맺지 않은 상태라고 해도 페르라면 자신이 머무는 곳을 소란스럽게 하는 상대가 있을 경우 철저하게 없애버릴 것 같다.

뭐, 사역 계약을 맺었다고는 해도 그저 밥에 낚인 것뿐이지만. 그래도 부탁을 하면 어느 정도는 들어줄 거라고 생각하기는 해. 아니, 이렇게나 밥을 만들어주고 있으니까, 들어주겠지?

"으음, 감사한 이야기이기는 합니다만…… 페르, 그걸로 괜찮을까?"

『문제없다. 성가시게 굴지만 않는다면 우리로서도 좋은 일이니.』

"그렇다고 합니다."

"그런가, 잘됐군. 자네들이 이 나라에 있어주는 건, 우리로서도 감사한 일이야. 모험가 길드가 나라를 초월한 조직이라고 해도, 역시 같은 나라의 모험가 길드 쪽이 인연이 깊으니까. 이 나라의 모험가 길드로서도 자네들이 있다는 사실은 마음 든든하지. 그래서 상담 말인데……."

어쩐지 정색하고 그렇게 말하니까 무서운데.

"자네, 그 정도나 되는 고블린의 귀를 가져온 건 랭크를 올리고 싶어서겠지?"

아, 그거였구나. 그렇습니다. 뭐, 수가 그렇게 많아진 건 고블린 집락에 돌격하게 한 어떤 분 때문이지만.

"그렇다면 길드 마스터의 권한으로 C랭크까지 올려주지."

"네? 저는 지금 G랭크고, 이동이 잦은 형편이라 G랭크면 등록 말소 기간이 너무 짧아서 F랭크로 올려놓고 싶었던 것뿐입니다. 그런데 갑자기 C라니, 그래도 괜찮은 겁니까?"

G랭크에서 F랭크로 올라가려던 건데, 갑자기 C랭크라니. 그래도 되는 거야?

"그 점은 길드 마스터의 권한으로 아무 문제없네. 그보다도 펜리르를 사역하는 자가 G랭크로 있는 쪽이 문제지."

F랭크로 올라가려던 게 갑자기 C랭크가 되어버렸다. C랭크면 분명 반년은 의뢰를 받지 않아도 괜찮았지?

"C랭크로 올려주는 대신이라고 말하면 뭐하지만, 몇 가지 받아 줬으면 하는 의뢰가 있는데."

아, 이야기가 그렇게 되는 거야? 그런 거라면 C랭크로 올라가 지 않아도 되는데.

"저기, 그런 얘기라면 거절——."

『좋다.』

"페르?"

『자네가 올리려 하던 랭크라는 게 오른다는 뜻이겠지? 그렇다 면 좋지 않느냐.』

"아니, 그래도 말이지……."

『의뢰에 관한 거라면, 위험할 경우 내가 도와줄 테니 문제없다.』

"이야기를 나누는 중에 죄송하지만, 의뢰는 A나 S의 높은 랭크의 의뢰이니 실질적으로는 당신에게 드리는 의뢰가 됩니다."

길드 마스터가 페르를 향해 그렇게 말했다. 아, 그런 거구나. 다행이다.

"페르, 그렇다고 하는데. 어쩔래?"

『흥, A든 S든, 이 몸에게 불가능한 일이 있을 리 없다.』

"그렇다고 합니다."

"오옷, 그거 다행이군. 아니, 솔직히 높은 랭크의 의뢰는 어디든 쌓여 있는 상황이라네. A랭크나 S랭크의 모험가쯤 되면 그 수도 한정되어 있으니까. 그래도 긴급한 상황일 경우에는 높은 랭크의 모험가를 급히 소집하여 일을 맡기고 있기는 하지만, 그 이외에는 아무래도 말이지……."

뭐 확실히 높은 랭크의 모험가는 그 수가 한정되어 있을 테고, 모험가는 꽤 이곳저곳 이동하는 모양이니까 근처에 반드시 있다고도 할 수 없을 테지.

"그리고 부탁인데, 여행을 하는 도중이라도 가능한 한 마을에 들러서 이 모험가 길드에서처럼 높은 랭크의 의뢰를 받아주면 감사하겠어."

그야 언젠가는 고기가 필요해질 테니까 모험가 길드에는 신세를 지게 되겠지. 하지만 길드 마스터의 권한으로 C랭크로 올려준다고는 해도, C랭크로 A랭크나 S랭크 의뢰를 받을 수 있는 거야?

"C랭크여도 괜찮은 겁니까?"

"그래, 그건 문제없네. 이 나라의 각 길드에는 자네들에 관한 연락이 갈 테고, 의뢰도 길드 마스터가 직접 전달하게 될 테니 랭크는 관계없게 되네."

과연.

"페르, 괜찮겠어? 어차피 고기가 필요해지면 여행 도중에도 모험가 길드에 마물 해체를 부탁해야만 하는데."

『물론 당연히 괜찮다. 게다가 싸울 수 있는 건 이쪽으로서도 환영이다. 몸을 움직이지 않으면 둔해지니까.』

『스이도 싸울래.』

지금까지 얌전히 이야기를 듣고 있던 스이가 푸들푸들 떨며 염화로 그렇게 말해 왔다.

아, 네네. 스이를 쓰다듬어주며 진정시켰다.

"그럼, 괜찮은 모양입니다."

"오, 오오, 그거 고맙네. 바로 각 길드에 연락을 넣어두지. 이 나라에서는 모험가 사이의 다툼에 엄격하게 대응하고 있으니 괜찮으리라 보지만, 다른 모험가들이 쓸데없이 자네들을 방해하지 않도록 통보하라는 것도 함께 전해두지."

아, 그건 고맙네. 역시 길드 마스터. 뭘 좀 아시는군. 어쩐지 이걸로 단숨에 문제가 해결된 느낌이야.

"그럼, 부탁할 높은 랭크의 의뢰 말인데. 서둘러 의뢰를 추려서 내일 전달할까 하네만, 괜찮겠나?"

내일이라. 매매 쪽 일로 모험가 길드에 올 예정이기는 하지만,

람베르트 씨 가게에도 가고 싶고 상인 길드에도 가고 싶던 참인데. 하지만 길드 마스터는 이것저것 편의를 봐주려는 것 같고 하니, 여기는 우선 모험가 길드의 의뢰를 수행하도록 할까.

"알겠습니다. 저도 매매 관련으로 내일 다시 모험가 길드에 올 예정이니, 그때 다시."

그렇게 말하다 문득 떠올랐다. 이렇게까지 페르를 위해서 편의를 봐주고 하니, 아이템 박스에 영구 보존해두려 했던 마물이나 다른 마물(오크 킹과 블루 오거 등등) 등을 꺼내도 괜찮지 않을까? 하고 말이다.

"저기, 추가로 팔고 싶은 게 있는데 괜찮을까요?"

"응? 추가라고? 상관없는데, 무슨 마물인가?"

"그게 말입니다, 꺼내면 좀 소란이 벌어질까 싶어서 꺼내지 않았던 겁니다만, 길드 마스터께서 이렇게까지 페르에 관해서 편의를 봐주시는 걸 보니 꺼내도 괜찮지 않을까 싶어서⋯⋯."

"오오, 그 정도인가?"

"네, 실은 키마이라, 오르트로스가 있습니다. 그리고 오크 킹이랑 오거도."

"잠깐 기다리게. 지금, 키마이라와 오르트로스라고 말했나?"

길드 마스터가 심각한 얼굴을 하며 그렇게 물었다.

"네, 말했습니다만⋯⋯."

길드 마스터가 머리에 손을 얹으며, 그야말로 골치가 아프다는 느낌의 심각한 표정을 지었다. 어, 역시 안 되는 거였나?

"확인해보고 싶으니, 따라와 주겠나?"

스이를 안고 페르와 함께 길드 마스터의 뒤를 따라가니, 어제도 들렀던 창고에 도착했다.

"어이, 요한. 지금 시간되나?"

어제 만났던 다부진 대머리 아저씨다. 이름이 요한이었구나.

"길드 마스터, 이런 데까지 어쩐 일이십니까? 응? 당신은 어제……."

"요한, 미안하네만 입구의 문을 닫고 아무도 들어오지 못하도록 해주겠나? 그리고 여기에서 본 건 어디서도 말하면 안 되네."

길드 마스터의 말에 뭔가를 눈치챘는지, 요한 아저씨는 바로 입구를 닫았다.

"좋아, 이거면 됐겠지. 그럼 일단 전부 꺼내게."

길드 마스터의 말에 팔려고 생각했던 마물들을 전부 꺼냈다. 영구 보존하려고 했던 키마이라에 오르트로스, 그리고 오거×4에 블루 오거, 다음은 오크 킹과 메탈 리저드와 레이크 샤크에 오늘 고블린 집락에서 처리한 고블린 킹, 고블린 제너럴×3, 고블린 메이지×2, 고블린 솔저×7이다.

"이게 전부입니다."

길드 마스터와 요한 아저씨는 넋이 나가 멍하니 서 있었다.

"저, 저기……."

"아, 그래, 미안하네…… 하지만, 엄청난 광경이군…………."

죄송합니다. 쭉 묵혀뒀던 걸 꺼내고 말았습니다.

"……길드 마스터, 저, 키마이라와 오르트로스 같은 건 처음 봤습니다…………."

부활한 요한 아저씨가 그런 말을 툭 내뱉었다.

어, 저기, 역전의 모험가 같은 데다 모험가 길드 직원도 하고 있는 요한 아저씨도 본 적 없는 거야? 늦었지만, 역시 꺼내지 않는 편이 좋았을지도.

"나는 40년 정도 전에 딱 한 번 토벌된 오르트로스를 본 적이 있지. 그때는 분명 A랭크와 S랭크만으로 구성된 모험가 파티 셋이 달려들어 겨우 토벌했다고 기억하네."

A랭크와 S랭크만으로 된 모험가 파티 셋이라니……. 새삼스럽지만 페르는 정말로 전투력이 대단하구나. 본인은 전혀 신경 쓰지 않는지 지금도 엎드린 채 하품을 하고 있지만.

"아무래도 키마이라와 오르트로스는 매입해줄 수가 없겠네. 일단 그 정도의 자금이 이 길드에는 없거든. 그리고 블루 오거, 오크 킹, 메탈 리저드, 레이크 샤크만으로도 큰 소란이 될 걸세. 그런 상황에 키마이라와 오르트로스 같은 건 무서워서 넘겨받을 수가 없네."

받기를 거부하시는 건가요? 역시 키마이라와 오르트로스는 영구 보존인가. 어쩔 수 없지.

"그럼 그 이외의 것들은 매입 부탁드립니다."

거부당한 키마이라와 오르트로스는 다시 아이템 박스 안으로.

"설마 블루 오거를 이 손으로 해체하는 날이 올 줄은……."

요한 아저씨가 진지한 말투로 그리 말하기에 이야기를 들어보니, 블루 오거라는 것은 오거의 특수 개체로 보통 오거보다 몇 배나 강한 S랭크의 마물이라고 한다. 페르, 그런 걸 잡아 온 거였냐.

무서운 아이로군.

그리고 조금 전 길드 마스터가 큰 소란이 될 거라고 했던 마물에 관해서도 물어보았다. 오크 킹은 A랭크 마물이기는 하지만, 오크 킹을 토벌할 때는 그 주위에 반드시 수백의 오크도 함께 있기 때문에 그 점을 생각하면 한없이 S랭크에 가깝다는 평가를 받는다고 한다.

메탈 리저드는 A랭크 마물이지만 그 강철로 된 듯한 피부 때문에 물리 공격은 거의 듣지 않으며, 토벌할 때는 구덩이에 빠뜨려 불이나 물로 공격하는 것이 가장 좋은 방법이란다. 하지만, 그렇게 되면 마법사가 꽤 여러 명 필요하게 되므로, 긴급 토벌 의뢰가 들어오지 않는 한 메탈 리저드가 시장에 나오는 일은 일단 없다고 한다.

레이크 샤크는 S랭크로, 호수를 종횡무진 헤엄치는 레이크 샤크를 토벌하기란 거의 불가능하며, 레이크 샤크가 발견되는 것은 가뭄으로 호수가 말라붙었을 때 정도라고 한다. 페르, 너 그런 것만 사냥해 왔던 거냐. 정말이지, 진짜 무서운 아이라니까.

"이 고블린 킹, 제너럴, 메이지, 솔저는 오늘 그건가?"

길드 마스터가 그렇게 물었다.

"네. 고블린 집락이 있기에."

"역시 집락이 형성되었었나."

아무래도 동쪽 숲에서 고블린의 출현 횟수가 늘어난 것을 보고 집락이 생겼을 가능성을 우려하여 조만간 조사를 할 예정이었던 모양이다.

"이건 집락 토벌 보수를 치러야겠군."

아, 보수가 나오는 거야? 페르에게 억지로 끌려가서 한 것뿐인데, 따로 토벌 보수가 나온다면 러키일지도.

"그런 그렇고, 자네들만으로 고블린 집락을 쳐부수다니, 펜리르의 전투력은 정말 대단하군. 뭐, 키마이라나 오르트로스를 쓰러뜨릴 정도니 별거 아닌 일일지도 모르지만."

내 품에 얌전히 안겨 있던 스이가 길드 마스터의 그 말을 듣고 항의하듯 부들부들 떨었다.

『페르 아저씨 혼자 한 거 아냐. 스이도 풋풋 쏴서 엄청 많이 쓰러뜨렸어.』

스이를 쓰다듬으며 『그러게, 스이도 엄청 많이 쓰러뜨렸지. 스이는 참 대단해』라고 전해주었다.

"상위 고블린은 페르가 쓰러뜨렸지만, 보통 고블린은 여기 스이랑 제가 쓰러뜨렸습니다. 그렇게 말해도 제가 쓰러뜨린 건 아주 조금이지만요."

"호오, 그렇게 보이지는 않지만 자네 말대로 그 슬라임도 꽤 강하다는 말인가."

그럼요, 스이는 강한 데다 회복약도 만들 수 있는 만능이라고요.

"길드 마스터, 그 형씨한테는 어제 받아두었던 걸 내일 건네줄 예정이었는데, 지금 받은 것도 내일 함께 주는 걸로 하면 되겠습니까? 지금 받은 건 급히 서두르면 내일까지는 어찌어찌 맞출 수 있을 것 같습니다. 아니, 이런 걸 보고 나니, 장인 혼에 불이 붙어서요."

갑자기 의욕을 보이는 요한 아저씨.

잘 해체해주세요. 아, 머을 수 있는 고기는 저한테 주시고요.

"그렇다는 것 같으니, 내일 다시 와주겠나? C랭크 길드 카드도 준비해두고, 높은 랭크의 의뢰도 골라둘 테니."

"알겠습니다. 내일 다시 오겠습니다."

이걸로 나라나 귀족 같은 문제는 해결되었지만, 이번에는 높은 랭크의 의뢰인가.

뭐, 의뢰를 수행하는 건 페르지만 말이지. 페르에게는 최대한 열심히 해달라고 할 수밖에.

『어이, 배가 고프다.』

예이예이.

『그 말 잊지는 않았겠지?』

그 말?

『맛있는 밥을 만들어줄 테니 참으라고 말하지 않았었느냐.』

아, 맞다. 이 도시에 있는 동안은 그렇게 해주겠다고 말했었지.

『생각이 났느냐? 맛있는 밥, 어서 준비해라.』

예이예이, 그럼 숙소로 돌아갈까?

그럼 뭘 만들까? 라고 말해본들 고기는 록 버드 고기밖에 없거든. 으음, 가끔은 산뜻한 음식이 먹고 싶은데. 록 버드 고기로 만들 수 있을 법한 산뜻한 요리라고 하면 그거일까? 방방지.

하지만 그것뿐이면 페르가 불만을 말할 것 같으니 다른 요리를 하나 더 해야겠다. 간단하게 만들 수 있는 볶음 요리라도 만들자. 닭고기와 피망 볶음으로 할까? 나는 피망을 그다지 싫어하지 않으니까. 그 쌉싸름한 맛은 꽤 좋아한다. 페르에게 맞춰서 양쪽 모두 고기를 듬뿍 넣어서 만들어야 하겠지만.

우선은 인터넷 슈퍼에서 장보기다. 어디, 토마토에 오이, 다음은 피망이랑 파프리카. 파프리카는 노란색도 빨간색도 좋다. 음식의 색감을 살리려는 거니까. 그리고 중요한 그것과 그것을 구입하고, 다음은 문제 해결 기념으로 살짝 프리미엄 맥주도 구입했다.

좋아, 우선 방방지부터 해볼까. 록 버드의 가슴살을 술과 소금을 넣은 끓는 물에 삶는다. 삶은 고기를 식히는 동안에 토마토는 둥글게 자르고 오이는 채쳐둔다. 식은 록 버드 가슴살을 손으로 잘게 찢는다. 접시에 둥글게 자른 토마토를 나란히 놓고 그 위에 채친 오이를 얹은 다음 록 버드 가슴살을 듬뿍 얹는다. 그리고 마지막은 참깨 드레싱을 뿌리기만 하면 된다. 정식 방법은 아니지만, 참깨 드레싱은 맛있으니까. 참고로 매운맛을 더하고 싶을 때는 참깨 드레싱에 고추기름을 섞어도 좋다.

닭고기와 피망 볶음은, 우선 록 버드 고기를 포크로 푹푹 찔러서 구멍을 낸 다음, 한입 크기로 자른다. 그 고기에 술과 간장을 뿌려서 잠시 주물러주어 맛이 배게 한다. 피망과 파프리카는 씨를 제거하고 1.5센티미터 정도로 깍둑썰기(이 부분은 적당히 하면 된다) 해둔다. 기름을 두른 프라이팬으로 록 버드 고기의 양면을 알맞게 구운 다음, 피망과 파프리카를 넣는다. 피망과 파프리카에 어느 정도 열기가 가해지면 튜브에 담긴 굴소스가 포함된 조미료를 쭉 투입하고 골고루 섞어가며 잠시 볶아주면 완성이다.

이 조미료는 수프에도 볶음에도 쓸 수 있는 매우 중요한 물건이다. 튜브에 들어 있다는 점도 간단하고 편리해서 좋다. 발매된 이후로 쭉 상비해두고 있을 정도라고.

완성된 닭고기 피망 볶음을 접시에 담는다.

"다 됐어."

둘 다 내 뒤에서 기다리고 있었다.

『음, 고기만 있는 게 아니구나.』

"됐으니까 먹어보라고. 이거 맛있어."

『어디…… 우걱…………우걱우걱우걱우걱.』

응, 우걱우걱 먹는 걸 보니 괜찮은 모양이네. 스이는 이미 먹기 시작해서 『주인 맛있어』라며 염화를 보내왔다. 하아, 스이 귀여워.

나는 방방지와 닭고기 피망 볶음을 안주 삼아 프리미엄 맥주를 마시기로 했다. 우선은 맥주로 목을 적신다. 푸슉, 꿀꺽 꿀꺽 꿀꺽.

"푸하, 가끔 마시면 맛있구나."

방방지를 한 입. 응응, 맛있어. 참깨 드레싱이 산뜻하고 좋네. 그리고 맥주를 꿀꺽. 으으, 좋다.

닭고기 피망 볶음을 한 입. 닭고기라고 할까, 록 버드와 피망과 파프리카의 사각사각한 식감이 좋다. 게다가 간도 딱 맞다. 처음부터 맛있어지게 조합된 조미료인 만큼 혹 넣기만 해도 맛있어져서 좋다. 일본의 식품 회사에 감사, 또 감사.

그렇게 이런저런 생각을 하며 다시 맥주를 꿀꺽. 하아, 맛나다.

아, 밥을 안 지어뒀네. 빵으로 해야겠다. 어디, 방방지를 빵 사이에 넣어 먹어도 괜찮을 것 같은데? 어디 어디, 덥석.

"오, 이것도 괜찮네."

토마토 때문에 빵이 눅눅해질 거라고 생각했는데, 바로 먹으면 그다지 신경 쓰일 정도는 아니다. 응응, 괜찮네, 괜찮아.

여기서 또 프리미엄 맥주를 꿀꺽. 좋아, 좋아.

닭고기 피망 볶음과 방방지 샌드위치와 프리미엄 맥주 콤보를 즐기고 있으려니 곧바로 목소리가 들려왔다.

『한 그릇 더 다오.』

『스이도.』

예이예이. 나도 이제는 익숙해진지라 당황하지 않고 닭고기 피망 볶음과 방방지 샌드위치를 먹고 맥주를 마시면서 페르와 스이에게 줄 추가분을 만들었다.

"어때? 맛있는 식사였지?"

『그럭저럭이었다.』

페르 이 녀석, 그렇게나 먹어놓고 그럭저럭이라니, 정말이지.

『스이는 맛있었어.』

그랬구나, 그랬구나, 다행이네. 역시 스이는 솔직하고 귀엽구나.

"뭐, 내일은 고기를 또 받아 올 수 있으니까, 스테이크 구워줄게."

『고기를 구울 거라면, 늘 먹던 것으로 해라.』

예이예이. 페르가 마음에 들어 한 스테이크 소스 말이지?

나로서는 카레가 먹고 싶은 참이지만, 마을 안에서는 냄새가 말이지……. 카레를 먹을 수 있게 되는 건 조금 더 훗날일 것 같다.

그런 생각을 하고 있으려니 페르가 크아아 하고 하품을 했다. 먹을 걸 먹고 나니 졸린 모양이다.

"잘 곳에 이불 깔아줄게."

『그래.』

약간 좁은 축사에 페르 전용 이불을 깔아주자 페르가 그 위에 누웠다.

"그럼 우리는 그만 방으로 갈게."

이미 눈을 감고 있던 페르가 꼬리를 흔들어 대답했다. 무척이나 졸린 모양이다.

그럼, 우리도 쉬도록 할까?

◇ ◇ ◇ ◇ ◇

모험가 길드에 들어가자, 직원이 바로 길드 마스터의 방으로 안내해주었다.

물론 페르와 스이(평소와 마찬가지로 가방 안에 있다)도 함께다.

"그럼 우선 어제 이야기했던 C랭크 길드 카드를 주지."

은색 카드는 그냥 보기에는 지금까지 갖고 있던 F랭크 카드와 그다지 다르지 않는 것 같았다.

"뭐, 보기에는 그다지 달라지지 않은 것 같겠지만, 랭크가 큼지막하게 쓰여 있지. 일단, 랭크가 올라가면 새 카드가 발행되는 게 항례거든."

아무래도 F에서 B까지는 이 은색 카드지만, A와 S가 되면 금색 카드인 모양이다. 금색 카드는 A랭크나 S랭크 모험자라는 증거이며, 그걸 가진 모험가는 초일류라고 한다. 지금까지 카드 색이 달라지는 것조차 몰랐으니, 호오~ 다.

"다음은 자네가 가져왔던 물건의 정산일세. 좋은 마물을 유통시켜준 덕분에 모험가 길드로서도 꽤 이익이 될 것 같다네. 그래서 해체 비용은 서비스해주기로 했지."

우와, 해체 비용을 서비스해주다니 감사하네.

"우선 맨 처음에 가져왔던 마물에 대한 설명부터 시작하지."

레드 서펜트를 가져왔을 때의 그것들인가. 내역은 다음과 같다.

오크 제너럴 다섯 마리는 금화 12닢. 고기를 제외한 소재는 보통 오크와 마찬가지로 고환이지만, 더욱 강력한 정력제의 원료 중 하나라고 한다.

록 버드가 세 마리로 금화 24닢. 소재는 부리와 날개.

자이언트 도도는 마석을 가진 것이어서, 그것을 포함하여 금화 33닢. B랭크 마물이지만, 이번에도 마석이 있었던 모양이다.

자이언트 디어는 마석을 가지고 있지 않았기 때문에 금화 16닢. 뿔과 가죽의 가격이었다.

A랭크인 머더 그리즐리는 금화 87닢. 간, 발톱, 모피의 상태도 좋았고, A랭크의 마물인 만큼 마석이 있었던 데다가 그것이 커다란 마석이라 가격이 이렇게 높아졌다고 한다.

마찬가지로 A랭크인 블랙 서펜트는 금화 88닢. 매매로 나온 것이 오랜만이라 독낭, 간, 송곳니, 눈알, 가죽 등의 가격을 조금 높게 쳐준 모양이다. 이것도 A랭크이므로 마석이 있으며, 크고 질도 꽤 좋았다고 한다.

마지막으로 레드 서펜트가 금화 201닢, 레드 서펜트는 블랙 서펜트의 특수 개체로 같은 A랭크라고는 해도 블랙 서펜트보다 훨씬 강한 데다 성질도 거칠다고 한다. 그런 탓에 토벌도 매우 어렵고 모험가 길드에서도 몇 년에 한 번 볼 수 있을 정도로 귀중한 것인 모양이다. 소재는 블랙 서펜트와 마찬가지로 독낭, 간, 송곳니, 눈알, 가죽과 마석이지만 블랙 서펜트보다 훨씬 높은 가격이 되었다. 물론 마석이 컸던 것도 높은 값을 쳐준 요인이었지만, 가죽도 최고급 소재로 레드 서펜트 가죽으로 만든 가죽 제품은 가지고 있는 것만으로도 탐을 내는 상품이란다.

"그런고로, 맨 처음에 가져온 마물의 값은 합계가 금화 461닢일세. 아, 고기는 창고에 보관해두었으니, 돌아갈 때 그쪽으로 들르게."

…………

4, 461닢이라고요? 지난번에 팔았을 때보다 훨씬 큰 금액이야. 페르는 우리 주 수입원이구나. 뭐 제일 많이 먹으니까, 열심히 해주는 건 감사한 일이지. 게다가 스이도 지금은 이세계 쓰레기만이 아니라 평범한 식사도 함께 먹게 되었고 말이지. 응? 어째서 이세계의 쓰레기 이외에 평범한 식사를 하고 있느냐고? 평범한 식사는 스이의 『스이도 먹고 싶어』라는 한마디 때문에 주게 되었는데, 무슨 문제라도? 그 귀여운 스이에게 안 된다고 말할 수 있을 리가 없잖아? 정말이지~ 이제 좀 알 때도 됐잖아.

그런 연유로, 페르와 스이를 위한 고기는 잊지 말고 꼭 가지고 돌아가야 한다.

"다음은 추가로 가져온 마물에 관한 거네. 감사하게도, 이쪽은 거의 바로 사 가겠다는 곳이 정해졌어."

그리 말하며 길드 마스터는 싱글벙글했다. 아, 추가로 가져온 건 수익이 꽤 괜찮았나 보군. 어제 요한 아저씨가 한 말에 따르면 추가로 가져온 마물은 전부 높은 랭크인 것 같았으니까.

"그럼 추가로 가져온 분량의 내력을 설명하지."

오거 네 마리가 은화 160닢. 오거 고기는 맛없어서 못 먹고, 소재는 뿔과 가죽. 뿔은 여러 약제로 이용되기 때문에 고가로 거래되며, 가죽은 가죽 갑옷의 소재로 방어력도 높아 인기란다. 오거는 B랭크로, 아쉽게도 네 마리 모두 마석은 갖고 있지 않았다고 한다.

S랭크인 블루 오거는 금화 432닢. 오거의 특수 개체로 뿔도 그 자체가 어떤 비약으로서 귀하게 여겨지며 가죽은 물리와 마법 양쪽 모두에 대한 방어력이 높아 최고급 가죽 갑옷이 된다고 한다. 역시 S랭크, 꽤 크고 질 좋은 마석이 나왔다고 한다. S랭크의 마물은 한 마리만 해도 이렇게 어이없을 정도의 금액이 되는구나, 깜짝 놀랐다.

오크 킹은 금화 168닢. A랭크 마물로 고기도 최고급 식재인 모양이다. 길드 마스터가 어떻게 고기도 넘겨줄 수 없겠느냐는 말을 했지만, 정중하게 거절했다. 미안하구만. 고기 이외의 소재는 고환과 가죽과 마석. 오크 킹의 고환으로 만든 정력제는 반드시 아이가 생긴다고 하며, 후계자가 생기지 않아 곤란한 상황인 왕가나 귀족들에게는 몹시 탐이 나는 물건이라고 한다. 가죽도 물리 방어에 특화된 가죽 갑옷이 되므로 인기가 있단다. 또한 꽤 큰 마석이 나왔다고 했다.

메탈 리저드는 금화 169닢. A랭크이며, 고기는 독이 있어 먹지 못하는 모양이다. 소재는 그 이름대로 강철 같은 가죽과 이빨과 마석. 마석은 그럭저럭 큰 것이 나왔다고 한다. 가죽은 겉보기는 강철 같지만 가벼운 데다 물리적 방어에서는 더 뛰어난 소재가 없다고 할 정도라고 하며, 그 가죽으로 만든 갑옷은 A랭크나 S랭크의 모험가들에게 인기가 좋다고 한다. 이빨은 화살촉의 소재가 되는데, 관통력만을 두고 이야기하면 메탈 리저드의 이빨로 만든 촉이 제일이라고 한다.

S랭크인 레이크 샤크는 금화 468닢. 고기는 냄새가 강해서 먹지 않는다고 하며, 소재로는 이빨과 가죽과 마석이 쓰인다. 하지만 이 레이크 샤크는 마석만 채취한 다음에 그 모습 그대로 박제한단다. 이미 서로 구입하겠다며 귀족들의 신청이 폭주 중이라고 말하는 길드 마스터의 표정은 무척 흐뭇해 보였다. 레이크 샤크를 볼 수 있는 건 가뭄으로 호수가 말랐을 때 정도라는 말을 들었으니, 무척이나 보기 드문 마물이리라. 꺼낸 마석도 꽤 큰 편이라고 했다.

다음은 고블린들로, 킹은 아주 작은 마석이 있었고 그것이 금화 18닢. 그 이외의 고블린에게는 매입해줄 수 있는 소재가 없었다고 한다. 그 대신에 별도로 고블린 집락 토벌 보수가 나온다는 모양이다.

"그래서 추가로 가져온 마물의 매입가는 총 금화 1,415닢이야. 그리고 고블린 집락의 토벌 보수로는 금화 70닢. 맨 처음에 가져온 것과 추가로 가져온 것, 그리고 고블린 집락의 토벌 보수를 다 합하면 금화 1,946닢이군."

길드 마스터가 척척척 테이블 위에 자루를 일곱 개 꺼내놓았다.

"대금화나 백금화는 쓰기 번거롭기 때문에 모험가에게 돈을 지불할 때는 모두 금화로 하네만, 그걸로 괜찮겠나? 응? 왜 그러지?"

…………아니, 막상 눈앞에 두고 보니 놀라고 말았다.

그, 그게 말이지, 이 자루에 들어 있는 거 전부 금화잖아?

"이, 이거, 그, 금화 1,946닢, 인가요?"

"그래, 그렇다네. 자루 하나에 금화 300닢씩 들어 있지. 아, 여기 이건 절반 정도인 146닢이 들어 있다네. 세어보겠나?"

나는 획획 고개를 가로저었다.

"다, 당치도 않습니다. 길드 마스터를 믿고 있는걸요. 다만, 아무래도 금화 1,946닢이라고 하니, 놀라서……."

설마 이런 거금이 되리라고는 생각도 못 했다고.

"아, 그런 건가. 그거라면 이해가 되네. 금화 1,946닢이라니, 이 길드가 시작한 이래 최고 금액이니까."

컥, 그, 그렇구나. 생각해보면, 이렇게 많은 마물을 한꺼번에 가져오는 녀석은 없으려나. 어쩐지 정말 죄송하네. 아이템 박스에 쌓아두다 보니 많아져서. 고기 때문에 곤란하기는 했지만, 돈은 그다지 궁하지 않았는데…….

솔직히 말하자면, 전에 마물을 팔고 받은 금화도 아직 잔뜩 남아 있는 데다, 얼마 전에 받은 도적 토벌 보수도 있단 말이지. 오늘 받은 것과 합치면 2,000닢이 넘는데.

금화 2,000닢을 넘는 소지금. 2천만 엔 이상의 현금을 갖고 다니는 셈이잖아. 나 지금까지 그런 거금을 가지고 다녀본 적 없거든……. 아니, 내가 벌어 온 게 아니기는 하지만. 거의 아무것도 안 했지. 이렇게 말하면 좀 그렇지만 사냥해 온 장본인인 페르도 그다지 고생한 것 같지 않고.

그게, 대부분이 인터넷 슈퍼(이세계)의 식재료를 먹고 활력이 넘친다고 말하면서 잠깐 사냥하러 다녀온 성과라고. 레이크 샤크에 이르러서는 마법 한 방을 날렸을 뿐이고. 고블린 때도 나와 스이가 평범하게 고블린들을 상대하는 동안에 금방 다 정리해버리고 뒤에 물러나 있었으니까.

뭐, 페르가 그만큼 대단하다는 거겠지만.

아무리 시간이 지나도 나에게는 먹보 캐릭터로만 보이는데 말이지.

금화가 가득 담긴 자루를 아이템 박스에 다 집어넣자마자 길드 마스터가 기다렸다는 듯이 말을 꺼냈다.

"그래서 이제 의뢰 쪽 얘기인데, 두 개 정도 부탁할 게 있네. 하나는 메탈 리저드 토벌이고 또 하나는 블러디 혼 불 무리 토벌

이야."

메탈 리저드는 안다. 모험가 길드에 조금 전에 판 참이기도 하니까.

블러디 혼 불이란 건 어떤 마물이지? 피에 젖은 뿔이라니 순해 보이는 이름은 아닌데. 불이라는 걸 보면 소 같은 마물인가? 피에 젖은 소…… 어쩐지 위험한 이름이야.

"우선 메탈 리저드 말인데, 여기에서 마차로 이틀 정도 간 곳에 파스콸산이라는 산이 있다네. 그 산기슭에 둥지를 튼 모양이야. 메탈 리저드가 있다는 건 파스콸산에 어떤 광물이 확실히 있다는 뜻이네만, 조사조차 할 수 없는 상황일세. 뭐, 이 영역에는 다른 광산이 있으니, 그렇게까지 곤란한 건 아니라 뒤로 미뤄뒀던 일인데, 광산이 늘어나는 건 좋은 일이니까 말이야. 이 의뢰의 토벌 보수는 금화 238닢이네."

그동안 쭉 의뢰가 나와 있었지만 좀처럼 수락하는 사람이 없었고, 보수를 조금씩 늘려보아도 받아들이는 자가 나타나지 않아 그대로 남아 있던 의뢰라고 한다.

메탈 리저드라면 괜찮을 것 같다. 어쨌든 전에 사냥했던 마물이니까. 페르가 말이지.

"다른 하나, 블러디 혼 불 말인데, 초급 모험가의 사냥터 중 하나인 서쪽 초원에 무리를 짓고 자리를 잡은 모양이야. 초급 모험가들로부터 어떻게 좀 해달라는 진정이 계속 올라왔지만, 그쪽으로 사람들이 오가는 것도 아니다 보니 이것 역시 뒤로 미뤄지고 말았지. 이쪽 토벌 보수는 금화 324닢이네."

이것도 메탈 리저드 의뢰와 마찬가지로 의뢰를 내놓아도 좀처럼 수락하는 자가 없었다……라는 이유인 모양이다.

설명을 들어보니 이 블러디 혼 불이라는 건, 코뿔소 정도의 크기로 성질이 거친 소인 모양이다. 무리에 다가간 자는 그 이름대로 두 자루의 날카로운 뿔로 꿰뚫어 제물로 삼는다고 한다. 블러디 혼 불 자체는 B랭크 마물이지만, 그 성질이 거칠다는 점과 무리 지어 행동한다는 점에서 토벌에는 B랭크나 A랭크의 모험가 파티가 넷 이상 필요하다고 한다.

그나저나, 무리에 접근하는 자를 두 개의 날카로운 뿔로 꿰뚫는다니, 이세계 소 무서웟.

"이 두 개의 의뢰, 받아주겠나?"

길드 마스터가 그렇게 물었지만, 의뢰를 받는 건 내가 아니거든.

"페르, 얘기 들었지? 받아들여도 괜찮겠어?"

『물론이다. 이 몸이 못 할 리 없지 않느냐.』

뭐, 그렇겠지.

"길드 마스터, 괜찮다고 하네요."

"그래, 그런가. 다행이군."

『블러디 혼 불인가. 그 고기는 꽤 맛이 좋다. 바로 가자.』

페르가 의욕 넘치네.

블러디 혼 불 고기는 맛있는 건가. 역시 쇠고기와 비슷하려나?

그럼 좋겠다. 오크도 맛있기는 하지만, 오랜만에 쇠고기가 먹고 싶으니까.

"이런, 미안하지만 메탈 리저드 쪽을 먼저 부탁하고 싶은데."

『음…….』

에구, 길드 마스터로서는 메탈 리저드를 우선하고 싶은 모양이다.

"자아, 길드 마스터가 이렇게 말씀하시니까 메탈 리저드 토벌 의뢰를 먼저 해치우자. 블러디 혼 불도 그 초원에 자리를 잡고 있다고 하니까, 금방 없어지거나 하지는 않을 거야. 그리고 즐거움은 뒤로 미뤄두는 편이 좋잖아."

『즐겁다니 뭐가 말이냐?』

"블러디 혼 불 고기를 구워서, 그걸 뿌려서 먹어보고 싶지 않아?"

『그거라니…… 아, 그거 말이냐?』

"그래, 맞아. 구운 고기에 자알 어울리는, 네가 좋아하는 그거."

『홋, 맛있겠구나.』

스테이크를 좋아하는 페르라면 낚일 거라고 생각했다.

"아, 길드 마스터. 블러디 혼 불 고기는 저희가 받아 갈 수 있을까요?"

"물론 두 의뢰 모두 토벌한 마물은 자네들 것일세. 다만 블러디 혼 불 고기는 고급 재료로 맛이 좋아 인기가 있으니, 절반은 길드에도 넘겨주었으면 하네. 매입 가격도 조금 더 얹어줄 테니, 가능하면 그리 해줬으면 좋겠군."

절반은 길드에 넘기고 나머지 절반이 우리 몫이 되는 건가. 괜찮을 것 같은데?

몇 마리 있을지 모르지만, 무리라고 했으니까 꽤 여러 마리 있을 테고. 게다가 한 마리가 꽤 큰 모양이니까. 대량의 쇠고기가 손에 들어오는 건 틀림없다.

『그럼, 메탈 리저드를 토벌하러 가자.』

"아니 아니, 기다려. 아무리 페르가 빠르다고 해도 지금 시간에 출발하면 다시 돌아오는 건 한밤중이 될 거야. 문도 닫혀서 도시 안으로 들어오지 못하게 되잖아. 그러느니 차라리 내일 아침 일찍 출발하는 편이 좋지 않을까? 그러면 저녁 무렵에는 돌아올 수 있을 테고."

『흠, 그런가?』

"그렇다고. 길드 마스터, 메탈 리저드 토벌은 내일 해도 괜찮겠습니까?"

"그거야 상관없지만, 하루 만에 끝낼 수 있겠나?"

"네? 아마도 그럴 거라고 생각합니다. 마차로 이틀 거리라면, 페르는 얼마 걸리지 않아 도착할 테고, 메탈 리저드 토벌 자체도 그다지 시간이 걸리지 않을 거라고 보는데…… 페르, 메탈 리저드 토벌하는 데 시간이 걸릴까?"

『흥, 그런 도마뱀 따위에 내가 애먹을 리가 없지 않느냐?』

"그렇다고 합니다."

"그, 그런가……. 그 메탈 리저드를 도마뱀이라 부르고, 애먹을 리 없다고 단언하다니. 펜리르에게는 우리가 가늠할 수 없는 압도적인 힘이 있다는 사실을 새삼 실감하게 되는군. 적대하지 않은 이 나라의 왕을 칭찬해주고 싶을 정도야."

길드 마스터, 그렇게 절절하게 말하지 말아주세요.

저는 그 펜리르와 하루 종일 함께 있거든요.

"그럼, 내일 아침 일찍 메탈 리저드 토벌에 나서겠습니다."

"그래. 미안하지만 부탁하겠네. 돌아오면 일단 길드에 말해주게."

"알겠습니다."

길드 마스터 방에서 나와 창고로 향했다.

고기를 잊으면 큰일이니까.

창고에 있던 요한 아저씨에게 대량의 고기를 건네받고 모험가 길드를 뒤로했다.

"아, 페르, 아직 시간이 있으니까 람베르트 씨 가게에 들렀다 가고 싶은데, 괜찮을까?"

『그 상인의 가게 말이냐?』

"그래. 돈도 손에 들어왔으니까, 새 가방을 사고 싶어."

그렇게 말하면서 나는 스이가 들어가 있는 천 가방을 쓰다듬었다.

『꽤 더러워졌군.』

"그렇지. 스이가 늘 드나드는 데다, 원래 이 가방도 중고였으니까. 그래서 큰 맘 먹고 새 가방으로 바꿀까 하거든. 람베르트 씨 가게는 가죽 제품을 취급한다고 하니까 가볼까 해."

스이에게도 들어가 있기 편한지를 확인 받고, 좋은 걸 사자.

조금 비싸다고 해도 타협은 하지 않을 거다. 다 스이를 위한 거니까.

"아, 페르도 뭔가 필요한 게 있으면 얘기해줘."

『이 몸에게 특별히 필요한 것 따위는 없다. 굳이 말하자면 맛있는 밥이다.』

너는 그것밖에 없구나.

"아, 목걸이 같은 거 좋지 않을까?"

『크르르르르. 이 몸에게 목걸이 따위를 채우려 한다면 물릴 각오를 해야 할 거다.』

"그, 그러지 마, 노, 농담이라고."

으르렁거리지 마. 그냥 말해본 것뿐이라고.

람베르트 씨 가게 앞까지 오기는 했는데, 생각한 것보다 크고 훌륭한 가게라서 살짝 주눅이 들었다. 마음을 다잡고 안으로 들어가니 마침 람베르트 씨가 있었다.

"오오, 무코다 씨. 어서 오십시오. 잘 오셨습니다."

"아, 안녕하세요. 페르도 함께인데, 괜찮을까요?"

"네, 그럼요. 들어오세요."

람베르트 씨의 가게는 넓어서 페르가 들어와도 여유가 있을 것 같았다.

페르는 가게 한쪽에 바로 드러누웠다.

"저기, 실은 가방을 새로 장만할까 하는데……."

"그렇습니까. 어떤 가방을 찾으시나요?"

"그러니까, 이 천 가방처럼 어깨에 멜 수 있고, 크기도 이 정도인걸."

그렇게 설명하자 "여기 이건 어떠십니까?"라며 어깨에 메는 가방을 몇 개 보여주었다.

모양은 메신저 백 같은 느낌으로, 전부 비슷비슷했다.

덮개 부분이 크고 폭도 꽤 넓어서 스이가 들어가는 데는 문제가 없을 것 같았다. 어깨에 걸치는 벨트 부분도 두툼해서 어깨에 파고들지도 않을 것 같다.

다음은 어떤 가죽을 썼는지 따져봐야겠지?

"이건 레드 보아 가죽을 쓴 겁니다."

어디 어디, 짙은 갈색의 부드러운 가죽이군. 쓸수록 길이 들고 멋있어질 것 같다.

"이쪽은 블러디 혼 불 가죽입니다."

아, 타이밍이 좋네. 곧 토벌하러 가게 될 마물이다.

이건 검은 가죽이다. 만져본 느낌은 레드 보아 가죽과 비슷하게 부드럽다.

하지만 이쪽이 조금 두툼한 것 같은데?

"그리고 이쪽이 자이언트 디어 가죽입니다."

자이언트 디어, 그 커다란 사슴인가.

이건 베이지에 가까운 갈색이다. 단단하고 질긴 가죽이었다.

쓰는 동안에 적갈색이 되어 멋이 살 것 같다.

"이쪽은 샌드 스네이크 가죽입니다."

밝은 모래빛으로 뱀 특유의 무늬가 예뻤다. 이건 가방보다 지갑 같은 작은 물건이면 더 어울리겠다.

"그리고 이게 제일 추천하고 싶은 블랙 서펜트 가죽입니다. 블랙 서펜트 가죽은 무두질해서 윤을 내는 공을 들인 데다 원래부터 높은 랭크의 마물인지라, 가격은 그만큼 비싸지만 무척 인기가 있습니다. 이 광택, 한번 보십시오. 훌륭하죠?"

오, 이게 그 블랙 서펜트라고?

칠흑색 가죽에 뱀 특유의 비늘 무늬가 있다. 샌드 스네이크 가죽과 다르게 윤기가 돈다. 척 보기에도 고급품이라는 느낌이다. 개인적으로는 이것도 작은 소품 종류면 좋을 것 같다.

"람베르트 씨, 물건이 전부 훌륭하네요."

"감사합니다. 전부 저희 가게의 직공들이 정성을 담아 만든 자랑하는 물건들입니다."

"그래서, 가격 쪽은 어떻게 되나요?"

"레드 보아 가죽이 금화 두 닢, 블러디 혼 불 가죽이 금화 다섯 닢, 자이언트 디어 가죽이 금화 네 닢에 은화 다섯 닢, 샌드 스네이크가 금화 여덟 닢, 블랙 서펜트 가죽이 금화 열일곱 닢입니다."

람베르트 씨가 비싸다고 말하기는 했지만, 블랙 서펜트 가죽은 많이 비싸구나.

샌드 스네이크도 비싸지만, 이건 산지가 이 나라 남쪽이라 이 도시까지의 운송비용이 들어서 이 가격이 된 것이리라. 그래도 이 뱀 특유의 비늘 무늬가 예뻐서 인기가 있을 것 같다.

블랙 서펜트와 샌드 스네이크 가죽은 지나치게 고급스런 느낌이 들어서, 평범하게 쓰는 가방으로는 좀 어울리지 않을 것 같다. 스이를 데리고 다니기 위해 매일 들고 다니는 가방으로 이건 좀……. 지갑 같은 작은 소품이라면 갖고 싶지만.

"레드 보아 가죽은 가격도 저렴한 편이고 평범하게 매일 쓰는 거라면 이걸 추천하겠습니다. 블러디 혼 불 가죽도 검은색이 특징적이고 가죽도 부드러워서 쓰기 편하죠. 어떤 기념으로 큰 맘 먹고 사는 거라면 이걸 추천합니다. 그리고 자이언트 디어 가죽은 처음에는 좀 딱딱하지만, 쓰면 쓸수록 부드러워지고 색도 짙어져가기 때문에 오래 이용할 생각이시라면 이걸 추천합니다."

그렇구나, 개인적으로는 자이언트 디어 가죽이 엄청 마음에 드는데. 하지만 스이가 들어가기에는 가죽이 너무 딱딱하겠지. 내가 쓸 거라면 자이언트 디어 가죽으로 하겠지만.

그런 점을 생각하면 레드 보아나 블러디 혼 불 둘 중 하나인가.

"람베르트 씨, 잠깐 스이를. 아, 제 사역마인 슬라임을 꺼내도 괜찮을까요?"

"슬라임이요?"

람베르트 씨가 어째서 슬라임을? 하는 기색으로 의아하다는 표정을 지었다.

"저기 실은……."

천 가방 안을 람베르트 씨에게 보여주었다.

"아, 그렇군요. 사역마를 넣기 위한 겁니까. 그렇다면 레드 보아나 블러디 혼 불 같은 부드러운 가죽 쪽이 좋을지도 모르겠군요."

"네, 저도 그렇게 생각하던 참입니다. 그래서, 그럼 본인이 있기 편한 쪽을 고르게 할까 해서요."

스이를 가방에서 꺼내 안아 들었다.

"스이, 스이가 들어가는 가방으로 어느 게 좋아?"

그렇게 묻자 스이가 내 품에서 뛰어 내려 재빠르게 움직이더니 레드 보아 가방 안으로 들어가 버렸다.

『스이, 이게 좋아.』

"아, 람베르트 씨, 죄송합니다."

"아뇨 아뇨, 괜찮습니다. 그럼 이쪽 레드 보아 가방으로 하시겠습니까?"

"네. 이걸로 부탁드립니다. 아, 그리고 나이프를 넣을 수 있는 칼집이 필요한데……."

허리 벨트에 찰 수 있는 타입의 칼집이 필요하다고 람베르트 씨에게 설명했다.

"아, 그런 거라면 이쪽에 이건 어떠십니까?"

람베르트 씨가 보여준 것은 자이언트 디어 가죽으로 된 벨트에 칼집이 달린 것이었다.

"이거 마음에 드네요."

딱 이런 게 갖고 싶었어. 이거 진짜 괜찮네.

"얼마인가요?"

"이건 버클에 세공이 되어 있어서 금화 여섯 닢입니다."

람베르트 씨가 말한 대로 자세히 보니 버클에 세공이 되어 있다. 이런 섬세한 공정이 들어가서 비싼 건가. 으음, 어떻게 할까.

수입도 있었으니, 사버릴까?

"이걸로 주세요."

"감사합니다."

그리고 람베르트 씨의 안내를 받으며 가게 안을 구경했다.

"아……."

그러다 샌드 스네이크 지갑이 눈에 띄었다.

이거 괜찮은데. 이 세계는 전부 금속 화폐를 쓰는지라, 그것들을 넣을 수 있는 손바닥 크기의 단순한 지갑이었다.

비늘 무늬가 조금 전에 본 가방보다 깔끔하게 들어갔다. 갖고 싶은데…….

"마음에 드십니까? 샌드 스네이크 가죽을 썼지만, 작은 사이즈라 금화 한 닢에 은화 다섯 닢입니다. 이 가죽은 특히 비늘 무늬가 예쁘게 들어가 있군요."

금화 한 닢에 은화 다섯 닢이라. 에잇, 사자, 사버리자.

"이것도 주세요."

계속해서 가게 안을 구경하다 보니 한쪽에 신발이 늘어서 있었다.

"여기서는 신발도 취급하시는군요."

"네, 가죽 제품이니까요."

신발이라…… 내 발을 쳐다보았다.

이쪽 세계에 왔을 때 신고 있던 체인점에서 산 싸구려 가죽 구두다. 이쪽 세계의 포장되지 않은 길이나 산길을 걷다 보니 무척 엉망이 되고 말았다. 인터넷 슈퍼에서 스니커를 사도 괜찮겠지만, 사람에 따라서는 알아챌 수도 있을 테니 이번엔 발 쪽도 이쪽 세계에 맞춰볼까. 금화 한 닢에 은화 다섯 닢인 레드 보아 가죽으로 된, 발목까지 오는 부츠도 구입하기로 했다.

"가방과 칼집이 달린 벨트, 지갑, 부츠까지 해서 금화 열한 닢입니다……만, 그냥 가져가십시오."

"네?"

그냥이라니, 어? 왜?

"무코다 씨는 생명의 은인이신 데다, 라슈 씨에게 들었습니다. 전에 주셨던 식사가 고급 고기였다고…… 설마 블랙 서펜트 고기와 록 버드 고기라고는 생각도 못 하고, 죄송했습니다."

"아뇨 아뇨, 그건 저희한테는 늘 먹던 것들인 걸요. 그보다, 이런 멋진 물건들을 그냥 받아 가는 건 죄송해서 안 됩니다."

"생명의 은인에게 돈을 받을 수는 없습니다. 다음에 물건을 사러 오실 때는 돈을 받겠지만요. 하하하."

"람베르트 씨, 고맙습니다. 그럼 말씀해주신 대로, 감사히 받겠습니다."

금화 열한 닢이 굳었다. 감사해라. 남도 도와줄 만하네.

"다른 이야기입니다만, 무코다 씨에게 조금 상담드리고 싶은 게 있습니다……."

람베르트 씨 정도 되는 상인이 나한테 상담이라니, 뭘까?

"블랙 서펜트 고기를 가지고 계시다는 건, 블랙 서펜트를 사냥하셨다는 뜻이겠지요?"

"네. 제가 아니라 페르가 한 거지만요."

그렇게 말하며 엎드려 있는 페르를 본다.

"혹시, 블랙 서펜트를 가지고 계시다면, 직접 저희에게 팔아주실 수 없겠습니까?"

이런, 지금 막 모험가 길드에 팔고 온 참인데.

"저기, 이미 모험가 길드에……."

"아, 그렇습니까. 아쉽군요. 아니, 그게 마물 소재에 관해서는 원래 모험가 길드를 통해서 구입하는 것이 기본입니다만, 지금은 어디나 블랙 서펜트 가죽이 부족해서 말이지요……. 길드를 통하지 않고 모험가에게 직접 산다는 행동은 모험가 길드에도 상인 동료들에게도 눈총을 받게 되는 일이지만, 소량이라면 그 정도는 눈감아 주기도 하는지라, 혹시 무코다 님이 가지고 계시다면 꼭 좀 팔아주셨으면 했던 겁니다……."

눈총을 받는 일이라는 걸 알면서도 나에게 이야기를 했다는 건, 그렇게나 블랙 서펜트 가죽이 부족하다는 건가?

"블랙 서펜트 가죽이 그렇게 부족한가요?"

"네. 블랙 서펜트 가죽 제품은 고가지만 인기가 높아 잘 팔린답니다. 하지만 최근 나오는 양이 적어지기 시작해서요."

그리 말하는 람베르트 씨의 얼굴이 어두웠다. 정말로 곤란한 모양이다.

"그래도 모험가 길드에서는 블랙 서펜트의 상위종인 레드 서펜트를 최근 입수한 모양입니다. 저도 일 관계상 레드 서펜트 가죽은 몇 번인가 본 적이 있습니다만, 그건 정말 한숨이 절로 나올 만큼 훌륭한 가죽이지요……."

람베르트 씨가 넋이 나간 듯한 표정으로 그렇게 말했다.

람베르트 씨, 말하기 미안하지만 그 표정은 기분이 나쁘네요.

"하지만 아무래도 레드 서펜트쯤 되면 저로서는 손을 댈 수 없죠. 정말 아쉽지만요. 이번 가죽도 브라우어 후작가가 상당한 금액으로 사 갔다고 들었습니다. 참으로 부럽습니다."

람베르트 씨, 미안합니다. 그 레드 서펜트를 모험가 길드에 넘긴 게 바로 접니다.

"무코다 씨, 혹시 블랙 서펜트를 사냥하시게 되면 꼭 저희에게 팔아주십시오. 모험가 길드보다 조금 더 값을 쳐서 사도록 하겠습니다."

부디 부탁한다며 람베르트 씨가 손까지 잡으면서 부탁을 해왔다.

"알겠습니다. 그런 얘기라면, 입수하게 되면 이쪽으로 가져오겠습니다."

그리고 구입한(최종적으로는 공짜로 받게 되었지만) 상품을 받아 들고 람베르트 씨 가게를 뒤로했다.

『스이, 새 가방은 어때?』

바로 새로 구한 레드 보아 가방에 들어간 스이에게 느낌이 어떤지 물어보았다.

『이거, 전에 것보다 좋아.』

『그렇구나. 그거 다행이네.』

편한 것 같아 다행이다. 가죽 가방을 새로 장만하길 잘했다.

『아, 그러고 보니 페르, 람베르트 씨 얘기 들었어?』

『그래, 그 검은 뱀에 관한 것 말이냐?』

『응. 블랙 서펜트가 눈에 띄면 가능한 한 사냥해줬으면 해. 부탁해도 될까?』

『좋다. 그 고기는 맛있으니까.』

『그러게. 겉보기와는 다르게 맛있었어. 닭튀김처럼 만들면 엄청 맛나지.』

『오오, 튀김인가. 그건 맛있었다. 그러고 보니, 빨강 뱀 고기가 있었지? 오늘은 그걸로 튀김을 만들어다오. 그리고 구운 고기도 먹고 싶다.』

아, 그 말을 듣고 생각났다. 레드 서펜트 고기는 최고급이라고 했었지.

『레드 서펜트로 튀김이라. 내일은 메탈 리저드 토벌에 나서니까, 기운 나게 호사를 좀 부려볼까?』

『튀김 만드는 거야? 스이, 튀김 엄청 좋아! 만세!』

스이도 먹고 싶다고 말하고 있으니, 오늘은 이제 튀김을 만들 수밖에 없겠네.

『하지만, 숙소에 돌아가기 전에 옷을 좀 사러 가고 싶으니까, 잠깐 옷가게에 들렀다 가자.』

수입도 생겼으니, 조금 사두고 싶다. 속옷이나 양말 같은 건 인터넷 슈퍼에서 살 수 있으니 괜찮지만, 옷은 아무래도 말이지. 위아래 세트로 된 운동복 같은 걸 살 수 있기는 하지만, 그걸 입으면 역시 눈에 띌 테니까.

그런고로 숙소로 돌아가는 도중에 옷가게에 들렀다. 가게 안을 이리저리 둘러보았지만, 염색 기술이 발달하지 않은 것인지, 모두 수수한 색에 비슷한 모양이 많았다.

결국 지금 입고 있는 것과 비슷한 셔츠와 바지를 세 벌씩 구입했다. 금화 두 닢과 은화 네 닢이었다.

 그럼 이제 숙소로 돌아갈까.

 숙소에 도착하자마자 바로 식사 준비를 시작했다.

 그럼, 페르가 요청한 튀김을 만들어볼까. 지금은 고기도 잔뜩 있으니까, 레드 서펜트 고기만이 아니라 여러 가지를 써볼까 한다. 그리고 양을 좀 많이 해서 언제든 먹을 수 있도록 아이템 박스에 넣어두고 싶기도 하니까.

 이번에도 간장을 베이스로 한 것과 소금을 베이스로 한 것, 두 종류를 만든다. 고기는 메인은 레드 서펜트, 그리고 블랙 서펜트와 록 버드와 자이언트 도도를 함께 써보기로 했다. 우선은 각각의 고기에 간장 베이스의 양념과 소금 베이스의 양념을 넣어 주물러준다. 그리고 잠시 시간을 두고 양념이 밸 수 있도록 해준 다음 기름에 넣어 바삭하게 튀겨낸다. 이번에는 더 맛있게 만들고 싶어서 두 번 튀기기로 정했다.

 우선은 메인인 레드 서펜트를 튀긴다. 처음은 저온인 기름으로 튀겨 안쪽까지 익혀준다. 그 다음에는 고온의 기름으로 겉을 바삭하게 튀긴다. 응, 노릇하고 바삭하게 잘 튀겨졌네.

 하나 맛을 볼까…… 바삭. …………맛있어————————엇!

 뭐야 이거. 겉은 바삭하고 안은 촉촉해. 게다가 씹히는 고기의 맛.

담백하지만 풍미가 있다고 할까, 간장 양념과 소금 양념을 하기는 했지만 고기의 감칠맛도 분명하게 느껴진다. 지금까지 먹었던 튀김 중에서 제일 맛있을지도.

『주인, 치사해. 스이도 먹고 싶어.』

『그렇다. 이 몸에게도 다오.』

아, 예이예이, 갓 튀긴 레드 서펜트 튀김을 접시에 담아서 둘 앞에 놓아주었다.

『이거, 엄청나게 맛있어!』

스이가 감격한 것처럼 계속해서 레드 서펜트 튀김을 먹어치웠다.

『음!!!』

페르로 말할 것 같으면 정신없이 튀김을 허겁지겁 먹고 있다.

『한 그릇 더.』

하하, 평소보다 훨씬 잘 먹는구나. 뭐, 그만큼 이 레드 서펜트 튀김이 맛있기는 하지. 역시 최고급 고기네.

그럼 계속해서 튀겨보도록 할까요. 레드 서펜트만 쓰면 금방 다 사라질 테니, 블랙 서펜트와 록 버드와 자이언트 도도 고기도 튀기자.

일단은 이 둘을 위해 계속해서 튀기고, 나는 나중에 느긋하게 즐기기로 하겠어.

둘을 위해 튀기고 내주고, 튀기고 내주고를 반복했다.

『후우~ 스이, 이제 배 빵빵해.』

『끄윽, 이 몸도다.』

후하하하하하, 이겼다. 예전의 과오를 반복하지는 않는다는 말씀.

둘이 먹는 양을 생각해서 아무튼 대량의 고기를 준비한 보람이 있었다.

그럼 이번에는 내가 먹을 몫과 보존해둘 몫을 튀겨볼까.

『응? 이 몸은 이제 더는 못 먹는다.』

"이건 내가 먹을 거랑 보존해둘 거야. 튀겨서 보존해두면 먹고 싶을 때 바로 먹을 수 있을 테니까."

『오오, 그거 좋은 생각이다. 잔뜩 만들어두도록 해라.』

예이예이. 말하지 않아도 잔뜩 준비해둔 고기는 다 튀길 생각이거든.

아, 맞다. 그리고 오크 제너럴 고기가 있었지. 페르가 구운 고기도 먹고 싶다고 해서 오크 제너럴 스테이크를 만들까 하고 썰어둔 것이다.

아, 아무리 페르라고 해도 더는 먹지 않을 테지. 아니, 이미 축사 이불 위에 누워 있네.

마침 기름도 있으니 잘라둔 오크 제너럴 고기는 돈가스로 만들까. 그리고 록 버드 고기로 치킨가스를 만드는 것도 좋겠다. 좋아, 그렇게 하자.

그리하여 대량의 튀김과 돈가스와 치킨가스를 튀겼다.

"후우, 겨우 끝났네."

대량의 튀김과 돈가스와 치킨가스를 아이템 박스에 넣어두고 한숨을 돌렸다.

이미 페르는 코를 골며 자고 있고, 스이도 가죽 가방 안에 들어가 쌕쌕 자고 있다.

후후후, 이제부터는 어른의 시간이다. 접시에 담은 뜨끈뜨끈한 튀김과 돈가스.

그리고 함께하는 프리미엄 맥주. 무려 인터넷 슈퍼에서 사서 차가운 그대로다.

차가운 맥주와 뜨끈뜨끈한 튀김과 돈가스는 최고의 조합이라고.

그럼………… 바삭. 쭈욱 넘쳐흐르는 육즙. 레드 서펜트 튀김, 역시 엄청 맛있네.

푸슉, 꿀꺽 꿀꺽 꿀꺽.

"크으~ 맛있어. 튀김과 맥주, 잘 어울린다."

다음은 오크 제너럴 돈가스를 먹어볼까. 돈가스 소스를 뿌려서.

바삭.

"오오, 이건 오크보다 맛있잖아."

보통 오크 고기보다 오크 제너럴 고기 쪽이 고기 맛이 분명하고 느끼하지도 않다. 여기서 다시 맥주를 꿀꺽 꿀꺽 꿀꺽.

"후우~ 돈가스와 맥주도 잘 어울리네."

문득 하늘을 올려다보니 둥글고 커다란 달이 떠 있었다. 일본에서 보던 것보다 훨씬 커다란 달이었다.

"맛있는 밥을 먹고 달을 바라보며 술 한 잔이라니, 꽤나 호사네."

그날 밤, 나는 동그란 달을 바라보며 맛있는 밥과 맛있는 술을 마음껏 즐겼다.

하아, 맛있다고 해도 너무 먹었느니라. 이세계인이 바친 과자를 사흘 만에 다 먹어버리다니, 이 몸의 크나큰 실수이니라. 이세계인 녀석, 어찌하여 이 몸에게 서둘러 공물과 기도를 바치지 않는 것이냐. 더 늦어지면 신탁을 내리는 것도 생각해보아야겠다. 수경을 들여다보며 그런 생각만 하고 있었느니라.

으음, 드디어로구나. 이세계인이 이 몸에게 공물과 기도를 바치려 하는구나.

"바람의 여신 닌릴 님, 공물을 받아주십시오. 신의 가호를 주셔서 감사합니다. 앞으로도 잘 부탁드립니다."

"오옷, 기다렸느니라! 더 늦어지면 신탁을 내리려 하던 참이었느니라!"

뭐, 뭐라? 이세계인 녀석, 단것만 먹으면 살이 찐다고?

"이, 이이이이 몸 같은 신이 살찔 리 없지 않느냐. 이 몸은 어, 언제나 아름다우니라."

그러하니라. 시, 신이 살찔 리 없지 않느냐. 이, 이이이 몸은 늘 아름다우니라. 다, 당연하지 않느냐. "왜 말을 더듬으십니까?"라고?

"시, 시시시시끄럽구나. 그 케이크니 푸딩이니 하는 게 너무 맛있는 탓에 사흘 만에 다 먹어버리거나 하지는 않았느니라."

그건 이 몸이 잘못한 게 아니다. 케이크와 푸딩이 너무 맛있었던 것뿐이니라. 이세계인 녀석 "살찔 리 없다느니, 아름답다느니 밀하는데, 완진 의심스럽다"라고? "사흘 민에 그 양을 다 먹었다면 확실하게 살찌겠지"라고?

"크으으으웃, 그 이야기는 끝이니라. 그런 것보다도, 이번에는 어떤 단것을 준비했느냐?"

그러하니라. 이번에는 어떤 단 음식인지, 그게 가장 중요하니라. 으으으으음?! 이세계인 녀석, 감히 그런 말을……

"뭐라? 고작 단 음식이라고? 이 어리석은 놈! 단맛이야말로 지고이니라."

단맛이야말로 지고, 그것은 불변이니라. 이 몸이 생각을 읽고 있다는 사실을 이세계인이 눈치를 챘구나. 생각을 읽는 건 사생활 침해라고?

"흥, 뭐가 사생활 침해냐? 이 몸은 신이니라. 신 앞에 사생활 따위가 있을 리 없지 않느냐. 보려고 하면 네 생활 하나하나를 전부 볼 수 있고, 네가 생각하는 것도 손에 쥐듯 알 수 있느니라. 이 몸은 신이니 말이다. 대단하지 않느냐? 그러니 이 몸을 공경하도록 하거라."

흐흥, 이 몸은 신이니라. 위대하니라. 뭐? 유, 유감스런 여신님이라고? 이 몸이 말이냐?

"크으으으웃, 이 몸은 유감스럽지 않느니라."

이 이세계인 놈이━━━━━잇.

"저기, 이번에는 화과자로 준비해봤습니다. 제가 살던 나라의 과자입니다. 닌릴 님이 바라셨던 단팥빵과 도라야키 안에 들어 있던 검고 단 '단팥'이 잔뜩 들어간 과자입니다."

뭐?! 무, 뭐라? '단팥'이 잔뜩 들어간 과자라고? 그건 좋다. '단팥'은 맛있느니라.

"뭣이라?! 그 '단팥'이 들어간 과자인 게냐? 그건 질리지 않는 부드러운 단맛이 참을 수 없이 맛있었느니라"

'단팥'을 떠올리니 군침이……. 앗, 아니 된다 아니 돼. 바람의 여신인 몸이.

"보시는 대로, 도라야키도 또 준비해두었습니다."

뭐라? 도라야키도 있는 것이냐?! 잘하였구나. 그럼 바로 신계로 전송이니라.

『우오옷, 이번에도 잔뜩 있느니라. 아주 잘했느니라.』

그래 그래, 이번에도 잔뜩…… 잘하였느니라, 잘하였느니라.

"그럼 바로 도라야키를 먹겠느니라. 우물우물…… 우홋── 도라야키는 여전히 맛있느니라!"

오랜만에 먹는 단 음식이니라. 맛있구나, 맛있구나. 이번에는 너무 많이 먹지 않도록 조심해야 하느니라. 이 몸도 알고 있느니라. 하나, 딱 하나만 더……. 그래, 이것으로 하겠느니라. '카스텔라'인가 하는 네모나고 위아래는 까맣고 사이는 옅은 노란색 과자이니라. 어디 한 입, 덥석. 우오옷, 폭신하고 진하고 부드러운 단맛이 참을 수 없느니라. 이것도 좋다. 좋구나. 우물우물 냠냠. 앗, 이제 없느니라.

조금 부족한 기분이 드는구나…… 앗, 아니 된다. 안 되느니라. 이래서는 지난번과 똑같지 않느냐. 우으으으으으, 지, 지금은 참아야, 참아야 하느니라————.

◇ ◇ ◇ ◇ ◇

봤——다, 다 봤——어. 저 애, 요즘 몰래 뭔가를 한다 싶더니,
이런 거였구나. 혼자서 맛있는 걸 먹다니 치사해~. 바로 여신 동
료들에게 알려줘야지.

제 4 장   여, 여신님……

아침 일찍 도시를 떠나 파스콸산을 향해 쉼 없이 달리고 있다. 물론 달리는 건 페르고, 나는 그 등에 올라타 있을 뿐이다.

스이는 가방 안에서 숙면 중이다. 밥을 먹을 때는 일어나서 페르와 함께 아침부터 오크 제너럴 스테이크를 어마어마하게 먹어치웠다. 배가 불러 졸려진 모양이다. 새 가방 안이 편하기도 한 모양이고.

『도마뱀이 있다는 산은 저것이냐?』

파스콸산이라고 생각되는 산이 보이기 시작했다.

"길드 마스터에게 들은 이야기로는, 저게 맞는 것 같은데. 페르는 메탈 리저드가 어디쯤 있는지 알겠어?"

『잠깐 기다려라………… 간다.』

페르는 그렇게 말하고 메탈 리저드가 있으리라 판단한 방향을 향해서 속도를 올렸다.

페르에게 들어보니 마물이 있는 대부분의 장소는 알 수 있는 모양이다. 페르쯤 되면 스킬에 관계없이 기척을 찾아내는 일도 가능해지는지 모르겠다.

『이제 곧 도착한다.』

그렇게 말한 페르가 속도를 낮추었다.

『저기다.』

나무 그림자에서 페르가 보는 방향으로 시선을 돌리니 동굴이

보였다.

"저기가 메탈 리저드 소굴인가?"

『아마도.』

"그래서, 어떻게 할 거야?"

『그런 건 뻔하지 않느냐.』

뭔가 안 좋은 예감이……. 그렇게 말한 페르가 나를 태운 채 동굴로 달려 들어갔다.

"여, 여, 여, 역시 이렇게 되는 거냐————앗."

적어도 나를 내려주고 혼자서 뛰어들라고————웃.

깜깜한 동굴을 나아가자 바로 메탈 리저드를 발견할 수 있었다. 동굴 안쪽에는 넓은 공간이 있었고, 그 공간의 벽 쪽에서 메탈 리저드가 으득으득 뭔가를 먹고 있었다.

"저, 저건 뭐야? 어쩐지 몸이 희푸르게 빛나고 있는데……."

『뭐든 상관없다. 바로 저 도마뱀을 쓰러뜨리고 밥을 먹어야겠다.』

뭐, 뭐든 상관없다니, 너 말이지…….

일단 감정해보니 '미스릴 리저드'라고 나왔다.

…………미스릴? 판타지 계열 소설에 나오는 그 귀중한 금속 말이야?

"페르, 저 메탈 리저드를 감정해봤더니 미스릴 리저드라고 나오는데."

『그럼 여기에 미스릴 광맥이 있는 것이겠지. 저건 미스릴 광석을 먹고 변이한 녀석들일 게다.』

미스릴 광맥이 있다니…… 그거 대발견이잖아?

뭐, 내가 이러쿵저러쿵할 문제가 아니지만.

하, 하지만 미스릴 광석이 있으면 조금 주워 갈까. 미스릴 소드라고 하면 어쩐지 듣기 좋잖아. 뭐, 검은 무리라도 나이프 정도라면 어떻게……. 미스릴 소드, 미스릴 나이프. 응응, 좋네.

솔직히 말해서 귀한 금속으로 된 나이프나 검이 갖고 싶다고. 그게 미스릴이라니, 로망이잖아? 판타지스러운 귀한 금속이라고. 갖고 싶은 게 당연하다고.

『미스릴이라는 건 마법이 잘 듣지 않는다.』

아무래도 미스릴은 가볍고 단단하고 마력이 잘 순환되는 금속인 모양이다.

마력이 잘 순환된다는 것은 마법을 맞아도 그것을 받아 흘려보내는 느낌으로 확산시켜버린다는 뜻으로, 페르의 경험상으로는 마법의 위력도 평소의 절반 이하로 줄여버린다고 한다.

『하나 그렇다면 그저 저 도마뱀이 견뎌낼 수 없을 만한 위력의 마법을 날리면 될 뿐이다.』

페르가 그 말을 하자마자, 천둥 소리가 울렸다.

콰앙, 빠직 빠직 빠직 빠지지지직.

한줄기 전격이 미스릴 리저드를 직격했다.

나는 입을 떡 벌렸고, 소리를 듣고 놀란 스이도 가방에서 고개를 내밀었다.

"어, 어, 어이, 페르, 너, 뭘 한 거야?"

『조금 강한 번개 마법을 도마뱀에게 날렸다.』

조, 조금 강하다고? 아니 아니 아니, 아무리 생각해도 조금 강한 정도가 아니잖아. 엄청난 소리를 내면서 벼락이 떨어졌다고.

『이제 괜찮다. 어서 회수하고 밥을 먹자.』

"뭐? 괜찮다니. 저거, 죽은 거야?"

『그래. 저 도마뱀은 방금 그 마법으로 죽었다.』

이쪽을 전혀 눈치채지 못한 채 미스릴 광석을 우적우적 먹다가 벼락을 맞고 즉사라니……. 너무 불쌍해서 눈물이 날 것만 같은 죽음이다. 뭔가 미안하네, 미스릴 리저드.

그런 생각을 하면서 미스릴 리저드를 아이템 박스에 넣었다. 미스릴 리저드기 있던 주변에는 희푸른 빛을 내는 광석이 이리저리 흩어져 있었다. 이게 미스릴 광석인 거겠지.

"페르, 이 미스릴 광석을 조금 가져갈 거니까 잠깐만 기다려줘."

『음, 서둘러라.』

『주인, 이 반짝반짝 돌이 갖고 싶어? 스이도 도울게.』

"고맙다, 스이. 그럼 빛나는 돌을 모아서 가져다줄래?"

『알았어.』

스이가 가방에서 뛰어나와 미스릴 광석을 모으기 시작했다. 나도 열심히 미스릴 광석을 아이템 박스에 넣었다. 좋아. 이 정도면 되려나.

『주인, 모아 왔어.』

"으아앗, 엄청 모았구나."

스이가 모아 온 미스릴 광석은 소형 트럭 한 대의 짐칸을 가볍게 채울 수 있을 정도의 양이었다.

너무 많은 것 같지만, 모처럼 스이가 모아준 거니까. 많아서 곤란할 일은 없겠지 생각하며 아이템 박스에 넣었다. 미스릴 소드와 미스릴 나이프를 만들고 남으면 갑옷을 만들어도 괜찮을지 모르겠다.

하지만 금속 갑옷이면 움직이기 불편하려나? 아, 미스릴 리저드 가죽이라면 미스릴이랑 강도가 같은 건가?

"저기, 페르. 미스릴 리저드 가죽은 미스릴이랑 강도가 비슷한 거야?"

『그 도마뱀의 가죽은 먹은 광석과 같은 특징을 갖게 되니, 아마도 그럴 테지.』

"그런 거야? 그럼 미스릴로 갑옷을 만드는 것보다, 광석에 비해 유연성이 있는 미스릴 리저드 가죽으로 갑옷을 만드는 편이 좋을까?"

『응? 자네, 갑옷 같은 걸 만들 생각인가?』

"아니 그게, 있으면 좋지 않을까 싶어서."

『갑옷 따위 필요 없다. 내 결계가 있지 않느냐. 미스릴로 갑옷을 만들든, 그 도마뱀 가죽으로 갑옷을 만들든, 그런 건 이 몸의 결계 발끝에도 못 미친다. 그런 걸 만들어봐야 쓸데도 없느니라.』

그 말을 듣고 보니 그러네. 이러쿵저러쿵해도, 페르의 결계 덕분에 나는 지금까지 상처 하나 없이 지낸 거니까. 으음, 그러면 이 대량의 미스릴 광석은 어떻게 하지?

일단 가지고 있다가, 여차할 때 팔거나 하면 되려나?

『어이, 미스릴은 다 모으지 않았느냐? 어서 밖으로 나가 밥을 먹자.』

◇ ◇ ◇ ◇ ◇

동굴을 나와서 식사 준비를 하기로 했다.

어제 돈가스를 튀겨서인지 그게 먹고 싶은데.

돈가스라면 그거잖아. 그렇게 되면 시간이 좀 걸리니까 먼저 페르와 스이한테는 돈가스와 튀김을 내어주자.

"지금부터 좀 만들고 싶은 게 있으니까, 먼저 이거 먹고 있어."

『만들고 싶은 거? 그건 맛있는 건가?』

"엄청나게 맛있지. 맛은 보증해."

『호오, 자네가 그렇게까지 말하다니. 기대되는구나.』

『맛있는 거 먹을 수 있어?』

"그럼. 하지만 시간이 좀 걸리니까, 이거 먹고 기다려줄래?"

『응, 스이 기다릴게.』

좋아, 이걸로 됐다. 일단 둘에게는 돈가스와 튀김을 먹으며 기다리게 하자.

그 사이에 만들 것은 바로 돈가스 덮밥이다. 촉촉한 달걀과 달콤하고 짭짤한 국물을 넣은 돈가스 덮밥이 참을 수 없이 먹고 싶거든.

우선 재료부터. 양파는 있고, 국물에 쓸 조미료 종류도 있으니까, 쌀과 달걀만 구입하면 된다.

맨 처음에는 밥부터 지어야겠지. 쌀을 씻어서 냄비에 담아 밥을 한다.

다음은 양파를 얇게 썰어서 국물을 만든다. 국물은 전에 닭고기 달걀 덮밥을 만들었던 때와 거의 똑같다. 맛 간장을 써보거나 하면서 여러 가지로 시험해본 적이 있는데, 내 입에는 이게 제일 잘 맞았다. 그리고 달걀을 깨서 살짝 풀어둔다. 반드시 살짝만, 너무 섞지 않도록 주의한다.

밥을 뜸들이는 동안에 프라이팬에 물과 맛 간장, 맛술, 설탕과 양파를 넣고 불에 올린다. 국물이 끓어오르고 양파가 반투명해질 때까지 끓인 다음, 거기에 돈가스를 투하. 튀김옷 부분에 국물이 배어들 정도로 살짝 더 끓인 다음 거기에 풀어둔 달걀을 절반만 휘둘러 넣어준다. 달걀이 반쯤 익을 동안에 그릇에 밥을 담는다. 남겨두었던 달걀을 뿌리고 불을 끈 다음, 여열로 달걀을 익히면 된다.

다음은 촉촉한 달걀과 달콤 짭짤한 국물에 넣어두었던 돈가스를 밥 위에 얹기만 하면 돈가스 덮밥 완성이다.

"돈가스 덮밥 다 됐어."

『어디…… 음. 이건 맛있구나. 오크 제너럴 고기에 달걀이 섞여 맛있다.』

응응, 맛있겠지.

『고기랑 촉촉한 게 맛있어.』

그래, 그렇구나. 스이도 맛있구나. 역시 덮밥 종류는 실패하지 않는다니까.

그럼 나도 먹어볼까? 아, 덮밥 중에서도 특히 이 돈가스 덮밥은 입안을 개운하게 하는 차와 함께하는 게 좋지. 인터넷 슈퍼에서 페트병에 담긴 차를 구입했다.

오랜만에 맛보는 돈가스 덮밥을 먹어보도록 할까요.

오오, 달걀과 달콤 짭짤한 국물이 잘 어우러진 돈가스 정말 최고야.

게다가 쌀밥이 더해져서 이건 최강이네. 역시 덮밥은 맛있구나.

우걱우걱우걱.

그리고 차를 꿀꺽꿀꺽. 아, 입안이 개운해졌어.

그럼 다시 돈가스 덮밥을 우걱우걱. 쑥쑥 들어가네.

『더 다오.』

『스이도.』

빠르군. 둘의 몫을 재빨리 더 만든다.

"자, 여기."

둘 모두 허겁지겁 먹기 시작한다.

먼저 튀김도 먹었고, 추가로 만든 돈가스 덮밥은 양을 좀 많이 해서 줬으니까 이거면 이제 충분하겠지?

조금 식었지만, 나도 남은 돈가스 덮밥을 먹기 시작한다. 식었어도 꽤 먹을 만하네.

우걱우걱우걱.

후우~ 잘 먹었다. 차를 꿀꺽 삼켜서 입안의 기름기를 씻어낸다.

『주인.』

"스이, 왜 그래? 더 줄까?"

『아니, 이제 배 빵빵해. 저기 있지, 주인이 마시는 그 녹색 맛있어?』

"응? 이거 말이야? 이건 차라고 하는데, 조금 마셔볼래?"

『응, 마실래.』

빈 접시에 아주 조금 차를 담아 스이에게 주었다.

『우으, 이거, 써. 맛없어. 스이, 이거 싫어. 퉤퉤.』

비교적 뭐든 먹는(다고 할까, 이세계 쓰레기까지 먹는) 스이지만, 쓴 건 못 먹는 모양이다.

쓴 건 못 먹는다라……. 그렇다면 이건 어떨까? 인터넷 슈퍼에서 콜라를 구입했다.

"스이, 이것도 맛볼래?"

콜라를 접시에 따라주었다.

『이거, 안 써?』

"안 쓰지. 이건 달아."

스이가 머뭇머뭇하는 느낌으로 콜라에 촉수 끝을 살짝 댔다.

『웃!!!』

맛있는 모양인지, 접시 안에 있던 콜라가 순식간에 사라졌다.

『주인, 이거 더 줘!』

접시에 콜라를 찰랑찰랑할 정도로 따라주었다.

꿀꺽꿀꺽꿀꺽.

『이거, 톡톡하고 달고 맛있어.』

꿀꺽꿀꺽꿀꺽.

『음, 맛있느냐? 이 몸에게도 다오.』

페르가 마시고 싶다고 하기에 접시에 콜라를 따라주었다.

『꿀꺽…… 음, 뭐, 뭐냐 이건, 혀, 혀 위에서 튀어 오른다.』

페르가 놀라다니.

『꿀꺽, 꿀꺽. 음, 맛이 없지는 않구나. 하지만 이건 처음 느끼는 감각이다. 이세계에는 이런 신기한 음료도 있는 게로구나.』

페르도 스이도 콜라가 마음에 든 모양인지, 각각 1.5리터 병에 든 콜라를 한 병씩 비워버렸다.

"그럼, 슬슬 마을로 돌아갈까."

『음, 그래.』

"스이, 돌아가자."

『네에.』

스이가 가방 안으로 쑥 미끄러져 들어갔다.

나는 페르 등에 올라탔고, 우리 일행은 도시로 돌아갔다.

도시로 돌아와, 모험가 길드에 왔다.

접수창구에 길드 카드를 보여주자, 바로 길드 마스터의 방으로 안내를 받았다.

"수고했네. 메탈 리저드 토벌 같은 걸 떠맡겨서 정말로 미안하네."

아뇨 아뇨, 저는 거의 아무것도 안 했거든요. 토벌한 건 페르고, 마법 한 방 날린 게 전부입니다.

아, 그러고 보니 메탈 리저드가 아니었지. 이건 길드 마스터에게 말해둬야겠다.

"저기, 토벌은 했습니다만, 메탈 리저드가 아니었습니다."

"응? 메탈 리저드가 아니라고?"

"네. 미스릴 리저드였습니다."

"…………지금, 뭐라고 했나?"

"네? 그러니까 미스릴 리저드가 있었습니다."

"미, 미, 미스릴 리저드라고옷?!"

길드 마스터가 의자에서 벌떡 일어나며 소리쳤다.

저기, 그게, 길드 마스터 진정하세요.

"자네 말이 사실이라면, 미스릴 광석이 있다는 뜻이야. 이건 엄청난 일이 되겠군. 아무튼 우선은 그 미스릴 리저드를 확인하게 해주게."

크기가 크기인 만큼, 창고에서 확인하기로 했다.

길드 마스터와 함께 창고로 향한다.

"어이, 요한. 실례 좀 하겠네."

"아, 길드 마스터. 그리고 형씨인가."

"요한, 문을 닫아주게."

그 말에 요한 아저씨는 익숙하게 곧바로 문을 닫았다.

"형씨, 이번엔 뭘 가져온 건가?"

아니, 뭐냐고 물으셔도. 의뢰 받은 마물을 토벌해 왔을 뿐인데요.

"저기, 꺼내도 될까요?"

길드 마스터가 고개를 끄덕이는 것을 보고 아이템 박스에서 미스릴 리저드를 꺼냈다.

""………….""

길드 마스터도 요한 아저씨도 말이 없다.

"저, 저기……."

"진짜, 인가……."

"네, 네. 미, 미스릴 리저드입니다. 이 가죽을 보면, 그렇게밖에 생각할 수 없습니다."

어? 미스릴 리저드가 그렇게 보기 드문 거야?

"메탈 리저드라고만 생각했는데, 설마 미스릴 리저드일 줄은……."

"맨 처음 목격되었을 때는 메탈 리저드였던 게 아닐까요? 길드 마스터에게 이야기가 들어간 지 꽤 되지 않았습니까? 원래 그 근처에 일반인은 접근하지 않는 데다, 메탈 리저드 이야기가 나온 다음부터는 높은 랭크의 모험가가 아니면 접근할 수 없게 되었고요. 거기에 갈 수 있는 높은 랭크의 모험가가 없어서 방치되었던 것이기도 하니까요."

"그 사이에 미스릴 광석을 발견하고 미스릴 리저드로 변이했다는 건가."

"아마도요."

길드 마스터와 요한 아저씨가 한숨을 내쉬었다.

그리고 두 사람은 나를 빤히 바라보았다. 저기, 뭐야, 왜 그러는데?

"자네가 가져오는 건 예상을 벗어난 것들뿐이로군."

"정말이야. 엄청난 것들만 가져오는군."

어, 에, 저기, 가져오면 안 되는 거야?

"형씨, 미스릴 리저드라는 건 그 개체 자체도 무지막지하게 보기 드물다고. 실제로 발견된 기록은 400년 전 문헌에 슬쩍 쓰여 있는 정도야."

4, 400…… 저, 정말입니까? 요한 아저씨.

"미스릴 광석을 먹고 미스릴 리저드로 변이하는 것이네만, 그 미스릴 광석을 채취할 수 있는 광산이 극단적으로 적으니까 말이야. 현재는 이 나라에 한 곳, 그리고 마르베일 왕국과 가이슬러 제국에 한 곳씩 있지. 미스릴은 그 세 곳에서밖에 채취할 수 없으니, 미스릴 제품은 당연히 희소가치도 높고 고가로 거래된다네. 뭐, 가이슬러 제국의 미스릴 광석은 곧 바닥이 나는 게 아닌가 하는 소문이 돌고 있지만 말이지. 그건 제쳐두고, 그 얼마 안 되는 미스릴 광산에 A랭크인 메탈 리저드가 자리를 잡고서 미스릴 리저드로 변화하는 과정을 생각해보면, 그게 얼마나 귀한 것인지 알 수 있을 테지. 게다가 미스릴 리저드가 있다는 말은 그곳에 틀림없이 미스릴이 있다는 뜻일세. 하물며 이번에는 지금껏 발견되지 않았던 미스릴 광산이 새롭게 발견된 셈이 되네."

뭐, 뭔가 무척 큰일이 되어가는 것 같은데, 괜찮은 건가?

"이곳 영주인 란그릿지 백작님에게는 큰 사건일세. 그야말로 호박이 넝쿨째 굴러 들어온 셈이니까. 설마하니 그 산이 미스릴 광산일 거라고는 아무도 생각하지 못했다네. 나는 지금부터 란그릿지 백작님께 미스릴 광산에 관해 이것저것 이야기를 하러 가야 하는데…… 미안하지만, 이 미스릴 리저드는 길드에 넘겨줘야겠네."

무척이나 보기 드문 만큼, 미스릴 리저드 가죽은 미스릴 광산이 발견되었다는 보고와 함께 백작님이 왕에게 헌상하게 된다고 한다.

갑옷은 페르의 결계가 있으면 필요 없다는 것으로 결론이 났으니까 나로서는 특별히 필요하지도 않다. 가지고 있어 봐야 아무 쓸모가 없으니 넘기는 것은 전혀 문제될 것 없다.

"그 대신, 란그릿지 백작님에게는 보수를 올려달라는 이야기도 전하겠네. 뭐, 앞으로의 이익을 생각하면 백작님도 싫다고는 하지 않으실 거야. 미스릴 리저드 토벌, 미스릴 광산의 발견, 미스릴 리저드 매매, 각각을 합하면 보수는 적어도 금화 5,000닢은 될 걸세."

금화 5,000닢⋯⋯⋯⋯.

5,000닢⋯⋯.

⋯⋯⋯⋯.

어, 어쩐지 큰돈이 계속해서 쑥쑥 들어와서 좀, 무, 무서운데요.

"형씨, 운이 좋군. 얼마 전에 마물을 판 돈만으로도 사치만 하지 않는다면 평생을 먹고살 수 있을 텐데, 이번 건을 포함하면 평생 놀고먹어도 되겠군. 정말 부러운 일이야."

요한 아저씨는 그런 말을 했지만, 소시민인 나로서는 큰돈이 쑥쑥 들어와서 부들부들 덜덜 상태거든요. 직접 한 게 아무것도 없어서 더 그렇다.

"뭐, 어찌 되었든 란그릿지 백작님과 이야기를 해봐야겠지. 지불해야 할 금액도 거금이니까. 백작님이라고는 해도 바로 준비하기는 어려울 걸세. 아마도 일주일 정도는 걸릴 테지. 미스릴 리저드는 돈이 준비되면 부탁하네."

길드 마스터가 미스릴 리저드를 돌려주었는데, 이거 길드에서 가져가는 거 아니었어?

아이템 박스에 넣어둘 뿐이기는 하지만, 아무래도 금액을 들고 나니 가져갈 마음이 안 든다고.

"아, 그리고 이 일은 부디 비밀로 해주게. 요한도."

나와 요한 아저씨는 고개를 크게 끄덕였다.

"아, 그리고 보니 블러디 혼 불 무리 토벌은 어떻게 할까요?"

다른 하나의 의뢰다.

"그야 서둘러 해결해주면 우리로서는 감사한 일이지만, 그렇게 서두르지 않아도 괜찮네. 미스릴 리저드를 토벌한 참이니까. 조금 쉰 다음에 해도 충분해."

『흥, 도마뱀 한 마리 사냥한 정도로 지칠 리가 없지 않나. 내일, 소 떼를 사냥하러 간다.』

……변함없이 페르는 건강하구나.

"토벌하는 본인이 저렇게 말하니, 내일 다녀오겠습니다."

"괘, 괜찮겠나? 이제 막 미스릴 리저드를 토벌하지 않았나?"

길드 마스터의 걱정하는 마음은 압니다.

하지만 그 미스릴 리저드도 마법 한 방으로 처리했으니까요.

"아, 괜찮을 겁니다. 사실을 말하자면, 미스릴 리저드도 페르가 번개 마법을 한 발 날린 걸로 끝났거든요."

그렇게 말하자 길드 마스터도 요한 아저씨도 아연실색했다.

"번개 마법, 한 발…………."

"역시 전설의 마수로군요……."

어쩐지 죄송하네. 페르가 너무 강하죠.

◇ ◇ ◇ ◇ ◇

우리는 블러디 혼 불 무리를 토벌하러 왔다.

도시 서쪽에 있는 그저 넓기만 한 초원. 서쪽에 있어서 서쪽 초원이라는 안이한 이름이 붙어 있는 곳이다.

뭐 그건 일단 제쳐두고, 이 서쪽 초원에 블러디 혼 불 무리가 자리를 잡고 살기 시작했다고 한다. 길드 마스터의 이야기에 따르면, 코뿔소 정도의 크기에 성질도 거칠고, 거기에 더해 무리지어 다닌다는 점이 무척이나 성가시다고 한다.

실제로 토벌하는 것은 페르지만. 일단 방해가 되지 않도록 해야겠다.

"페르, 블러디 혼 불이 어디쯤 있는지 알겠어?"

『그래, 알고 있다. 여기에서 조금 떨어진 저 근처다. 접근해서 정리하겠다.』

페르가 보는 방향을 살펴보니 자그마한 검은 점이 군데군데 보였다.

"이쪽을 눈치채면 큰일이잖아? 나랑 스이는 여기에서 기다릴게."

『그렇군. 그쪽이 빠르겠다. 전부 쓰러뜨리면 염화를 보내마.』

"알겠어."

페르가 초원의 수풀에 몸을 숨기듯 등을 낮추며 나아갔다.

나로 말할 것 같으면, 초원의 풀숲 속에 엎드리듯 하며 몸을 감추고 있다.

머리 옆에 둔 가방 안에서 스이가 기어 나왔다.

『페르 아저씨, 어디 갔어?』

"커다란 소들을 쓰러뜨리러 갔어."

『치사해. 스이도 소 쓰러뜨리고 싶어.』

"어? 하지만 커다란 소가 잔뜩 있어서 정말 무서워. 스이는 여기서 기다리자."

『싫어, 싫어, 싫어. 스이도 소 쓰러뜨리러 갈래.』

그렇게 말한 스이가 재빠른 움직임으로 기어가 버렸다.

"아, 이 녀석이."

으아아, 벌써 저런 데까지. 스이, 빨라!

"아, 정말."

나는 스이를 쫓아서 포복 전진을 하며 초원 중앙으로 나아갔다. 필사적으로 포복 전진을 하여 겨우 페르의 모습과 뽕뽕 뛰어오르는 스이의 모습이 보이는 곳에 도착했다.

"후우, 후우, 겨우 찾았네……."

한숨을 돌리고 있으려니 페르가 느릿한 걸음걸이로 다가왔다.

『자네, 뭐 하고 있는 건가?』

어, 뭐라니? 블러디 혼 불한테 들키지 않도록 포복전진을 해서 온 건데…….

『블러디 혼 불은 이미 다 정리했다.』

……뭐? 어, 벌써 끝난 거야? 너무 빠르잖아.

나는 영차 하고 몸을 일으켰다.

쭉 포복전진을 해서인지 등이……. 등을 쭈욱 뒤로 펴며 근육을 풀어주었다.

후우, 한숨을 내쉬고 바라본 눈앞의 초원은 피투성이.

…………뭐야, 이거. 거대한 흑소가 피 웅덩이에 쓰러져 있다. 수 없이 많이.

대체 뭐냐, 이 살벌한 풍경은. 산들바람이 부는 넓은 초원이건만, 상쾌함이 전혀 없어.

『아, 주인이다. 스이, 커다란 소 쓰러뜨렸어.』

나를 눈치챈 스이가 뿅뿅 뛰어오르며 이쪽을 향해 왔다.

『주인, 주인, 저기 있지, 커다란 소들을 스이랑 페르 아저씨가 쓰러뜨렸어. 맨 처음은 있지, 페르 아저씨가 휙 팔을 휘두르니까 바람이 불어서 커다란 소들이 잔뜩 쓰러졌어. 그래도 쓰러지지 않은 커다란 소도 있어서, 그걸 스이가 있지 풋풋 해서 쓰러뜨렸어. 대단하지?』

스이가 흥분한 기색으로 내 옆에 있는 페르 주위를 뿅뿅 뛰어다니며 그렇게 말했다.

맨 처음은 아마도 페르가 바람 마법을 날렸고, 놓친 녀석들을 스이가 산탄으로 마무리했다는 건가.

『음, 스이도 일을 꽤 잘했다.』

호, 호오, 그렇구나.

페르와 스이라는 최강 콤비에게 당한 블러디 혼 불이 너무 불쌍하다. 분명 아무것도 하지 못한 채 천국으로 떠났겠지. 응, 너희들은 우리의 양식으로 삼도록 하겠습니다.

그럼 블러디 혼 불을 아이템 박스에 넣어볼까요.

으아, 가까이에서 보니 정말 커다란 소네.

한 마리, 두 마리, 세 마리, 네 마리, 다섯 마리, 여섯 마리, 일곱 마리, 아직 한참 더 있군. 길드 마스터가 절반은 우리가 갖고 절반은 길드에 넘겨달라고 했는데, 길드에 좀 더 넘겨도 괜찮을 것 같다. 그도 그럴 것이 한 마리가 코뿔소 정도의 크기니까 말이지.

페르와 스이가 아무리 많이 먹는다고 해도, 저걸 한 마리 다 먹는 데는 며칠이 필요할 터다.

무리 절반에 해당하는 고기라고 하면 엄청난 양이다. 게다가 쇠고기만 먹으면 질릴 테니까, 사이사이 다른 고기 요리를 만든다고 하면, 앞으로 당분간은 쇠고기를 따로 구해야 할 일은 없을 것 같네.

페르와 스이가 쇠고기에 질리지 않으면 좋겠다. 그 부분은 내가 노력해야겠지. 둘이 질려 하지 않도록 다양한 쇠고기 요리를 만들어주자. 좋아, 겨우 전부 다 넣었네. 블러디 혼 불은 전부 해서 58마리였다. 그 절반이라. 29마리분의 고기인가……. 어, 엄청난 양의 쇠고기다.

뭐, 뭐 아이템 박스에 넣어두면 상할 일은 없으니까 문제없지만.

"일도 다 끝났으니, 일단 밥 먹을까?"

『음, 그게 좋겠다. 마침 배가 고파 오던 참이다.』

『밥.』

그러려고 했는데, 블러디 혼 불은 정리했어도 피 웅덩이는 그대로잖아.

쇠 냄새가 주변에 가득하다.

"저기, 여기서는 좀 먹기가 그런데."

『피 냄새가 힘든 것이냐. 이렇게나 냄새가 나면 다른 마물이 몰려들지도 모르겠구나.』

"뭐? 그건 큰일이잖아. 얼른 도망가자."

『잠시 기다려라. 스이, 여기에 있는 피를 깨끗하게 할 수 있겠느냐?』

『응, 이 빨간 거 없애면 돼?』

『그래.』

『할 수 있어. 잠깐만 있어봐.』

페르의 말을 듣고 스이가 부들부들 떨기 시작했다. 증식 스킬이다.

스이가 커다란 빅 슬라임이 되더니 바로 작은 슬라임으로 분열했다.

『모두, 저 빨간 거 전부 흡수해.』

스이의 지시에 따라 자그마한 슬라임들이 피 웅덩이로 향해 갔다.

그리고 블러디 혼 불의 피를 빨아들이기 시작했다. 순식간에 피 웅덩이는 사라졌고, 짓밟힌 풀밭과 붉게 물든 수많은 자그마한 슬라임이 남았다.

『스이, 잘했다.』

『에헤헤, 페르 아저씨한테 칭찬 받았다.』

『슬라임은 잡식이니까, 할 수 있을 거라고 생각했다.』

……음, 뭐랄까. 스이는 뭐든 가능하구나.

"스이, 저 작은 슬라임은 저대로 둬도 괜찮은 거야?"

『응, 아마 깜깜해지면 없어질 거야.』

분열체에는 수명이 있는 것 같았는데, 밤에는 사라지는 건가.

『주인, 스이 배고파.』

아, 예이예이. 그럼 식사를 할까.

"네, 여기. 돈가스 샌드위치랑 치킨가스 샌드위치야."

돈가스 샌드위치와 치킨가스 샌드위치가 산처럼 쌓인 접시를 페르와 스이 앞에 내주었다.

튀겨두었던 돈가스와 치킨가스를 써서 어젯밤에 미리 준비해 두었지.

스이는 매운 걸 못 먹는 것 같았으니까, 겨자를 빼고 만들어보았다. 빵에 버터를 바르고 채 썬 양배추를 얹어서 마요네즈를 조금 많다 싶을 정도로 뿌린다. 그 위에 돈가스를 올리고 돈가스 소스를 듬뿍 뿌린 다음 버터를 바른 빵을 덮어준다. 그리고 반으로 자르면 완성이다.

치킨가스 샌드위치도 마찬가지다.

『한 그릇 더.』

"알았어."

돈가스 샌드위치와 치킨가스 샌드위치를 가득 담은 접시를 다시 페르와 스이 앞에 내주었다.

후후후, 만들어둔 거라 바로 줄 수 있다고. 지금까지는 여행 도중이고 해서 만들어둘 여유가 없었는데, 이 도시에 있는 동안에 여러 가지를 만들어두면 좋겠다. 고기도 많이 들어온 참이고, 틈을 봐서 이것저것 만들어두도록 하자.

돈가스 샌드위치를 덥석 베어 문다. 맛있네.

이런 상황도 좋다. 블러디 혼 불의 그 모습만 안 봤으면 즐거운 소풍 기분일 텐데. 아니, 안 돼. 떠올리면 밥을 먹을 수 없게 된다고.

머릿속을 비우고 돈가스 샌드위치를 덥석. 아, 돈가스 샌드위치 맛있어. 양배추랑 마요네즈랑 돈가스 소스가 혼연일체가 되어서, 크으~ 맛있어. 솔직히 말하면 내 몫에는 겨자를 발라둬서 겨자의 찌릿한 매운맛이 악센트가 되어준다. 푸른 하늘 아래에서 먹는 것도 최고네.

치킨가스 샌드위치도 좋다.

아, 맥주 마시고 싶어.

『주인, 톡톡 하는 거 마시고 싶어.』

『이 몸에게도 다오.』

"아, 콜라 말이지? 탄산음료를 마시고 싶은 거면…… 잠깐 기다려봐."

나는 인터넷 슈퍼에서 사이다와 내가 마실 캔 커피를 구입했다.

돈가스 샌드위치에는 맥주를 마시고 싶지만, 아직 낮이라 자중하기로 했다.

둘을 위해 사이다를 접시에 찰랑찰랑하게 따라주었다.

"자, 여기."

『어라? 전에 거랑 다르네.』

"이건 사이다라는 거야. 지난번에 마신 거랑 다르지만, 이것도 톡 쏘고 맛있어."

『마셔볼래.』

스이가 꿀꺽꿀꺽 마시기 시작했다.

『응, 주인 말대로 이것도 맛있어.』

그렇구나, 다행이야.

『음. 이것도 혀 위에서 튀어 오르고 맛있구나. 끄윽……..』

"푸훗."

페르 녀석 트림 한번 성대하네.

"아하하, 탄산을 마셔서 그래. 탄산은 맛있지만 트림이 나오는 게 좀 그렇지."

우리는 푸른 하늘 아래, 산들바람이 부는 초원에서의 식사를 즐겼다.

"그럼, 슬슬 돌아갈까?"

식사 후에 긴 휴식 시간을 가진 다음, 페르에게 그렇게 말을 걸었다.

스이는 가방 안에서 낮잠을 자는 중이다.

『음, 그렇군. 하지만 어제 미스릴 리저드도 그렇고 오늘 블러디 혼 불도 그렇고, 준비운동도 안 되는구나.』

미스릴 리저드와 블러디 혼 불 상대로 그런 말을 할 수 있는 건 페르뿐이라고 생각해.

『좀 더 기개가 넘치는 상대는 없는 것이냐?』

"좀 더 기개 넘치는 상대라는 건 대체 어떤 건데?"

『글쎄다. 드래곤이라면 조금은 운동이 되겠지. 드래곤이 무리라면, 적어도 와이번 무리 정도가 있으면 좋겠는데 말이다.』

……그, 그러지 마. 이상한 플래그 세우지 말라고.

그보다, 설마하니 드래곤 같은 건 없겠지? 와이번 무리니 하는 것도 그만둬줘.

"드, 드래곤이니 와이번이니, 이상한 말 하지 마."

『이상한 말이 아니다. 드래곤도 와이번도 가끔 인간들이 사는 도시에 나타나기도 한다.』

"하지 말라고. 네가 말하면 진짜로 올 것 같아서 무섭다고."

『흥, 나타나면 내가 반격해 없애버리면 된다.』

아니, 반격해 없애버리면 되는 게 아니라고, 드래곤라니 말도 안 돼.

『자네는 모를지도 모르겠다만, 와이번 고기도 드래곤 고기도 맛이 좋다. 특히 드래곤은 아주 맛있다.』

그런 거 모른다고. 나는 와이번도 드래곤도 먹어본 일이 없단 말이다.

『바다에 간 다음에는 드래곤 사냥을 가는 것도 좋겠군. 음. 그렇게 하자.』

아니 아니 아니, 그렇게 하자가 아니거든. 멋대로 행선지를 정하지 말아줄래?

『자, 타라. 돌아간다.』

하아아~ 페르는 정말로 제멋대로구나.

바다에 가는 건 좋지만, 나는 절대로 드래곤 사냥 같은 건 안

갈 거라고————읏.

◇ ◇ ◇ ◇ ◇

모험가 길드에 도착하자마자 곧바로 요한 아저씨가 있는 곳으로 갔다.

길드 마스터는 예의 그 귀족님에게 이야기를 하러 갔기 때문에 오늘은 자리를 비웠다.

길드 마스터에게 블러디 혼 불 무리를 토벌하면 사정을 잘 아는 요한 아저씨에게 가라는 말을 사전에 들어두었다.

"실례합니다."

"여어, 형씨인가. 길드 마스터에게 이야기는 들었어. 이쪽이야."

익숙한 창고로 향한다.

"오늘은 블러디 혼 불인가?"

"네. 무리 지어 잔뜩 있었습니다……."

그렇게 말해두고 블러디 혼 불을 꺼냈다.

한 마리, 두 마리, 세 마리, 네 마리, 다섯 마리, 여섯 마리, 일곱 마리………… 스물다섯 마리, 스물여섯 마리, 스물일곱 마리, 스물여덟 마리, 스물아홉 마리, 서른 마리…….

"자, 자 자, 잠깐 멈추게."

요한 아저씨가 허둥지둥 나를 멈추게 했다.

"혹시, 아직 더 있는 건가?"

"네, 더 있습니다. 전부 58마리입니다."

"5, 58마리라고?! 무척 큰 무리였군그래. 보통은 많아봐야 40마리 전후인데……."

어? 그런 거야?

꽤 많다고는 생각했어. 한 무리가 이 정도나 되는 건가? 하고 신기하게 생각했지만.

"뭐, 형씨니까 말이지."

어? 뭐여 그거? 내 탓이야? 그보다, 사냥한 건 페르인데.

"하지만 58마리라니. 이거 할 일이 많아졌군."

죄송합니다.

"고기의 반은 길드에 넘기게 되어 있으니, 수고를 끼치겠지만 잘 부탁드립니다."

"알아. 길드 마스터한테도 형씨 몫을 최우선적으로 처리해주라는 말을 들었거든."

아, 맞다. 좀 생각하고 있는 게 있으니 가죽도 한 장 가져갈 수 있게 해달라고 말해둬야지.

"저기, 블러디 혼 불 가죽도 한 장 주실 수 있을까요?"

"오, 알겠네. 고기 절반에 가죽 한 장을 돌려주고, 나머지는 이쪽에서 매입하는 걸로 괜찮겠나?"

"네, 그렇게 부탁드립니다."

"마릿수가 많으니까, 글피에는 줄 수 있도록 해두겠네."

"알겠습니다. 그럼 글피에 다시 오겠습니다."

그렇게 말하며 창고를 뒤로하려 했는데, 지금까지 드러누워 본인과는 상관 없다는 태도로 있던 페르가 느릿하게 일어나 『잠깐』

이라며 말을 걸어왔다.

"응? 페르, 왜 그래?"

『음, 저 고기는 어찌 되는 것이냐?』

"마릿수가 많아서 글피에나 된대."

『그럼 오늘은 저걸 먹지 못하는 것이냐?』

그렇게 말하며 실망한 기색으로 축 처지는 페르. 지금 가지고 있는 고기가 많아서 신경 쓰지 않았는데, 페르는 빨리 블러디 혼 불을 먹고 싶은가 보다. 어쩔 수 없네.

"죄송합니다만, 한 마리만 먼저 손질해주실 수 있을까요?"

"하핫, 그러지."

그리고 요한 아저씨가 한 마리를 해체해주었다.

"가죽은 어쩌겠나? 함께 가져가겠나?"

그렇군. 어차피 가져갈 거니까 지금 받아 갈까.

한 마리분의 가죽과 고기를 받아 든 우리는 모험가 길드를 뒤로했다.

◇ ◇ ◇ ◇ ◇

숙소에 돌아오자 페르와 스이가 배고프다고 조르기 시작했다.

슬슬 밥 먹을 시간이니, 그럴 줄 알았다고.

"페르는 당연히 블러디 혼 불이 좋겠지?"

『음.』

그렇다면, 역시 스테이크로군. 오랜만에 쇠고기니까. 게다가 블러디 혼 불 고기는 색이 선명한 살코기라 스테이크로 만들면 맛있을 것 같았다.

그럼 스테이크를 구워볼까.

우선은 기름을 두른 프라이팬을 센 불로 달군다. 센 불로 뜨겁게 달구는 게 포인트다. 개인적으로는 미디엄 레어가 제일 맛있으므로 고기를 그 정도로 굽는다. 굽기 직전에 고기에 소금과 후추를 뿌린다. 소금과 후추를 직전에 뿌리지 않으면 고기의 맛이 빠져나가 버리므로 주의해야 한다.

맨 처음에 센 불로 1분 정도 굽고 불을 조금 줄여서 다시 1분 정도 굽는다. 반대쪽도 같은 방법으로 굽는다. 다 구워지면 접시에 담고 랩이나 알루미늄 포일을 덮어서 5분 정도 둔다. 이 방법을 듣고 시험해본 적이 있는데, 여열로 딱 적당하게 익어서 고기도 부드러워지고 맛있어졌다. 두툼한 살코기 스테이크를 구울 경우, 나는 이 방법을 쓴다.

"다 구워졌어. 우선은 소금과 후추로."

기다리고 있었다는 듯 페르가 허겁지겁 먹기 시작했다.

『음, 맛있군.』

『응, 이 고기 맛있어.』

스이도 마음에 든 모양이다. 그럼 나도.

오, 씹을 때마다 살코기의 육즙이 입안에 쫙 퍼진다.

이거 진짜 맛있네. 씹을 때마다 퍼지는 육즙이 고기를 먹고 있다는 느낌을 확실하게 준다. 역시 쇠고기는 맛있어~.

다음은 스테이크 소스를 살짝 뿌려서 먹어본다. 소금 후추만으로도 맛있지만, 역시 소스를 뿌려줘야지. 엄청 맛있어.

『한 그릇 더.』

둘이 이러는 것도 당연하다. 이 고기 맛있으니까.

추가로 스테이크를 더 굽는다. 이번에는 물론 페르가 제일 좋아하는 스테이크 소스를 뿌렸다.

이날 우리들은 블러디 혼 불 고기를 실컷 맛보았다.

『후우~ 엄청나게 맛있는 고기였어. 스이, 배 빵빵.』

『이 몸도 만족이다. 그나저나, 그렇구나. 이제 웬만한 일이 없는 한, 고기를 생으로 먹을 마음이 들지 않을 것 같다. 역시 자네에게 요리를 하게 해서 먹는 편이 훨씬 맛있다.』

『스이도 주인 요리 정말 좋아해.』

비행기 태워봐야 아무것도 안 나와.

하지만 내가 이 세계에서 이렇게 무사하게 지낼 수 있는 것도 다 페르와 스이 덕분이니까.

열심히 맛있는 걸 만들어서 먹게 해주겠어.

방으로 돌아가기 전, 페르에게 『닌릴 님에게 공물과 기도는 올리고 있겠지?』라는 질문을 받고 움찔했다. 전에 바친 이후로 아직 일주일은 지나지 않았지만, 완전히 잊고 있었다. 그 유감스런 여신님이니까, 이제 슬슬 신탁을 내려 귀찮게 재촉을 할 것 같은 느낌이 든다. 일단 시끄럽게 잔소리하기 전에 공물(제물)을 바치도

록 할까.

인터넷 슈퍼를 열어서 무엇을 바칠까 하고 찾아보았다.

"양과자에 화과자였으니까, 다음은 뭐가 좋으려나……."

뭐 평범하게 초콜릿 같은 과자 종류가 좋으려나. 오래 가기도 하니 양을 많이 하면 그 유감스런 여신님도 이번에야말로 일주일 정도는 가겠지. 그런고로 쿠키, 사탕, 초콜릿 등을 카트에 넣었다.

스무 개 정도를 카트에 넣고, 이 정도면 됐겠다 싶어 계산을 하려 했을 때였다. 최근 들어 귀에 익기 시작한 새된 목소리가 머릿속에 울렸다.

『부족하니라. 더 많이 준비하거라.』

뭐? 이렇게나 있는데 아직 부족하다고?

『단 음식은 많으면 많을수록 좋으니라.』

아, 그러십니까. 그럼 여기에 뭘 더 원하십니까?

『우후후후후후, 그 말을 기다렸느니라. 그러니까, 양과자라는 것 중에 '케이크'와 '푸딩'. 그리고 화과자라는 것 중에서는 '찹쌀떡'과 '양갱'이니라. 아, '도라야키'는 꼭 넣어다오.』

정말이지, 주문이 많기도 하네. 어디, 케이크에 푸딩, 찹쌀떡, 양갱, 그리고 도라야키라.

케이크는 뭐든 상관없겠지, 눈에 뜨인 몽블랑과 초콜릿 케이크를 카트에 넣는다.

그리고 푸딩은 전과 같은 커스터드 푸딩과 푸딩 아라모드로.

찹쌀떡은 콩이랑 딸기를 두 개씩 사고, 양갱은 통째로 하나.

다음은 꼭 넣으라고 했던 도라야키를 세 개.

이거면 됐으려나?

『좋으니라, 좋으니라. 어서 이쪽으로.』

재촉하지 마, 유감스런 여신 녀석.

『으엇. 어, 어, 어, 어, 어, 어째서 너희가 여기에 있는 게냐.』

『이세계인 군, 처음 뵙겠어요.』

『여어, 이세계인.』

『………….』

어? 뭐야? 누구야?

『얼마 전에 우연히 봤지 뭐야~. 닌릴이 이세계인을 통해서 맛있어 보이는 과자를 입수하는 모습을. 여신 동료인 우리들 몰래 그걸 독점하고 있다니. 치사하잖아~. 그래서 모두에게 가르쳐줬어. 닌릴이 우리한테 비밀로 하고 혼자 맛있는 걸 먹고 있다고.』

오오, 여신 동료들인가. 겨, 결국 들킨 거구나.

『닌릴도 참, 남도 아니고 너무하잖아. 맛있는 걸 먹을 땐 우리도 불러줘야지~.』

『그 말이 맞아. 너 혼자 먹다니 너무하다고.』

『……(말없이 고개를 끄덕인다).』

『으, 시, 시끄러우니라. 이, 이 녀석은, 이, 이 몸의 가호를 받은 자니라. 그런 자에게 공물과 기도를 받았을 뿐이다. 그러니, 너, 너희들과는 관계가 없는 일이니라.』

『흐음, 그렇구나. 그럼 나도 이세계인에게 가호를 내리고 공물과 기도를 받기로 하겠어.』

『그걸로 맛있는 걸 먹을 수 있게 된다면 나도 그렇게 할래.』

『……나도.』

『아, 아니 되느니라, 아니 되느니라, 아니 된다아아앗.』

『어라? 그걸 정하는 건 닌릴이 아닐 텐데?』

『크으으으으으.』

…………아까부터 목소리만 머릿속에 울리고 있는데, 신계는 어떻게 되고 있는 거야?

『이세계인 군, 나는 대지의 여신 키샤르라고 해. 잘 부탁해~. 그래서 말이지, 지금 우리 이야기 다 들었지? 우리들, 그러니까 나 외에 불의 여신 아그니와 물의 여신 루사루카도 함께 있는데, 우리 셋의 가호를 줄 테니까 우리에게도 과자를 바치지 않을래?』

어, 저기, 대지의 여신에 불의 여신에 물의 여신? 일단은 바람의 여신의 가호가 있으니까, 그다지 가호가 더 필요하진 않은데. 바라던 상태 이상 무효화는 이 정도면 충분하다고 들었고.

『어머 어머, 자세히 보니 닌릴의 가호는 (소)였네. 닌릴도 구두쇠라니까. 그럼 상태 이상 무효화도 완벽하다고는 말할 수 없잖아. 게다가 너는 바람 마법의 적성이 없네. 닌릴의 가호(소)는 전혀 의미가 없겠어. 어차피 쓸 수 있는 마법의 발동이 좋아지는 정도겠네.』

그런 거라고 들었으니까, 그렇겠거니 했는데. 흙 마법과 불 마법 적성이 있는 내가 대지의 여신 키샤르 님이나 불의 여신 아그니 님의 가호를 받으면 뭔가 더 특별한 효과가 있는 건가?

『잘 들어봐. 나는 불의 여신 아그니라고 한다. 흙 마법과 불 마법에 적성이 있는 너에게 우리의 가호가 더해지면, 그건 그야말로 무적이다. 적은 마력으로 큰 위력의 마법을 쓸 수 있게 된다.』

호오~ 그거 대단한데.

『아, 아그니 무슨 말을 하는 것이냐. 통상의 가호를 쉽사리 줄 수 없다는 것은 너도 알고 있지 않느냐. 그러한 가호를 내리면 창조신님에게 크게 혼이 날 것이다. 그래서 이 몸도 가호(소)로 참은 것이니라.』

『그, 그건 확실히…….』

『뭐, 그 말은 일리 있네. 하지만, 그렇다면 우리들도 이세계인 군에게 가호(소) 정도는 내려줘도 문제없다는 거잖아.』

『그래, 그 말이 맞다. 더군다나 이세계인에게 흙 마법과 불 마법의 적성이 있다면, 나와 키샤르의 가호 쪽이 더 도움이 될 터.』

『그렇지. (소)일 경우, 닌릴의 가호가 있다고 해도 바람 마법을 쓸 수 있게 되는 건 아니니까.』

『응응, 우리의 가호라면 (소)여도 소비 마력은 줄고 마법의 위력은 올라갈 테고, 쓸 수 있는 마법의 종류도 크게 늘 거야. 우리가 가호를 내린 다음에 여러 가지를 시험해보도록 해. 내가 하는 말의 의미를 잘 알 수 있을 테니까.』

『크으으으으, 키샤르, 아그니. 제멋대로 말하고 있지 않느냐.』

어라? 뭔가 대지의 여신 키샤르 님과 불의 여신 아그니 님의 가호를 받는 걸로 결정된 것 같은데. 이거 거절하면 안 되는 건가?

『어이, 자네 지금 거절하겠다느니 하는 말을 했나? 우리의 가호가 싫다는 건가? 경우에 따라서는 날려버리러 갈 수도 있다.』

『무슨 소리를 하는 것이냐. 자네, 말 잘했다. 이 몸의 가호만으로도 충분하다고 확실하게 말하거라.』

유감스런 여신님은 쓸데없이 끼어들지 마. 아, 저기 말이죠, 싫다는 게 아닙니다. 다만 하나만으로도 보기 드물다는 말을 듣는 신의 가호가 몇 개나 붙어 있는 사람이 있기는 한 건가 싶어서 말이죠.

『으음, 이세계인이 하는 말도 타당한데. 확실히 과거 용사 중에 두 개가 붙은 사람이 있었던 모양인데, 그 이외에는 기억나지 않아.』

그것 봐, 역시 그렇잖아.

스테이터스를 들키는 일은 거의 없겠지만, 무슨 일이 생길지 알 수 없는 거니까, 일단 신의 가호가 하나 있으면 그걸로 충분하다고.

『에잇, 남자가 되어 이러쿵저러쿵 하지 마라! 자, 불의 여신 아그니 님의 가호(소)다.』

『어머, 아그니도 치사하게. 나도 내려줘야지. 대지의 여신 키샤르의 가호(소)야.』

『아앗, 너희들 멋대로 무슨 짓을 하는 게냐아아앗.』

『우후후, 이걸로 우리들에게도 공물을 바쳐야 해.』

『맛있는 걸 잔뜩 부탁한다.』

아아~ 가호가 두 개 추가되었어. 있어서 곤란할 일은 없겠지만, 만에 하나라도 스테이터스를 확인당하게 될까 걱정이야. 뭐, 의지할 수 있는 페르와 스이가 있으니까 여차할 때는 어떻게든 되려나.

『………………나는?』

『아, 아아~, 루카.』

『이세계인, 물 마법도 적성이 없어.』

『어, 그게, 저기…….』

『닌릴의 가호 있으니까, 내가 내려줘도 그다지 의미 없어.』

어? 무슨 소리지?

『너에게는 바람 마법과 물 마법의 적성이 없잖아. 그런 데다 너에게는 이미 바람의 여신 닌릴의 가호가 있지. 그러니까 물 마법에 적성이 없는 너에게 루카가 가호를 내려봐야 그다지 의미가 없단 말이야. 앞서 말했듯이 적성이 없는데 가호(소)를 내려봐야 어느 정도의 상태 이상 무효화와 기껏해야 지금 쓸 수 있는 마법의 발동이 잘 되는 정도인데, 효과가 겹치게 되니까 나중에 내린 루카의 가호는 그다지 의미가 없게 되는 거지.』

아그니 님, 설명 감사합니다. 의미가 없다면 딱히 필요 없을지도.

『…………가호 내리지 않으면, 나만 과자 못 받아, 다들 치사해.』

『자, 잠깐, 울지 마 루카. 이세계인 군 어떻게 좀 해봐~.』

『그, 그러하니라, 자네가 어떻게든 하거라.』

『그래. 너, 남자라면 어떻게든 해.』

어, 뭐야 그 막무가내. 어떻게든 하라니, 어떻게 하면 되는 건데?! 막무가내도 정도가 있지. 옆에 있는 너희들이 어떻게 해주라고.

어, 저기, 정말 어쩌지? 여신들의 이야기로는 내가 루카 님한테 가호를 받아도 그다지 효과가 없다는 거잖아? 그렇다면 내가

아닌 누군가에게………… 아!

"가, 가호는, 루카님의 가호는 제 사역마인 슬라임 스이에게 내려주십시오."

『오, 오오, 그거 좋은 생각이니라.』

『조, 좋잖아~ 그거.』

『으, 응. 그거 좋다.』

나에게는 효과가 없고, 나 이외의 누군가라면 페르나 스이밖에 없다. 하지만 페르에게는 이미 유감스런 여신(바람의 여신)의 가호가 붙어 있으니까 말이지. 그렇다면 스이밖에 없지.

『알았어. 그 슬라임은 물의 적성이 있으니까 마침 딱 좋아. ……내려줬어.』

하아~ 어떻게든 된 모양이네.

『자, 잠깐, 루카! 슬라임에게 통상의 가호를 내렸는데?!』

『나는 그래도 돼. 모두와 다르게 아무 생각 없이 가호를 이것저것 내린 게 아니니까.』

『어이 루카, 아무 생각 없이 가호를 이것저것 내리다니, 말이 지나치잖아.』

『그렇다, 루카.』

『사실이잖아. 그게 다들 10년에 한 명 꼴로 가호를 내리잖아. 그래서 창조신님한테도 혼났잖아. 나는 100년에 한 명 줄까 말까. 전에 가호를 내린 게 130년 전. 그러니까 내가 이 슬라임에게 통상의 가호를 줘도 아무 문제없어.』

『큭…….』

『으윽…….』

『크으으…….』

다들 루카 님에게 반론하지 못하는구나. 가호를 연발해서 창조 신님에게 야단맞았었구나.

여신님들, 대체 뭐하는 거야?

"자아 자, 여러분 진정하세요. 이, 일단 여러분에게 균등하게 공물을 바칠 테니까."

『크으으으, 이렇게 될 거라 생각해서 비밀로 했거늘. 자네, 이 몸이 맨 처음에 가호를 내렸으니 이 몸의 몫을 더 많이 준비해야 하느니라. 절대로 줄여서는 아니 되느니라.』

『닌릴도 참, 무슨 말을 하는 거야. 이세계인 군이 균등하게라고 말했잖아. 혼자서만 더 많이 받으려고 하다니, 안 된다고.』

『그 말이 맞아. 제일 빠른 쪽이 이기는 게 아니라고.』

『닌릴, 안 돼.』

하하하, 유감스런 여신 녀석 모두에게 안 된다는 말을 듣고 있잖아.

『크으으으으으.』

『자아 자아, 괜찮잖아. 그만큼 이세계인 군이 힘을 내주면 돼. 우리가 만족할 수 있게 공물을 많이 바쳐줘~.』

『……(끄덕끄덕 격렬하게 끄덕인다).』

『아, 나는 단것도 좋지만, 술도 있는 편이 좋아.』

『아그니, 그건 절대 안 돼.』

『그러하니라. 술은 입에 대선 안 되느니라.』

『술, 안 돼.』

『응? 어째서?』

『어째서냐니. 이세계 술 같은 보기 드문 게 있으면 와버리잖아.』

『그러하니라. 귀찮은 녀석들이 틀림없이 올 것이니라.』

『전쟁의 신이랑 대장장이 신, 그 외에 술을 좋아하는 신들도 몰려들 거야.』

『아앗, 그렇구나. 그 녀석들이 술 냄새를 못 맡을 리가 없나.』

『그렇다니까. 그 사람들은 술이라면 눈빛이 바뀔 정도니까.』

『응응, 게다가 세상에 보기 드문 이세계 술이라고 하면 놓칠 리 없느니라.』

『그러니까 술은 절대 안 돼.』

뭔가 엄청난 말을 하는데. 그렇게나 술을 좋아하는 거야? 그 전쟁인 신이니 대장장이 신이니 하는 녀석들은?

『그, 그렇군. 아쉽지만 술은 포기하지. 그 녀석들, 술만 있으면 어디서든 불쑥 나타나 끓어대니까.』

아, 아그니 님, 끓어대다니. 엄청난 표현이네요.

『그렇게 되었으니, 어서 단 음식을 바치거라.』

뭐가 '그렇게 되었으니'인지 모르겠지만. 일단 구입한 것들을 평소에 쓰는 종이 상자 제단에 늘어놓고 눈을 감으며 기도한다.

"여신님들, 받아주십시오. 여러분께서 내려주신 가호에 감사드립니다. 앞으로도 잘 부탁드립니다."

눈을 뜨자 종이 상자 제단에 있던 과자들은 사라지고 없었다.

『이걸로는 부족하니라. 네 명이 나누어야 하니 추가하거라.』

『맞아. 닌릴은 전에 많이 먹었으니까 괜찮지만, 우리한테는 닌릴이 먹었던 걸 전부 줘. 그렇지 않으면 불공평해.』

『그래, 맞다. 우리에게도 닌릴과 같은 걸 내놓아라.』

『……(끄덕끄덕 고속으로 끄덕인다).』

『크으으으으, 너희들~.』

아아, 정말이지 어쩔 수가 없네. 일단 이 세계의 신들이니까 무시할 수도 없다.

나는 인터넷 슈퍼를 열어서 단과자빵과 양과자와 화과자 등을 닥치는 대로 샀다.

"바라신 대로 과자를 추가합니다. 받아주십시오. 일단 닌릴 님 몫도 있으니, 여러분 싸우지 말고 나눠 드십시오."

종이 상자 제단의 과자들이 사라지더니, 머릿속에서 여신들의 환호성이 울렸다.

『굿잡이니라아.』

『이세계인 군도 무르다니까.』

『이세계의 과자, 맛있네.』

『우물우물(도라야키를 먹으며 끄덕인다).』

『아앗, 너희들 어째서 먼저 먹고 있는 것이냐! 이 몸 것까지 손대면 용서하지 않을 것이다———앗.』

『그래, 아그니도 루카도 멋대로 먹지 말아줘.』

『루카, 어째서 도라야키를 전부 네 앞에 둔 것이냐. 그건 너 혼자 먹는 게 아니니라. 아니, 그 도라야키는 이 몸이 제일 좋아하는 것이니 독차지하게 두지 않을 것이다.』

시끌벅적 법석을 떨고 있는지 도중에 여신들의 신탁이 중단되었다.

신계가 어찌 되고 있는지는 모르지만, 뒷일은 자기들끼리 알아서 어떻게든 해주세요.

아~ 겨우 해방되었네. 정말이지 여신 녀석들은 시끄럽고 당해 낼 수가 없다.

일단 가호가 두 개 추가된 내 스테이터스를 확인해둘까.

【이름】무코다(츠요시 무코다)

【나이】27

【직업】휩쓸린 이세계인

【레벨】11

【체력】194

【마력】189

【공격력】175

【방어력】174

【민첩성】170

【스킬】감정, 아이템 박스, 불 마법, 흙 마법

 사역마(계약 마수) 펜리르, 슬라임

【고유 스킬】인터넷 슈퍼

【가호】바람의 여신 닌릴의 가호(소)

 불의 여신 아그니의 가호(소)

 대지의 여신 키샤르의 가호(소)

아그니 님과 키샤르 님의 가호가 새롭게 붙어 있네. 내일이라도 효과를 좀 시험해볼까.

아, 레벨도 11로 올라갔다. 스테이터스 수치도 맨 처음 무렵보다는 올라가긴 했지만 이미 스이한테도 추월당해버렸지. 하하하…… 하아. 그런 스이의 스테이터스에는 루카 님의 가호가 붙은 거지?

【이름】스이
【나이】1개월
【종족】빅 슬라임
【레벨】6
【체력】855
【마력】848
【공격력】834
【방어력】842
【민첩성】852
【스킬】산탄(酸彈), 회복약 생성, 증식, 물 마법
【가호】물의 여신 루사루카의 가호

나이가 1개월로 되어 있는데, 정확한 날짜까지는 표시되지 않는구나. 나도 27세 몇 개월 며칠이라고 표시되지 않았으니 당연한가.

뭐 그건 제쳐두고. 어라? 벌써 레벨 6이 되었네. 스테이터스 수

치도 올라갔고. 하하, 이제 나를 훨씬 웃도는구나. 스킬에 물 마법이 늘었네. 그리고 루카 님의 가호도 생겼고. 가호가 없어도 충분히 강했는데, 가호가 생기고 물 마법 스킬이 늘었으니 훨씬 강해졌겠지.

뭐랄까, 스이는 눈 깜짝할 사이에 강해져가는구나. 아직 나이 1개월인데.

아무튼 내일 내 마법을 확인해볼 생각인데, 그때 스이의 물 마법도 확인해봐야겠다.

내일은 도시 밖에서 이것저것 마법 실험이다.

◇ ◇ ◇ ◇ ◇

도시를 나와 페르에게 부탁해서 조금 떨어진 숲까지 왔다.

『자네 말대로 불의 여신 아그니 님의 가호와 대지의 여신 키샤르 님의 가호가 붙어 있구나.』

"그렇다니까. 어제 방에 돌아가서 닌릴 님에게 공물을 바쳤더니, 뭔가 이런저런 상황이 되면서 아그니 님과 키샤르 님의 가호를 받게 됐어. 그것도 이런저런 이유로 가호(소)지만 말이지. 그 대신에 닌릴 님과 똑같이 공물을 바쳐야만 해."

『그런가. 하지만 잘되지 않았느냐. 자네는 약하니까 (소)라고 해도 가호가 많으면 그만큼 효과도 있을 터다.』

야, 약하다니…… 너, 너무 직설적이잖아.

아무리 사실이라고 해도 그런 부분은 좀 에둘러 말하라고.

"자네는 약하니까, 라니. 너 말이 너무 지나치잖아."

『음, 사실이지 않나.』

"아니 뭐, 그야 그렇지만. 아니, 그건 됐어. 여기에 온 건 그 가호의 효과를 시험해보기 위해서야. 가호(소)라도 적성이 있는 불 마법과 흙 마법을 쓸 때의 소비 마력도 줄어드는 모양이고, 위력도 다소 올라가는 모양이야. 게다가 쓸 수 있는 마법 종류도 늘어난다더라고."

『과연, 그렇군. 그래서 시험해보러 온 거로군.』

"맞아. 아, 그리고 스이에게도 물의 여신 루사루카 님의 가호가 생겼거든. 거기에도 이런저런 이유가 있지만, 페르와 같은 통상 수준의 가호가 붙었어."

『뭐라? 어디…… 자네 말대로 스이에게 루사루카 님의 가호가 있구나. 가호가 생겼다면 스이는 더욱 강해지겠군. 한번 겨뤄보도록 할까.』

뭐? 겨루지 않아도 돼. 아무리 스이가 강해졌다고 해도 페르처럼 만렙에 가까운 녀석한테는 상대가 안 될 거라고.

"잠깐, 그러지 마. 아무리 스이가 강해졌다고 해도 아직 너한테는 상대가 안 될 거야."

『음, 힘을 시험해볼 좋은 상대가 생겼다고 생각했다만…….』

"아니 아니 아니, 좋은 상대 같은 게 아니거든. 스이가 강해졌다고 해도 아직 페르한테는 미치지 못하니까. 정말로 그러지 마라."

정말이지, 전투광이냐고.

아니, 그런 말을 하고 있을 때가 아니지. 여기에 온 최대 목적인 마법 실험을 해야지.

"스이, 일어나 봐."

가방 안에서 자고 있던 스이를 깨운다.

『응? 주인, 왜 그래?』

아직 좀 졸려 보이는 스이를 안아 들고 설명을 해준다.

"저기 있지, 스이한테 물의 여신님이 가호를 내려주셨어. 그래서 물의 마법을 쓸 수 있게 됐거든."

『어? 스이, 물 마법 할 수 있게 됐어?』

"그래 맞아."

『와아, 만세!』

"그래서 말이지, 어떤 물의 마법을 쓸 수 있는지 이것저것 시험 해봐 줬으면 해."

『알았어. 물 마법, 물 마법………… 아, 할 수 있을 것 같아.』

스이 앞쪽에 지름 1미터 정도의 물방울이 나타났다.

『내 경험상, 가호가 있으면 대부분의 마법은 쓸 수 있게 된다. 그 물 구슬도 그냥 물이 아니다. 가호를 가진 자가 만든 것이라면, 사람이 마셔도 문제없을 거다.』

아무래도 물 마법으로 만든 물이라고 해도 마법을 쓴 사람의 수준이 높지 않으면 불순물이 섞여 식수로는 쓸 수 없다고 한다.

『우리는 가호를 가졌으니 설령 구정물을 마신다고 해도 아무렇지도 않겠지만.』

아무렇지 않아도 구정물 같은 건 마시고 싶지 않다고.

"그럼, 스이가 있으면 물 걱정은 하지 않아도 되겠네. 스이, 물이 필요할 때는 부탁할게."

『응, 물 필요하면 언제든 말해.』

"스이, 또 어떤 걸 할 수 있을 것 같아?"

『우음, 그러니까.』

"아, 저 물방울을 멀리로 붕하고 세게 날려서 부딪치게 할 수 있을까?"

물 구슬을 보고, 소설 같은 데서 나오는 워터 볼 마법 같은 것이 가능하지 않을까 생각했다.

『응, 해볼게.』

스이가 그렇게 말하자 동시에 물 구슬이 엄청난 속도로 날아갔다.

콰광.

물 구슬이 굵은 나무에 직격하자, 물이 흩날리며 물 구슬이 사라졌다.

끼긱…… 끼익끼익끼기기기, 쿠궁.

…………물 구슬, 워터 볼을 맞은 나무가 부러졌다.

어? 뭐, 뭐야 이 위력……. 꽤 굵직한 나무였다고. 어? 에? 어?

『우와아, 나무가 부러졌어. 대단하다, 대단해!』

흥분한 스이가 내 품에서 뛰어 내리더니 뿅뿅 뛰어올랐다.

아니 그게, 대단하다고 할까, 무섭다 스이. 그런 거 맞고 싶지 않아.

『앗, 주인, 이런 건 어떨까?』

스이는 그렇게 말하며 촉수 끝에서 물을 쭉 기세 좋게 쏘았다.

쿠궁.

어? 나무가 쓰러졌는데?

쓰러진 나무에 다가가 보니 체인 톱으로 자른 것 같이 깔끔한 단면이 드러나 있었다.

……워터 커터라는 건가? 스, 스이가 어마무시하게 강해져가고 있어.

산탄도 워터 볼도 워터 커터도 한 발 맞으면 끝인 강력한 공격이다.

아니, 새삼스럽지만 스이에게는 잘 일러둬야겠다. 스이가 이상한 짓을 할 리는 없지만, 전부 다 강력한 공격이니까.

"스이, 스이의 산탄도 방금 그 물 마법도 대단하기는 한데, 그건 있지 마물한테만 써야 해. 절대로 사람을 향해서 쏘면 안 돼. 사람한테 쏘는 건 내가 쏴도 된다고 말한 나쁜 사람한테만이야. 그 이외에는 절대로 쏘면 안 된다."

『으응, 알았어. 스이 마물한테만 쏠 거야. 그리고 주인이 하는 말 잘 들을 거야.』

"스이는 착한 아이라니까."

응응, 우리 스이는 순순하고 착한 아이라니까.

그럼 다음은 내 마법을 확인해볼 차례로군.

이것저것 시험해보고 싶은 게 있으니, 조금 시간이 걸릴지도. 그렇다면…….

"페르, 여러 마법을 시험해볼 생각이라 시간이 좀 걸릴지도 몰라. 그 사이에 블랙 서펜트가 있으면 사냥해 와줬으면 하는데, 부탁해도 괜찮을까?"

『그래, 전에 말했던 까만 뱀 가죽이 필요하다던 그 거이냐?』

"맞아. 람베르트 씨가 블랙 서펜트 가죽이 있으면 넘겨줬으면 한다고 했던 거. 부탁해도 돼?"

『그래, 알겠다. 어차피 한가하니까. 그럼 바로 다녀오겠다. 아, 너희에게는 결계를 펴둘 테니 걱정하지 마라. 그럼 다녀오마.』

"오, 페르 고맙다. 부탁할게."

움직이고 싶어서 근질근질했는지 페르가 바로 달려갔다.

"그럼 우선은 불 마법부터 시험해볼까."

하지만 숲속에서 파이어 볼을 쏘면 산불이 날 위험이 있으니까 손바닥 위에서 파이어 볼의 크기를 바꿔보거나 하며 검증을 해볼까 한다.

우선은 평소와 같은 파이어 볼을 만들어본다.

"우오옷."

평소의 파이어 볼보다 배는 커다란 불구슬이 만들어졌다.

"이게 가호의 힘인가."

평소 크기로 만들려면 마력을 좀 억누르는 느낌으로…… 오, 됐다. 점점 마력을 억제하자 그와 함께 파이어 볼도 작아져갔다. 반대로 마력을 늘려가면 파이어 볼이 점점 커진다. 최종적으로는 지름 1미터 반 정도의 파이어 볼이 만들어졌다.

"이 크기로 유지하는 건 좀 힘드네."

『우와, 주인 대단해.』

"스이, 이건 불구슬이라 뜨거우니까 너무 가까이 오면 안 돼"

『알았어.』

스이는 대단해 대단해라고 말하며 내가 파이어 볼을 크게 했다 작게 했다 하는 모습을 보고 있었다.

"이번에는 이쪽 손에도, 파이어 볼을 하나 더 만들어볼까."

양손에 파이어 볼을 만들고 크기를 바꿔어가며 시험해보았다.

이것저것 시험해보는 사이에 15분 정도가 지났다.

"어라? 전혀 지치지 않는데?"

평소대로라면 분명 "지쳤어~ 앉고 싶어"라는 느낌이 들 텐데, 지금은 아무렇지도 않았다.

"이게 가호로 인한 마력 소비 경감인가. 마력 조작도 잘되고, 게다가 위력도 강해졌어."

지름 1미터 반 정도의 파이어 볼은 유지하는 게 힘들지만, 여차할 때를 대비한 큰 기술로 쓸 수 있을 것 같다. 뭐야, 가호(소)라도 의외로 효과 좋잖아.

다음은 흙 마법을 시험해보자. 우선은…….

"스톤 배럿."

쿵, 쿵, 쿵 하는 복수의 소리가 울렸다.

노렸던 나무 근처까지 가서 확인해보니 돌멩이(스톤 배럿) 일곱 개가 나무에 박혀 있었다.

"일곱 개라, 돌멩이 수가 늘었어. 게다가 나무에 박혔다는 건 위력도 늘었다는 거겠지……?"

그 후에도 위력을 늘려가며 스톤 배럿을 몇 번 쏘아보니 돌멩이(스톤 배럿)가 서른 개 가까이 늘었다는 걸 알 수 있었다.

"산탄총 같네. 이건 위력도 꽤 있는 것 같아. 이것도 여차할 때
는 큰 기술로 쓸 수 있겠어."

그리고 시험해보고 싶은 마법이 있었기 때문에 한번 해보았다.

"스톤 월."

가로세로 2미터 정도에 두께 10센티미터 정도의 석벽이 내 앞
에 나타났다.

"오옷, 됐다."

처음이라 마력을 조금 많이 담아보았는데, 그 정도는 되어야
딱 좋은 정도의 석벽이 만들어지는구나.

마력도 많이 빠져나가는 느낌이다. 역시 스톤 배럿과는 다르구
나. 석벽을 만들어내는 거니, 그만큼 마력도 필요하다는 건가. 하
지만 이게 가능하다는 건, 쭉 있었으면 좋겠다고 생각했던 그것
도 만들 수 있을 것 같다. 시험해보고 싶지만 조금 쉬면서 마력을
회복한 다음에 하는 편이 좋을지도 모르겠다.

스테이터스를 확인해보니 마력이 절반 가까이 줄어 있었다. 조
금 피곤하기도 하고 출출하기도 하니 단거라도 좀 먹으면서 휴식
하자.

인터넷 슈퍼에서 단과자빵을 샀다.

"스이~ 조금 쉬자."

어느 틈엔가 혼자서 물 마법 연습을 하고 있던 스이를 부르자
바로 이쪽으로 다가왔다.

"자, 간식이야."

『밥 아닌데, 먹어도 돼?』

밥 먹을 시간이 아닌데 먹어도 괜찮으냐며 스이가 망설인다.

"먹어도 돼. 하지만 오늘만이야."

『만세!』

스이가 먹는 것을 보고 나도 먹기 시작한다.

내가 늘 먹는 캔 커피와 단팥빵이다. 응, 지쳤을 때 먹는 단건 더 맛있네. 한 시간 가까이 휴식한 다음 다시 스테이터스를 확인 해보았다. 가득 차지는 않았지만, 90퍼센트 정도까지는 회복되었다.

스이는 단과자빵을 먹고 나니 잠이 오는지 가방 안에서 낮잠을 자는 중이다. 스이를 깨우지 않도록 조금 거리를 둔다. 좋아, 계속해서 시험해볼까.

"후우~ 어떻게든 됐네."

시행착오가 있었지만 어떻게든 됐다. 스톤 월이 성공했으니 가능하지 않을까 했는데.

내가 시험해보고 싶었던 건 흙 마법으로 집 만들기였다. 가호 (소)라서 그렇게 복잡한 건 만들 수 없었지만, 그래도 이 정도면 충분하다. 내가 만든 집은(집이라고 해도 좋을지 의문이지만) 약 다섯 평 정도 되는 상자형 집이다. 벽과 지붕과 입구가 있을 뿐 인 간단한 구조지만, 여행 도중에 이게 있는 것과 없는 것은 큰 차이다.

페르의 결계는 방어가 완벽하고 비바람은 피할 수 있지만, 투명해서 마음이 놓이지 않는다. 제일 큰 문제는 바로 잘 때다. 안전하다는 건 알고 있지만, 전부 다 훤히 보이니까 도무지 침착할 수가 없다. 역시 잘 때 정도는 벽이 있는 곳에서 느긋하고 차분하게 자고 싶다.

그래서 생각한 것이 이 집이다. 잠을 잘 뿐이라면 이 정도로 충분하다. 응응, 괜찮네. 마력의 3분의 2 정도는 써야 하지만. 뭐, 그래도 마음 편히 자기 위한 일이니 어쩔 수 없다.

그나저나 가호(소)인데도 정말 큰 도움이 된다.

처음에는 그걸로 뭐가 그렇게 바뀌겠어? 라고 생각했는데, 응. 좋네, 이거. 없었으면 아마 이런 건 못 했을 테고. 그것 참, 가호(소)를 받길 잘했네.

이러저러하는 사이에 페르가 돌아왔다.

블랙 서펜트를 입으로 단단히 물고 있다. 오, 잡아 왔구나. 말하자마자 바로 잡아 온다는 점에서 페르의 대단함을 알 수 있다. 일단 이것도 A랭크 마물일 텐데, 자주 보다 보니 그런 느낌이 들지 않게 되었다.

페르가 사냥해 온 블랙 서펜트를 내 앞에 내려놓았다.

"페르, 고마워."

나는 블랙 서펜트를 아이템 박스에 넣었다.

『이건 어찌 된 거냐?』

내가 만든 상자 모양의 집을 보며 페르가 그렇게 물었다.

"이거는 흙 마법으로 내가 만든 거야."

『이딴 게 필요한가?』

이딴 거라니, 너 말이야…….

"아니 그게, 여행 중에 잠잘 때 이런 게 있으면 좋겠다 싶어서."

『내 결계가 있지 않느냐.』

"그렇기는 하지. 페르의 결계는 안전하고 비바람도 피할 수 있고, 무척 감사하다고 생각해. 하지만 말이지, 투명하다는 점이……. 잠잘 때 주변이 다 보이니까 마음이 편하지가 않아."

『음, 그런가?』

"예를 들면, 페르도 그 장소가 마음에 든다든가 좋은 사냥터가 있다든가 하는 이유로 한곳에 오래 머물 때가 있잖아?"

『음, 있다.』

"그럴 때 잠자리로는 어떤 곳을 골라?"

『그야 동굴이나 커다란 나무 구멍 같은 곳이다.』

"어째서 그런 곳을 고르는데?"

『어째서라니, 당연히 그런 장소 쪽이 느긋하게 잘 수 있기 때문이다.』

"내가 이걸 만든 이유도 그런 거야."

『과연, 그렇군.』

"뭐, 여행 도중이면 그날 하루 쓰고 말겠지만, 역시 마음 편히 자고 싶으니까."

페르도 납득한 모양이니, 집을 사라지게 할까? 이렇게 커다란 게 있으면 방해가 될 테니까.

아, 마법으로 만든 건 마력으로 만들어진 것이라 사라지게 하려고 하면 할 수 있는 모양이다. 스톤 월을 만들어냈을 때, 이런 커다란 걸 어떻게 하나 싶어 시험 삼아 '사라져라' 하고 생각해봤더니 슥 무너지듯 사라졌다. 아마도 그 마법을 쓴 본인만 사라지게 할 수 있는 것 같다. 그러니 집을 없애둔다. 음, 시간이 미묘하네.

"페르, 여기서 식사를 할까? 아니면 도시로 돌아가서 먹을까? 도시에 돌아간 다음이면 아마 어두워진 후에 먹게 되겠지만."

『배가 고프니 여기에서 먹고 가자.』

페르도 여기에서 먹고 가겠다고 하니 밥을 해볼까. 그렇다고 해도 오늘은 바로 먹을 수 있는 걸 생각해뒀다. 지난번에 튀겼던 치킨가스가 있으니까, 그걸 쓰려고 한다.

만들 건 치킨 남만이다.

인터넷 슈퍼를 열고 부족한 재료를 구입한다. 부족한 것은 식초려나? 다음으로 타르타르소스는 넉넉하게 사두자. 그리고 밥을 지으려면 시간이 걸리니까 빵을 살까…… 응, 햄버거 번 같은 게 있네. 이걸로 하자.

우선은 달달한 식초 양념를 만들어야지. 냄비에 간장과 식초와 설탕을 넣고 데운다. 설탕이 녹은 식초 양념에 치킨가스를 담가서 양념이 스며들게 한다. 그걸 접시에 얹고 그 위에 타르타르 소스를 듬뿍 뿌리면 끝이다.

아, 스이를 깨워야지.

"스이, 밥 먹어야지."

『으응, 바압?』

"그래, 밥."

『밥, 먹을래.』

스이를 깨운 다음, 페르와 스이 앞에 치킨 남만이 담긴 접시를 내려놓았다.

『시큼하지만 이 하얀 거랑 같이 먹으면 맛있어.』

『음, 이 하얀 것이 맛있구나.』

둘 모두 타르타르 소스가 마음에 든 모양이네.

타르타르 소스는 맛있으니까. 나도 듬뿍 뿌려서 먹어야지.

우선은 번에 치킨 남만을 얹고 타르타르 소스를 듬뿍 뿌린다.

완성된 치킨 남만 버거를 덥석.

"맛있어어."

치킨 남만과 빵은 잘 어울리는구나.

치킨가스와 그 튀김옷에 스며든 새콤달콤한 양념과 듬뿍 뿌린 타르타르 소스가 맛있다.

『음, 자네가 먹고 있는 것도 맛있어 보이는구나.』

"치킨 남만 버거 먹어볼래?"

『음, 다오.』

『아, 스이도 먹을래.』

페르와 스이가 먹을 치킨 남만 버거를 만들어주었다.

『빵이랑 같이 먹으니까 맛있어.』

그러게, 이 조합은 꽤 잘 어울리네. 페르로 말할 것 같으면……
버기 히나를 한입에 먹어버렸다. 뭐, 먹는 모습을 보아하니 맛있
어 하는 것 같다.

식사를 마치고 잠시 휴식을 취한 다음 도시로 돌아간다.

◇ ◇ ◇ ◇ ◇

"아, 잠깐 모험가 길드에 들러도 될까?"

페르에게 부탁해서 모험가 길드로 향했다.

바로 매매 창구로 가니 젊은 남자 직원이 있었다.

"저기, 요한 씨 계신가요?"

"응? 용건이 있나? 잠시 기다려봐."

그렇게 말한 창구 직원은 안쪽에 있는 창고를 향해 외쳤다.

"아저씨, 손님이야."

"그래, 잠시 기다려."

요한 아저씨의 목소리가 들렸다.

잠시 기다리고 있으려니 요한 아저씨가 안쪽 창고에서 얼굴을
내밀었다.

"누군가 했더니 형씨인가. 아직 다 안 됐는데."

"아, 그게 아니라, 따로 또 부탁드리고 싶은 게 있어서요……."

바쁜데 미안하네. 뭐, 바쁘게 만든 것도 나지만.

"뭐야? 또? 형씨는 이쪽으로 와."

요한 아저씨와 함께 창고로 향했다.

"오늘은 뭔가?"

"저기, 블랙 서펜트입니다."

블랙 서펜트를 아이템 박스에서 꺼냈다.

"형씨가 온 이후로 감각이 이상해지고 있어. 블랙 서펜트 같은 건 그렇게 술술 나오는 게 아니니까."

정말 죄송합니다.

"고기와 가죽은 제가 받아 갈 생각이고, 나머지 부분은 매입 부탁드립니다."

"알았네. 블러디 혼 불도 슬슬 마무리되어가니 둘을 함께 줄 수 있도록 해두지."

"잘 부탁드립니다."

이걸로 람베르트 씨에게 건넬 블랙 서펜트 가죽이 확보되었다.

람베르트 씨에게 상담할 일이 좀 있었는데, 잘됐다.

그럼 숙소로 돌아갈까.

오늘은 아이템 박스에 보관해둘 요리를 만들거나, 굽기만 하면 바로 먹을 수 있는 것을 준비하려고 한다. 방 안에서 하면 냄새가 밸 거라 생각해 숙소 마당을 빌려서 작업하고 있다.

먼저 이것저것 준비를 해볼까. 우선은 오크 제너럴 고기로 된장 절임을 만든다. 비닐봉지에 된장 양념과 고기를 넣어 절인다. 이렇게 해두었다가 나중에 구워주기만 하면 맛있는 된장 구이가 완성된다.

그리고 요즘 들어 메인 메뉴가 되어가고 있는 튀김이다. 바로 튀겨서 보관해둘 것과 언제든 튀길 수 있도록 간을 해둘 것을 만든다. 준비하는 건 물론 간장 베이스와 소금 베이스 두 가지 종류다. 사용하는 고기는 블랙 서펜트, 록 버드, 자이언트 도도. 각각의 고기를 절반씩 간장 베이스와 소금 베이스 양념에 버무려 놓는다.

모든 고기를 대량으로 준비해야 하므로 그 사이에 밥을 지을 준비도 함께한다. 쌀을 씻고 물에 불렸다가 밥을 짓는다. 돈도 들어왔으니 이번에는 큰맘 먹고 인터넷 슈퍼에서 버너와 냄비를 새로 샀다. 버너는 하나만 보충했다. 이전에 산 것과 합하면 세 개가 되니까. 더 있어 봐야 동시에 사용하기는 힘들 것이다. 태우기라도 하면 아까우니 말이다.

그런고로 세 개의 버너에 냄비를 올리고 밥을 짓는다.

그 사이에도 된장 절임과 튀김 준비를 한다. 페르와 스이가 먹는 양을 생각하면 대량으로 준비해야 하니 큰일이다.

그 사이에 지어진 밥은 뜸을 들이고 밥솥째로 아이템 박스에 넣어둔다. 이걸로 언제든 갓 지은 밥을 먹을 수 있다. 그리고 또다시 세 개의 버너로 밥을 짓는다. 이 중에 둘은 솥째로 아이템 박스에 넣어두고, 하나는 내 몫의 주먹밥을 만들 예정이다.

"후우~ 겨우 준비가 끝났네."

갓 지은 밥은 식지 않도록 곧바로 아이템 박스에 넣어두고, 주먹밥을 만들 예정인 솥만 그대로 둔다.

"주먹밥은 아무것도 안 넣은 거랑 미역, 연어, 멸치로 할까."

재료를 인터넷 슈퍼에서 구입해서 주먹밥을 여러 개 만든다.

모양이 좀 별로인 것도 있지만, 이건 애교라는 거다.

사실 안에 명란 같은 것도 넣고 싶지만 귀찮으니 포기한다.

앞으로 더 만들어야 할 것도 있으니까.

"후하하하하하, 인터넷 슈퍼에서 이걸 발견했을 때부터 쭉 만들고 싶었던 게 있거든~."

인터넷 슈퍼에서 발견하고 구입한 것은 손으로 돌리는 분쇄기다. 조리 도구로 이런 것도 팔고 있더라고. 이걸로 간 고기를 만들 수 있다고.

내가 만들려고 하는 것은 햄버그다. 튀김과 마찬가지로 이걸 싫다고 하는 사람은 별로 못 봤다. 치즈를 얹거나, 일본풍으로 하거나, 찌거나 하는 등 여러 가지로 변화도 줄 수 있고. 우선은 대량의 고기를 갈아야 한다. 간 고기는 여러 요리에 쓸 수 있기 때문에 많이 만들어두고 싶다.

우선은 블러디 혼 불 고기를 간 고기로 만든다. 넣고 돌리고 넣고 돌리고…… 그 동작을 몇 번이나 반복했는지 모를 만큼 반복해준 끝에 드디어 대량의 블러디 혼 불 간 고기가 만들어졌다. 하지만 이걸로 끝이 아니라고.

다음은 오크 제너럴 고기를 갈아주어야 한다.

블러디 혼 불 고기를 갈 때와 마찬가지로 고기를 넣고 돌리고 넣고 돌리고…… 몇 번이고 몇 번이고 반복하여 대량의 오크 제너럴 간 고기가 완성되었다.

"후우~ 지쳤어. 하지만 이제 햄버그를 만들 수 있겠군."

우선은 양파를 잘게 다진다. 햄버그에 넣는 양파는 생으로 넣는 파와 볶아서 넣는 파가 있는데, 나는 귀찮아서 매번 생으로 넣는다. 간 고기는 블러디 혼 불 6, 오크 제너럴 4의 비율로 할 생각이다.

그럼 재료를 섞어볼까. 볼에 빵가루를 넣은 다음, 우유를 부어 빵가루에 우유가 스며들게 한다. 거기에 간 고기와 다진 양파, 달걀, 소금 후추를 넣고 섞고 반죽한다. 다음은 적당한 크기로 뭉쳐서, 사두었던 넓은 접시에 나란히 놓고 랩으로 덮어서 아이템 박스에 보존한다. 반죽하고 모양 잡기를 반복한 끝에 겨우 마무리가 되었다. 마지막 무렵에 만든 햄버그 안에는 녹는 치즈를 넣어보기도 했다.

다음은 닭튀김 등의 튀김류와 햄버그를 조리해서 바로 먹을 수 있도록 해두면 끝이다. 기름을 데우고 재워두었던 고기의 절반을 튀긴다. 이번에도 두 번 튀겨서 바삭하게 만들었다.

대량의 튀김을 튀기는 김에 돈가스와 치킨가스도 만들어두었다. 치킨가스에는 녹는 치즈를 끼워 넣어보았다. 돈가스도 치즈를 넣은 치킨가스도 잘 튀겨졌다. 이것도 대량으로 만들어둔다.

"좋아 좋아, 잘됐어. 기름이 있으니 그것도 튀겨둘까."

인터넷 슈퍼를 열어 구입한 것은 냉동 감자튀김이다.

여유가 있으니 가느다란 것과 껍질이 있는 두툼한 것 두 종류를 튀기기로 한다. 이렇게 해두면 음식에 곁들여낼 수도 있고, 무엇보다 맥주 안주로 딱 좋다. 감자튀김도 많이 만들어둬야지.

"튀김은 이 정도면 되려나."

다음은 햄버그를 구워볼까.

이번에 구울 것은 정통파라고 할 수 있는, 가정의 맛 케첩과 소스를 사용한 것이다. 햄버그 가운데를 움푹 눌러준 다음 프라이팬으로 굽는다. 양쪽이 잘 구워지면 물을 넣고 뚜껑을 덮어 찌듯이 구워준다.

햄버그를 꺼내고 그 프라이팬을 그대로 사용하여 소스를 만든다. 케첩과 소스를 넣고 끓이면 소스 완성이다. 나는 케첩과 소스만 사용하는데, 개중에는 간장이나 설탕 같은 걸 넣는 경우도 있는 모양이다. 그런 부분은 집집마다 조금씩 다른 것이리라.

햄버그에 소스를 뿌려서 완성.

치즈를 넣은 햄버그도 구워 똑같이 소스를 뿌린다.

"좋아, 다 됐다."

이걸로 한동안은 버티려나. 아니, 버텨줬으면 좋겠다.

『꼬르르르르.』

성대한 꼬르륵 소리에 뒤를 돌아보니 페르가 군침을 흘리며 기다리고 있었다.

그 옆에는 스이도 있다.

"하아……."

둘에게는 중간중간 제대로 밥(고기를 구웠을 뿐이지만)을 차려줬는데 말이지.

어쩔 수 없다. 갓 완성된 햄버그를 두 사람에게 내주었다.

『좋은 냄새가 나더니, 음, 이건 맛있구나. 양쪽 다 맛있지만 안에 쭉 늘어지는 게 들어간 쪽이 더 맛있다.』

『정말, 이거, 맛있어. 안에 하얗고 쭉 늘어나는 게 들어간 거 맛있어.』

여기서도 치즈는 정의인가. 뭐, 나도 치즈를 넣은 쪽이 좋지만. 그런 생각을 하면서 치즈가 들어간 햄버그에 갓 지은 밥을 먹는다. 아~ 맛있어. 오늘은 나 열심히 했으니까, 상으로 금방 튀긴 감자튀김을 곁들여 프리미엄 맥주라도 마실까. 응, 그게 좋겠다.

블러디 혼 불 고기와 블랙 서펜트 고기와 가죽을 받으러 모험가 길드에 왔다.

요한 아저씨의 뒤를 따라 이제 완전히 익숙해진 창고로 페르와 함께 향했다.

스이는 늘 그렇듯 가방 안에 있다. 편안한 이 가방이 정말 마음에 든 모양이다.

"저기, 길드 마스터가 예의 그 미스릴 리저드 건으로 란그릿지 백작님께 이야기를 하러 가서 아직 돌아오질 않으셨네. 하지만 블러디 혼 불 토벌 보수에 관한 건 내가 맡기로 했으니까 돈도 함께 주지."

길드 마스터는 아직 백작님과 이야기 중인 건가.

귀찮은 일을 만들어 죄송합니다. 높은 위치에 있는 사람은 힘들겠다.

"우선은 맡아두었던 토벌 보수가 금화 324닢일세. 매매 쪽 내역을 설명하지. 우선 블러디 혼 불의 뿔이 마리당 둘×58로 금화 174닢이네. 그리고 가죽×57로 금화 456닢. 이번에는 고기도 절반 넘겨받게 되어서, 그게 29마리로 290닢이로군. 그리고 추가로 블랙 서펜트의 독주머니, 간, 송곳니, 눈알, 마석이 금화 79닢. 그 총합이 금화 1,323닢일세."

블러디 혼 불의 뿔은 마법 도구의 재료가 되며, 가죽은 가방이나 신발 등의 소재로 인기가 있다고 한다.

그러고 보니 람베르트 씨 가게에도 블러디 혼 불 가죽 가방이 있었지.

그리고 고기는 조금 비싸지만 인기가 있는 고기라고 한다.

마릿수가 마릿수인 만큼, 전부 합하면 이런 가격이 되는가 보다.

"우리 길드도 형씨가 온 후부터는 말도 안 되게 이익이 늘었어. 이 정도 금액이면 원래 며칠 기다려야 구할 수 있는데…… 지금은 바로 지불할 수 있을 만큼 말이야."

턱, 턱, 턱, 턱, 턱. 요한 아저씨가 작업대 위에 자루 다섯 개를 올려놓았다.

"주머니 하나에 금화 300닢, 이 작은 거에는 우수리 123닢이 들어 있네."

요한 아저씨가 그렇게 말하면서 왼쪽의 약간 자그마한 자루를 툭툭 두드렸다.

금화 1,323닢이라……. 어쩐지 수입이 엄청나지고 있는데. 잘 버는 페르 덕분에.

미스릴 리저드 값도 들어올 예정이고.

"아, 그래. 길드 마스터로부터의 전언이네. 형씨가 이 길드에 가져오는 마물에 대해서는 해체 비용을 무료로 해줄 테니 많이 이용해달라고 하더군. 그리고 이 도시에 있는 동안에 사냥한 사냥감은 부디 우리 쪽으로 가져와 달라고 말했네."

해체 비용이 무료인가.

지금은 고기도 잔뜩 있고, 페르에게 사냥을 다녀오게 할 예정은 없는데.

뭐, 페르가 운동 부족 해소를 위해 사냥하러 가게 되면 그때 팔기로 하자.

"다음은, 여기 돌려줄 블러디 혼 불 고기와 블랙 서펜트 고기와 가죽일세."

요한 아저씨에게 28마리분의 블러디 혼 불 고기와 블랙 서펜트 고기와 가죽을 건네받았다. 블러디 혼 불의 고기의 양은 살짝 질릴 정도였다. 전부 아이템 박스에 넣었지만.

그럼 슬슬 돌아갈까. 페르와 함께 모험가 길드를 뒤로하고 숙소로 돌아왔다. 도중에 잡화점에 들러서 필요한 것들도 구입했다.

"페르, 준비를 좀 한 다음에 람베르트 씨 가게에 갈 건데, 페르는 어쩔래?"

『그 축사에 있는 건 심심하니 이 몸도 함께 가겠다.』

"알았어. 그럼 방에서 준비 좀 하고 올 테니까, 잠시 기다려줘."

페르에게 그렇게 말하고 방으로 향했다.

"그러고 보니 요즘은 모험가 길드에만 찾아갔었네. 일단 상인 길드에도 가입했으니까 상인 일도 조금 해둬야겠지."

세금은 이미 내두었지만 모처럼 상인 길드에 등록되어 있으니 조금은 상인 같은 일도 해보고 싶다. 그런고로 인터넷 슈퍼에서 산 물건을 이쪽에 팔까 한다. 팔 물건은 정해두었다. 추측이지만, 이거라면 팔릴 거라고 생각한다. 하지만 이쪽 세계에서 가격이 어찌 되는지 모르니까 말이지. 그 점을 람베르트 씨에게 상담할 예정이다. 람베르트 씨는 상인으로서 꽤 수완이 좋은 것 같으니까.

인터넷 슈퍼에서 점찍어 두었던 것을 구입한다.

세 개 묶음에 동화 한 닢인 비누와 세 개 묶음(장미향)에 동화 세 닢인 비누를 사보았다. 그리고 린스가 포함된 리필용 샴푸를 동화 네 닢에 구입했다. 다음은 샴푸와 트리트먼트 리필용을 각각 동화 다섯 닢으로 구입. 동화 여덟 닢으로 다른 것들보다 조금 비싸지만, 팔 수 있지 않을까 싶어 바로 헤어마스크도 구입했다.

그러고 보니 이걸 넣을 병을 안 샀네…… 아무튼 이건 특별한 물건으로 팔 생각이니까 인터넷 슈퍼에서 산 병에 넣어도 괜찮겠지.

"좋아, 이걸 아까 산 자루와 병에 넣어서 가자."

비누는 포장을 벗기고 작은 자루에 하나 하나 넣었다. 비누는 이쪽 세계에도 있는 모양이니까, 보디 샴푸보다 친숙한 비누 쪽이 좋으리라 생각해서 비누로 결정했다. 세 개 묶음에 동화 한 닢인 것은 조금 싸게 팔고 장미향 쪽은 고급품으로 팔 생각이다.

린스가 들어간 샴푸는 평범하게 사용(이라고는 해도 목욕 자체가 일반 서민에게는 보급되어 있지 않은 모양이니 돈이 좀 있는 이들 용이 되겠지만)하는 것, 샴푸와 트리트먼트는 귀족님들 용인 고급품으로. 샴푸와 트리트먼트를 제대로 사용하면 머리카락의 감촉과 윤기가 전혀 달라지니까.

그리고 예정에 없다가 구입한 헤어마스크는 인터넷 슈퍼에서 산 샴푸를 담아 쓸 법한 병에 담았다. 이건 특별품으로, 여차할 때 쓰면 마법처럼 머리카락이 아름다워진다느니 하고 말해서 높은 가격으로 팔 수 있지 않을까 한다.

자, 그럼 준비 완료다.

팔릴 거라고는 생각하지만, 어느 정도의 가격이 적절할지 전혀 모르겠다. 그 점을 람베르트 씨와 상담할 생각이다. 가능하면 써 보고 사용감 등도 말해주었으면 한다. 나도 써본 것이기는 하지만, 이쪽 사람이 어떻게 생각할지는 알 수 없다. 분명 샴푸 종류는 지금까지 없었던 물건일 테니까.

아무튼 이걸 가지고 가서 상담을 하자.

그나저나 나도 목욕하고 싶다……. 적신 타월로 몸을 닦는 것
도 익숙해지기는 했지만, 아무래도 역시 욕조에 몸을 담그고 싶
다. 목욕하고 싶다고.

◇ˑ◇ ◇ ◇ ◇

"안녕하십니까. 무코다라고 합니다만, 람베르트 씨 계신가요?"

람베르트 씨 가게에 와보았지만, 오늘은 가게 안에 람베르트
씨의 모습이 보이지 않아서 종업원에게 말을 걸었다. 종업원은
날 기억하고 있었는지 바로 람베르트 씨를 부르러 가주었다.

"무코다 씨, 어서 오십시오."

"이전에 람베르트 씨가 얘기하셨던 블랙 서펜트 가죽이 손에
들어와서요."

"오오, 그거 감사합니다. 그럼 이쪽으로."

람베르트 씨에게 안내를 받아 가게 안쪽에 있는 응접실로 들어
갔다.

람베르트 씨가 권한 자리에 앉자 바로 메이드가 차를 가져다주
었다.

차는 향도 맛도 우롱차 같았다.

"그럼 블랙 서펜트 가죽을 보여주시겠습니까?"

람베르트 씨의 말에 아이템 박스에서 블랙 서펜트 가죽을 꺼내

보여주었다.

"호오 호오, 이건 상처도 적고 훌륭하군요."

람베르트 씨가 블랙 서펜트 가죽을 감정하며 "훌륭합니다"라고 입이 마르게 칭찬했다.

아무래도 이렇게 상처가 적은 건 손에 넣기 힘든 모양이다.

"이렇게 좋은 물건이라니, 저도 성의를 보이겠습니다. 금화 50닢이면 어떠시겠습니까?"

어? 가, 가죽만으로 금화 50닢? 내가 놀라자 람베르트 씨가 설명해주었다.

"조금 전에 말씀드린 대로, 이 가죽은 상처가 적습니다. 상처가 있으면 그 부분은 쓸 수 없게 되고, 가죽을 많이 사용하는 가방 같은 건 만들기 어려워지죠. 이 가죽은 그런 점에서 상처도 적고 버리게 되는 부분이 거의 없으니까요."

과연. 그래서 금화 50닢인가. 예상하지 못한 임시 수입이네.

"그 가격으로 부탁드립니다."

내가 그렇게 말하자 람베르트 씨가 안쪽 방에서 금화 50닢을 가져왔다.

"금화 50닢, 확인해보시죠."

역시 상인이라고 해야 할까. 열 닢씩 겹쳐둔 금화가 다섯 줄 있었다.

"네, 확실하게 금화 50닢을 받았습니다."

어쩐지 아까워서 지금껏 쓰지 못했던, 이 가게에서 산(받은) 샌드 스네이크 지갑에 금화 50닢을 넣었다.

"오, 그건 저희 가게 물건이군요."

"네, 어쩐지 아까워서 쓰는 걸 망설이고 있었는데, 람베르트 씨 가게에서 수입이 생겼으니까 이걸 기회로 쓰기 시작해볼까 합니다."

"예에, 예에, 이런 물건은 쓰면 쓸수록 멋있어지니 오래 써주시면 좋겠습니다."

금화 50닢이 들어간 샌드 스네이크 지갑이라니, 살짝 부자가 된 기분이다.

헤벌쭉해지려는 얼굴을 자제하며 람베르트 씨에게 상담할 내용을 꺼냈다.

"저기, 람베르트 씨에게 좀 상담드리고 싶은 게 있습니다만……."

"저한테요?"

"네, 그 전에…… 블러디 혼 불이 많이 생겨서 조금 나눠드릴까 합니다."

상담을 시작하기 전에 손에 들어온 블러디 혼 불 가죽을 람베르트 씨 앞에 내밀었다.

"받아도 괜찮겠습니까?"

"물론입니다. 방금 말씀드린 대로 많이 생겼거든요."

약간 뇌물 같은 느낌이 들기는 하지만, 뭔가를 건네두는 편이 나로서도 상담하기 편하다.

람베르트 씨가 "그렇다면" 하고 받아두는 것을 지켜본 뒤에 이야기를 계속했다.

"사실 저는 상인 길드에도 등록되어 있습니다."

그렇게 말하며 아이언 랭크의 길드 카드를 내보였다.

"호오, 그러십니까. 상인 길드와 모험가 길드 양쪽에 등록이라니, 드문 일이군요."

"상담드릴 건, 이런 상품이 팔릴지 어떨지, 그리고 얼마 정도의 가격이 적당할지를 가르쳐주셨으면 하는 겁니다."

나는 그렇게 말하면서 비누와 샴푸 등을 꺼내놓았다.

"이 비누는⋯⋯."

싼 쪽의 비누를 꺼내 람베르트 씨에게 설명했다.

"그리고 이쪽 비누는 우아한 향기를 맡아보시면 아시겠지만, 조금 비싸게 팔고 싶습니다."

람베르트 씨는 큰 흥미를 느낀 듯 비누의 향기를 맡아보았다.

"이쪽은 머리를 감을 때 쓰는 건데, 이걸로 씻으면 머리카락이 찰랑찰랑해집니다. 특히 여성분들에게 인기가 있을 거라 봅니다."

린스가 들어간 샴푸가 담긴 병을 들어 설명하자, 람베르트 씨는 이쪽에도 큰 흥미를 보이며 코르크 마개를 빼서 향기를 확인했다.

"이것도 머리를 감는 겁니다만, 그 상품보다 효과가 좋습니다. 그만큼 높은 가격을 받았으면 하고 있습니다. 이걸로 머리를 감은 다음에 이쪽에 있는 이걸 머리에 바르고 잠시 기다렸다가 씻어내면 머리카락에 윤기가 흘러서 모두가 부러워할 아름다운 머리카락이 됩니다."

람베르트 씨가 샴푸와 트리트먼트의 코르크 마개도 빼서 향을 확인했다.

"마지막으로 이건 비장의 물건입니다만, 머리를 감은 다음에 이걸 바르고 시간을 두고 씻어 내면 머리카락의 상태가 어땠든 단번에 마법처럼 머리카락이 아름다워집니다."

헤어마스크가 담긴 병을 내려놓자 람베르트 씨는 그것도 열어서 향을 확인했다. 람베르트 씨는 잠시 눈을 감고 생각에 잠겼다. 무슨 말을 하려나 싶어서 두근두근했다.

"무코다 씨, 무코다 씨와 아는 사이가 되어 정말로 다행입니다."

람베르트 씨가 절절한 말투로 그런 말을 꺼내기에 무슨 일인가 싶었다.

"사실 2주 후가 저희 부부의 결혼기념일인데, 아내에게 무얼 선물하면 좋을까 고민하느라 요즘 위가 쿡쿡 아파 올 정도였습니다……."

들어보니, 람베르트 씨는 그동안 아내에게 선물로 자신이 파는 여성용 백을 선물했던 모양이다. 그렇지 않으면 액세서리류였다고 한다. 하지만 올해는 아내가 선수를 쳐서 가방도 액세서리도 충분히 있으니 다른 것으로 해달라는 뜻을 빙 돌려서 전달했다고 한다.

그런 뜻을 전달받고도 지금까지와 마찬가지로 가방과 액세서리를 선물했다간……. 람베르트 씨는 선물이라고 하면 가방과 액세서리라고 생각하던 사람이라 무엇을 선물하면 좋을지 쭉 고민했던 모양이다.

"아내는 비누도 애용하고 있고, 머리카락에 관해서도 이것저것 신경을 쓰는 것 같으니 지금 무코다 씨가 소개해주신 물건들을

175

선물하면 기뻐할 게 틀림없습니다!"

"이걸로 무시당하지 않고 넘어가겠군……" 하고 람베르트 씨가 중얼거린다. 부부도 큰일이군.

그것보다 람베르트 씨 말 중에 신경 쓰이는 부분이 있었는데.

"비누를 애용하고 계시다는 건 욕조가 있다는 건가요?"

정도의 차이는 있겠지만, 욕조 같은 건 귀족님들 집에나 있는 거라고 생각했는데.

"네, 아내가 꼭 갖고 싶다고 해서 욕조를 두고 있습니다."

호오, 있구나 욕조. 이세계의 욕조는 어떻게 생겼는지 한번 보고 싶다. 그리고 나도 살 수 있는 거라면 꼭 구입하고 싶다.

"아, 저기 실례일지도 모르지만 욕조를 좀 보여주실 수 있을까요?"

남의 집 욕조를 갑자기 보여달라고 하는 건 좀 그렇지만, 너무 궁금했기 때문에 람베르트 씨에게 물어보았다.

"네, 좋습니다."

오, 의외로 간단하게 허락해주었다.

그리고 안내받은 욕실. 거기에 있던 것은 대야를 크게 만든 듯한 형태의 도자기로 된 갈색의 둥근 욕조였다. 이런 욕조라면 내가 들어가기에도 충분히 여유가 있어 보이고, 괜찮을 것 같은데.

"이게 저희 집 자랑인 욕조입니다."

상인이면서 집에 욕조를 갖고 있다는 건 성공했다는 증거인 듯, 람베르트 씨에게 이 욕조는 자랑거리인 모양이다.

"훌륭한 욕조네요."

내가 그렇게 말하자 람베르트 씨도 싫지는 않은 듯 이것저것 가르쳐주었다.

글쎄 이 욕조는 특수한 방법으로 부순 마석 가루를 반죽하여 구운 것으로, 무척 비싼 물건인 모양이다. 이 세계에서 욕조는 마석 가루가 들어간 도자기로 만들어지며, 마석이 들어감으로써 단단해지고 보온성이 있는 욕조가 된다고 한다. 람베르트 씨의 이 갈색 욕조는 당시 금화 350닢이 들었다고 하는데, 화려한 색이 들어가거나 그림이 그려진 것은 더 비싸진다고 한다.

그, 금화 350닢이라니…… 욕조는 역시 비싸구나. 뭐, 지금은 페르 덕분에 주머니가 두둑하니 못 살 건 없겠지만. 아니, 욕조 엄청 갖고 싶어.

일단 봐두기라도 할까 싶어 람베르트 씨에게 욕조를 구입할 수 있는 가게를 물어보았다. 이 도시에서 욕조를 살 수 있는 곳은 이라리오 상회라는 큰 가게라고 한다. 이 도시에 있는 가게가 본점이며 다른 도시에도 몇 개인가 지점을 내고 있단다. 욕조가 갖고 싶으니 나중에 좀 보러 가야겠다.

아, 맞다. 아내분에게 선물한다고 해도 우선은 람베르트 씨에게 사용감을 확인받아야지.

"람베르트 씨, 이 물건들을 아내분께 선물하기 전에 직접 써보시고 느낌을 좀 알려주셨으면 합니다. 하나씩 두고 가겠습니다. 사용해보고 괜찮다고 하시면 아내분께 선물할 것도 준비하겠습니다. 그리고 사용해본 느낌과 함께 가격을 어느 정도로 잡으면 좋을지도 꼭 좀 가르쳐주셨으면 합니다."

"확실히 그렇군요. 아내에게 선물하기 전에 직접 사용해 확인해야겠군요."

람베르트 씨는 "이상한 걸 선물하거나 하면 얼마나 화를 낼지 알 수 없으니까요"라고 중얼거렸다. 람베르트 씨, 의외로 고생하고 계시는군요…….

"그럼, 잘 부탁드립니다."

그렇게 람베르트 씨 가게를 뒤로했다.

이제 남은 건 이 물건들이 얼마에 팔릴지다. 비누나 샴푸나 트리트먼트라면 향이 다른 것들도 다양하게 있고, 지금 유행하는 실리콘 성분 등이 들어가지 않는 것들도 투입하면 여러 가지로 가격 설정이 가능하리라 생각한다. 그건 나중에 생각하기로 하고, 아무튼 소금과 후추 이외의 유망한 상품이 될 것이 틀림없다.

람베르트 씨가 어떤 감상을 들려줄지 기대된다.

숙소 마당에서 페르와 스이와 나 셋이 아침 식사를 마치고 한숨을 돌리고 있을 때였다.

숙소의 여주인과 함께 열두세 살 정도의 소년이 이쪽으로 다가왔다.

"람베르트 상회에서 손님이 왔어."

여주인의 말을 듣고 소년의 얼굴을 가만히 살펴보니 본 적 있는 얼굴이었다.

람베르트 씨 일행을 도와주었을 때 함께 있던 소년이다.

"저기, 주인어른께서 지금 바로 가게로……."

응? 무슨 일이지? 아니, 소년이 군침을 흘리고 있는데? 우리가 식사를 마친 흔적을 보고 도시로 돌아오던 동안 맛있게 먹었던 식사를 떠올린 건가? 한창 먹을 때니까.

좋아, 이 형이 맛있는 걸 줄게.

"아침부터 먹기에는 좀 부담스러울지도 모르지만, 너처럼 어리면 괜찮겠지."

오크 제너럴 된장 절임을 얼른 구워서 오크 제너럴 된장 구이 덮밥을 만들어 내주었다. 소년은 내 얼굴과 된장 구이 덮밥을 번갈아가며 몇 번이고 보고 있다.

"네 나이 때는 아무리 먹어도 배고픈 법이잖아? 이거, 먹고 가."

"저, 저기, 그래도 되나요?"

"너 주려고 만든 거야."

"아, 감사합니다!"

그렇게 말하고 소년은 오크 제너럴 된장 구이 덮밥을 기세 좋게 먹기 시작했다.

"마, 맛있어요……."

행복한 표정으로 먹는구나.

소년이 다 먹자마자 엽차를 내주었다.

특별히 진한 맛이 느껴지지 않는 차라고 생각해서 내주었더니, 뜨거운 엽차를 후후 불어가며 마셨다.

"정말 맛있었습니다. 이 차도 맛있네요. 정말로 감사합니다."

응응, 정말 예의 바른 아이네.

열두세 살에 일해야만 하다니, 이세계 험난하구나.

소년이여, 지지 말고 힘내.

"아, 저기 주인어른이 기다리고 계신데……."

아, 맞다. 람베르트 씨가 부른다고 했지.

페르도 스이도 함께 데리고 람베르트 씨 가게로 향했다.

소년의 뒤를 따라 람베르트 씨 가게에 들어서자 바로 람베르트 씨가 맞아주었다.

"무코다 씨, 잘 와주셨습니다. 살았다……."

안심한 표정을 하는 람베르트 씨 뒤로 한 명의 여성이 나타났다. 나이는 30을 조금 넘겼으려나? 짙은 갈색의 긴 머리카락을 가진 볼륨감 넘치는 스타일 좋은 미인으로, 약간 성격이 강해 보였다.

"당신, 저에게도 소개해주겠다고 약속했잖아요."

"아, 그렇지……. 무코다 씨 이쪽은 제 아내인……."

람베르트 씨를 제치고 아내분이 내 앞으로 나섰다.

"람베르트의 아내인 마리라고 합니다. 잘 부탁드립니다."

그렇게 말하며 롱스커트 자락을 잡아 살짝 들어올린다.

"람베르트 씨께는 신세를 지고 있습니다. 저야말로 잘 부탁드립니다."

마리 씨가 날 훑어보더니 그런데, 라며 내 쪽으로 다가왔다.

"왜, 왜 그러시나요?"

이런 미인 부인이 가까이 다가오면 두근두근한다고.

"실은, 이 물건들 말씀입니다만……."

마리 씨가 손에 든 바구니에 담긴 것들은 내가 어제 람베르트 씨에게 시험 삼아 사용해봐 달라고 했던 비누와 린스가 들어간 샴푸 등이었다.

람베르트 씨와 마리 씨의 이야기를 들어보니, 마리 씨는 어젯밤 목욕을 마친 람베르트 씨에게서 너무나도 좋은 향기가 나기에 어찌 된 일인지 추궁했다고 한다.

람베르트 씨는 결혼기념일에 선물할 물건이었기에 처음에는 시치미를 뗐지만, 그걸로 마리 씨가 포기할 리 없었고…….

"그게, 목욕을 마친 남편에게서 무척이나 좋은 향기가 났으니까요. 우리 집안에 대머리는 없으니 괜찮다는 말을 하며 머리카락에는 신경도 쓰지 않았던 남편의 머리카락에서 윤기가 흐르는데다 찰랑찰랑해지기까지 했고요. 그게 신경 쓰이지 않을 여자는 없습니다."

확실히 목욕을 마치고 나왔을 때 좋은 냄새가 나면 신경 쓰이겠지. 특히 그런 면에 민감한 여성이라면 더욱. 분명 뭔가 좋은 걸 썼을 거라 생각할 법하지.

그래서, 마리 씨가 추궁한 결과 람베르트 씨가 전부 불었다고.

"남편에게 이야기를 듣고 직접 써보았더니 무척 놀랍더군요."

그 다음은 흥분한 기색으로 마리 씨가 사용감을 열심히 들려주었다. 고급 타입인 비누를 써본 모양인데, 거품이 풍성하고 피부도 보들보들해진 데다 무엇보다 향기가 좋았다고. 그리고 샴푸는 평소 비누로 감는 것보다 거품도 잘 나고 깨끗하게 씻겨 나가 상쾌한 느낌이라고 했다.

"그중에서도 이 상품은 정말 훌륭했습니다."

그렇게 말하며 마리 씨가 손에 든 것은 헤어마스크가 담긴 병이었다.

"남편이 말하길, '머리카락의 상태가 어떻든 단번에 마법처럼 머리카락이 아름다워진다'고 무코다 님께서 설명해주셨다고 하기에 바로 써보았습니다. 이런 훌륭한 비누를 가지고 계시니, 의심할 여지가 없었죠. 그리고 사용해보니 정말……."

마리 씨가 자신의 긴 머리카락을 넋을 잃은 듯한 표정으로 쓰다듬었다.

"푸석푸석하고 뻣뻣해서 늘 고민이었던 제 머리카락이 이렇게나 매끄럽고 찰랑찰랑하고 윤기 있는 머리카락이 되었답니다."

마리 씨가 홀린 듯한 표정으로 몇 번이고 몇 번이고 자신의 머리카락을 쓰다듬고 있다.

……마리 씨, 대체 본인의 머리카락이 얼마나 마음에 드신 겁니까?

"그 점은 저도 놀랐습니다. 마리의 머리카락이 잘못 본 건가 싶을 정도로 보들보들하고 살랑살랑한 머리카락이 된 데다, 좋은 향기까지 나지 뭡니다. 마리의 아름다움이 한층 더해졌습니다."

람베르트 씨의 그 말에 마리 씨가 뺨을 살짝 붉히며 "어머, 당신도 참"이라고 말하더니 람베르트 씨의 팔을 살짝 때리고 있다.

…………리얼충놈들.

"그래서 말입니다만, 실은…….""

예이예이, 아내분에게 잔뜩 사주겠다는 거겠지?

"무코다 씨, 부디 이 상품들을 저희가 팔 수 있게 해주시지 않겠습니까?"

…………뭐?

람베르트 씨의 "저희가 팔 수 있게 해주시지 않겠습니까?"라는 말에 한순간 깜짝 놀랐다.

그도 그럴 것이, 람베르트 씨의 가게는 가죽 제품을 파는 가게라고. 그런 데서 비누나 샴푸 같은 걸 팔다니, 완전히 자리를 잘못 찾은 느낌이잖아.

"놀라시는 것도 무리는 아니지요. 저도 반대하기는 했습니다만……."

그렇게 말하며 람베르트 씨가 아내인 마리 씨를 바라보았다.

"당신, 아직도 그런 말을 하는 건가요? 당신은 모르는군요. 이물건들은 절대로 잘 팔릴 거예요. 팔릴 거라는 사실을 알면서도 그런 물건을 멀뚱멀뚱 다른 가게에 양보하다니, 상인이라 할 수 없어요."

마리 씨가 그렇게 역설했다.

"이 상품을 팔면 귀족 부인들은 물론이고 제 친구들이나 일반 여성분들까지 빠짐없이 사러 올 거예요. 제 머리카락을 보고 흥미를 느끼지 않는 여성이 있을 리 없으니까요."

"정말 그 정도일까?"

"그럼요. 우리 가게는 가죽 제품을 취급하는 가게지만, 그거 그거 이건 이거예요. 가게의 한쪽 구석이라도 좋아요. 무코다 씨의 상품을 놔보세요."

"그, 그럴까?"

"당신이 싫다고 한다면, 제가 팔게요."

"아, 아니, 그럴 수는 없지. 응."

람베르트 씨가 마리 씨에게 쩔쩔매고 있다.

"알겠어. 마리를 믿고 그 말대로 하지."

람베르트 씨가 그렇게 말하자 마리 씨가 "우후후후후, 이걸로 내 몫은 확보할 수 있겠어"라고 중얼거렸다.

"마, 마리?"

"으흠, 무코다 님, 부디 저희가 판매할 수 있게 해주실 수 없을까요?"

마리 씨, 본심이 새어 나왔거든요.

아니, 그건 제쳐두고. 이 가게에서 팔아준다면, 그건 정말 바라 마지않던 일이다. 나는 가게를 가지고 있는 것도 아니고, 귀찮은 접객 같은 걸 하지 않아도 된다는 건 감사한 일이니까.

"물론 좋습니다. 람베르트 씨 가게에서 판매해주신다면 저로서도 감사한 일인걸요."

"감사합니다! 잘됐다~. 정말로 잘됐어."

마리 씨가 기뻐하며 잘됐다~라고 말하고 있다. 이거, 거절했으면 어떻게 됐을까? ··········으으, 오싹했어. 미용에 관한 여성의 집념을 얕봐선 안 되지.

"그럼 자세한 이야기는 안쪽 방에서 나누도록 하죠."

마리 씨의 말에 남자들은 얌전히 그녀의 뒤를 따라갔다.

가게 안쪽의 응접실에는 나, 람베르트 씨, 마리 씨 세 사람이 자리 잡았다.

마리 씨도 이야기에 제대로 참여할 셈인가 보다.

이야기를 나눠보니, 람베르트 씨도 판매할 공간을 만드는 데는 시간이 필요한 모양이었고, 가게 앞에 약 한 평 정도의 자리를 만들 예정이라고 한다.

"저는 더 넓어도 괜찮을 거라 생각하는데, 이 부분만큼은 판매량에 달린 문제라며 남편이 고집을 부리면서 들어주질 않네요……."

마리 씨는 무척 아쉬운 모양이다. 하지만 람베르트 씨 마음도 이해한다. 새로운 상품인 데다, 람베르트 씨의 가게와는 전혀 성격이 다른 상품이니까. 우선은 판매 상황을 보고 판단하겠다는 생각은 타당하다고 본다.

"그 정도의 공간이라면 종류를 한정하는 편이 좋을까요?"

어쨌거나 공간이 한정되어 있으니, 우선은 세 종류 정도를 놓고 시작하는 편이 좋을지도 모른다. 내가 건넸던 건 비누 두 종류와 린스가 들어간 샴푸와 트리트먼트, 그리고 헤어마스크였다.

그중에서 고른다면 뭐가 좋을까?

"아뇨 아뇨, 종류를 줄이다니 있을 수 없는 일이에요. 이 상품들은 전부 팔도록 하겠습니다."

마리 씨가 몸을 내밀며 열의를 담아 말했다.

"여보, 그래도 괜찮죠?"

마리 씨의 기세에 눌려 람베르트 씨가 "어, 그, 그럼" 하고 대답했다.

"무코다 씨가 가져오신 상품은 여성에게는 꿈만 같은 상품이랍니다. 이걸 알고도 원하지 않는 분은 안 계실 거예요."

대단한 자신감이다.

하지만 여성인 마리 씨가 하는 말이니 그 말이 맞을지도 모른다. 실제로 써보기도 했으니까.

"저도 친구들에게 은근슬쩍 선전을 해둘게요. 그렇게 말해도, 제가 선전하기 전에 제 머리카락을 보면 분명히 어떻게 된 일인지 묻겠지만요. 호호호."

그렇게 말하며 마리 씨가 또 황홀한 표정으로 자신의 머리카락을 쓰다듬었다.

예이예이, 마리 씨의 머리카락이 스스로 자랑할 정도가 되었다는 건 잘 알겠습니다.

"그래서 가격 말씀입니다만, 이쪽 비누는 은화 네 닢이면 어떨까 합니다."

가격이 싼 비누를 가리키며 마리 씨가 그렇게 말했다.

저기, 네? 그거 인터넷 슈퍼에서 세 개 묶음에 동화 한 닢인데요…….

"마리, 그건 너무 비싼 거 아닐까?"

"그런가요? 시험 삼아 이 비누로 손을 씻어보았는데, 이쪽 비누도 거품이 잘 나더라고요. 제가 썼던 비누만큼은 아니라고 해도 향기도 괜찮다고 생각해요. 우리가 지금까지 썼던 비누를 떠올려 봐요. 거품도 잘 안 나는 데다 향도 별로인데, 그게 은화 세 닢이었잖아요."

"그, 그런가."

"그렇다니까요. 그걸 생각하면 이 상품은 은화 네 닢이어도 충분히 팔릴 거라고 생각해요. 나로서는 이것도 싸다고 생각할 정도니까."

"그, 그런가……."

람베르트 씨, 완전히 마리 씨에게 밀리고 있는데.

"뭐, 어쨌든 가격은 무코다 씨가 얼마에 넘겨주시는가 하는 점에 달렸으니까. 무코다 씨는 어떻게 생각하십니까?"

어? 나한테 돌리는 거야? 어떻게라니, 도매가 말이지? 그런 거 잘 모르는데, 50퍼센트 정도면 되려나?

"어, 저기, 으, 은화 두 닢이면 어떨까요?"

그렇게 말하자 람베르트 씨가 깜짝 놀란 표정을 지었다.

"아니 아니 아니, 그건 저희를 지나치게 우대해주시는 겁니다. 은화 두 닢에 동화 다섯 닢은 어떨까요? 그래도 많이 우대받는 가격이 되겠습니다만."

어? 은화 두 닢에 동화 다섯 닢이어도 괜찮은 거야?

세 개에 동화 한 닢인 비누가 한 개에 은화 두 닢에 동화 다섯 닢으로 뛰면 당연히 대환영이지.

"그, 그럼 그렇게 부탁드립니다."

싼 비누 하나에 은화 두 닢과 동화 다섯 닢이라니. 엄청 이득이잖아.

"이쪽 비누는 정말로 향이 좋아서 향수 같은 걸 뿌리지 않아도 괜찮을 정도예요. 무코다 님도 이쪽 비누는 조금 비싸게 파실 생각이라고 들었는데, 이건 은화 여섯 닢이면 어떨까 해요. 여보, 어떻게 생각해요?"

"음, 이 비누는 마리의 말대로 은화 여섯 닢이면 괜찮을 거라고 생각합니다. 이 우아한 향에는 그 정도의 가치가 있지요. 게다가 이거라면 귀족 분들에게도 먹힐 테고."

장미향 쪽을 고급품으로 생각하긴 했지만, 이것도 세 개에 동화 세 닢인데.

그런데 그게 은화 여섯 닢이라니.

"이쪽은 얼마 정도에 넘길 생각이십니까?"

판매가가 은화 여섯 닢이라. 앞의 비누를 생각하면 도매가는 은화 세 닢에 동화 다섯 닢 정도려나?

"저기, 은화 세 닢에 동화 다섯 닢이면 어떨까요?"

"그거면 되시겠습니까?"

람베르트 씨에게 반대로 질문을 받고 말았다.

하지만 원가가 세 개에 동화 세 닢이니까, 은화 세 닢에 동화 다섯 닢이면 나로서는 지나치게 충분할 정도의 이익인걸.

내가 "네"라고 대답하자 람베르트 씨가 "정말로 감사합니다" 하고 인사를 해왔다. 람베르트 씨가 감사 인사를 할 정도라는 건, 이렇게 받아도 우대를 해주고 있다는 느낌이라는 뜻? 잘 모르겠지만, 내가 손해를 보는 건 아니니까 뭐 상관없겠지.

대화는 계속되었고, 린스가 들어간 샴푸는 한 병의 판매가가 은화 일곱 닢, 도매가가 은화 네 닢으로 정해졌다. 샴푸와 트리트먼트에 관해서는 둘을 함께 쓰는 편이 좋다는 점에서 기본은 세트로 구성하여 판매할 생각이라고 한다. 판매가는 한 세트에 금화 한 닢인 것으로 하고, 도매가는 은화 여섯 닢으로 정했다.

맨 처음에는 손님에게 용기인 병까지 사게 하고, 그 이후에는 용기를 가져오면 내용물을 채워주는 방법을 쓸 생각이라고 한다. 병 가격은 실비 제공에 가까운 형태로, 판매가에 가산하겠다고 말했다. 내가 병에 담아서 납품하는 분량에 대해서는, 병의 실제 비용을 따로 주겠다고 한다.

이번에 내가 하는 것은 말하자면 되팔기인 셈이다. 인터넷 슈퍼에서 산 원가와 도매가의 가격차가 내게 들어오는 이익이므로, 그걸 생각하면 병 값은 대단치 않은 비용이지만 실비를 받을 수 있다면 그야 감사한 일이다.

"이쪽의 특별품에 관한 겁니다만, 특별한 느낌을 주기 위해 이쪽 세트를 구입하신 분에게만 소개할까 해요. 이건 제가 써보고 실감한 바이고, 정말로 마법처럼 머리카락이 아름다워지니까요. 그 효과를 생각해서, 가격은 금화 두 닢으로 할까 싶어요."

…………꿀꺽, 푸읍~. 내어준 차를 마시려다 뿜을 뻔했다.

그도 그럴 것이, 금화 두 닢이라잖아.

저 헤어마스크는 튜브에 들어 있던 것이기는 하지만, 그래도 동화 여덟 닢이었다. 그 튜브형 헤어마스크를 인터넷 슈퍼에서 산 병 두 개에 나눠 담았다고. 단순하게 생각하면 병 하나에 동화 네 닢이란 건데 그걸 금화 두 닢이라니…….

원가를 아는 사람은 나뿐이기는 하지만, 정말 괜찮은 걸까 싶다고.

"이 정도의 효과인 걸요. 알 사람은 알아주리라 생각해요. 이건 금화 두 닢을 받을 가치가 있습니다."

마리 씨가 힘을 담아 말했다. 그래도 금화 두 닢이라니.

"게다가 특별품인 만큼, 이 투명한 유리 용기도 훌륭한 걸요. 그 점도 생각한 가격이에요."

과연, 그렇군. 하지만 그 병은 인터넷 슈퍼에서 동화 두 닢도 안 했거든요.

정말로 괜찮은 걸까 생각하면서도 도매가는 병을 포함하여(이 병에 관해서는 특별 주문한 물건이라고 여기는 것 같았다) 금화 한 닢과 은화 두 닢으로 이야기가 정리되었다.

"일단 시험적으로 판매해보자고. 그러면 되지? 마리."

"네."

람베르트 씨로서는 얼마나 팔리는지를 보고 나서 본격적으로 매입할 생각인 것 같았다.

그런고로, 일단은 모든 종류를 30개씩 준비하는 것으로 결정되었다.

"아, 람베르트 씨도 마리 씨도 가능한 한 저한테서 샀다는 건 비밀로 해주셨으면 합니다만."

람베르트 씨에게 파는 건 아무 문제없지만, 모르는 상인이나 귀족님들이 갑자기 접근해 오는 건 피하고 싶다. 귀찮을 것 같으니까.

"그건 물론이죠. 이 상품은 팔릴 거라고 확신하는걸요. 그걸 독점 판매할 수 있는 기회인데, 무코다 님을 다른 사람들에게 알리다니. 말도 안 되는 일이에요."

"응, 그렇지. 좋은 거래처는 상인의 재산이라고 할 정도입니다. 그런 걸 남에게 알려주거나 하지는 않습니다."

다행이다. 이걸로 귀찮은 일은 피할 수 있겠네.

"그리고 이 마을에 쭉 머물 예정이 아닌데, 괜찮으시겠습니까? 물론 여행을 떠날 때에는 가능한 한 많은 상품을 준비해드리기는 하겠습니다만……."

페르가 바다에 가겠다고 했으니 말이지.

그걸 생각하면 이곳도 조만간 떠나게 될 것 같다.

"그건 괜찮습니다. 저도 1년에 몇 번은 물건을 구하러 나가니까요. 어디로 가시는지만 알면, 여차할 땐 제가 그곳까지 가겠습니다."

람베르트 씨도 1년에 몇 번은 가죽을 구하기 위해 이곳저곳을 돌아다닌다고 한다.

그래주면 나로서는 감사하지.

"그럼 내일까지 상품을 준비해서 오겠습니다."

""잘 부탁드립니다.""

응, 바빠지겠네. 지금부터 람베르트 씨 가게에 팔 물건을 준비해야 한다.

이번 건 내가 준비한다고 해도, 앞으로 그 수가 많아지게 되면 커다란 병에 넣어서 팔아야겠다. 그리고 작은 병에 담는 건 람베르트 씨 가게에서 해달라고 부탁해야지. 병은 따로 실비를 받는 것으로 정해졌으니 그 점은 부탁해도 괜찮을 것 같다.

헤어마스크는 특별품이니 그렇게 많이 팔릴 것 같지 않기는 한데……. 여차하면 이것도 일단 커다란 병에 담고, 용기인 작은 병을 따로 넘기는 걸로 하자. 가게에서 담아 팔면 될 테니까. 아무튼 내일 넘기는 양이 얼마나 팔리는가에 달렸다. 수가 많아지면 그건 그때 가서 람베르트 씨나 마리 씨와 상담하면 된다.

그럼 돌아가는 길에 잡화점에 들러서 병 같은 것들을 사야겠다.

"하아~ 끝났다."

내일 람베르트 씨 가게에 팔 물건들의 포장을 바꾸는 작업을 마치고, 눈앞에 쭉 세워놓은 병을 바라보며 그렇게 중얼거렸다.

"비누나 샴푸 냄새를 맡고 있었더니, 정말 목욕이 하고 싶어지잖아."

뭐, 미스릴 리저드 건의 돈이 들어오면 욕조를 보러 갈 생각이기는 하지만.

"아, 벌써 시간이 이렇게 됐나."

창밖을 보니 어슴푸레하게 어둠이 깔리기 시작하고 있었다. 페르가 있는 곳으로 가서 식사를 하도록 할까.

스이가 들어가 있는 가방을 들고 축사로 향했다.

오늘은 배부르게 먹고 싶은 기분이다. 간 고기도 있으니 간단하고 맛있는 그걸 만들자. 우선은 인터넷 슈퍼에서 가지와 전에 썼던 달달하고 매콤한 중국식 된장(튜브형)을 샀다.

그럼 가지와 간 고기를 넣은 중국식 볶음을 만들어볼까.

가지를 껍질째 2센티미터 크기로 깍둑썰기를 한다. 기름을 넉넉하게 두른 프라이팬에 가지를 넣어 살짝 익을 정도로 볶아준다. 그리고 거기에 간 고기(오크 제너럴 7에 블러디 혼 불 3의 비율로 해보았다)를 넣어서 색이 바뀔 때까지 볶는다. 페르와 스이의 몫에는 간 고기를 듬뿍 넣어준다. 거기에 달달하고 매콤한 중국식 된장 약간을 물에 풀어서 넣어주고, 간이 살짝 배게 한 다음에 물에 갠 녹말가루를 넣어서 점성이 생기게 하면 완성이다.

이거 맛있다고~. 이건 밥에 얹어 먹으면 엄청나게 맛있다니까.

그런고로, 페르와 스이 몫은 접시에 밥을 담고 그 위에 가지와 간 고기 중국식 볶음을 듬뿍 얹어준다. 가지와 간 고기 중국식 볶음 덮밥 완성이다.

"자, 어서 먹어."

『음, 냄새가 좋구나.』

『진짜~.』

둘이 밥을 먹기 시작했다.

『이 걸쭉한 게 잘 어우러져 맛있구나.』

『응응.』

녹말가루를 넣어서 점성이 있으니까. 그게 밥에 잘 섞여드는 거거든. 뭘 좀 아네.

맛있게 잘 먹고 있기는 하지만, 둘은 이것만으로는 부족할지도 모르겠다.

전에 만들어둔 치즈가 들어간 치킨가스라도 내줄까.

"너희 둘은 그것만으로는 부족하지? 자, 이것도 먹어."

『아, 하얗고 늘어나는 게 들어 있는 맛있는 거다. 스이 이 하얀 거 좋아해.』

스이는 치즈가 좋은 모양이다.

시간이 있을 때 또 치즈를 넣은 요리를 만들어두는 것도 좋겠다.

『더 다오.』

페르가 가지와 간 고기 중국식 된장 볶음 덮밥을 다 먹고 바로 재촉했다.

『스이도 더 먹을 거야.』

그래, 스이도 더 먹을 거구나.

내가 덮밥을 더 만드는 사이에 둘은 치즈가 들어간 치킨가스를 맛있게 먹고 있었다.

"자, 여기."

가지와 간 고기 중국식 된장 볶음 덮밥을 내주었다. 밥도 볶음도 첫 번째보다 양을 많이 담아주었다.

그럼 나도 먹어볼까. 그럼 한입. 가지와 간 고기 중국식 된장 볶음의 점성이 밥에 잘 섞여들어 맛있다. 이건 술술 들어가겠는데. 가지와 간 고기에 달달하고 매운 중국식 된장이 잘 어울린다. 특히 가지는 된장과 상성이 좋아서 정말 맛있다.

『이것도 더 다오.』

예이예이, 치즈가 들어간 치킨가스 말이지?

치즈가 들어간 치킨가스를 한 그릇 더 달라는 페르의 요청을 받아 추가로 더 내주었다.

『스이는 전에 먹었던 게 먹고 싶어. 구운 고기 안에 하얗고 늘어나는 게 들어 있던 거.』

아, 치즈가 들어간 햄버그 말이지?

"그건 치즈가 들어간 햄버그야. 뭐야, 스이는 치즈가 들어간 햄버그가 먹고 싶은 거야?"

『응, 하얗고 늘어나는 게 들어간 거 맛있는걸.』

"그럼 조금만이다?"

『주인, 고마워.』

역시 우리 스이는 귀엽다니까.

치즈가 들어간 햄버그를 굽고 있으려니 페르가『이 몸에게도 다오』라는 말을 꺼냈기에, 페르 몫도 추가로 굽기 시작했다. 케첩과 소스 냄새를 맡았더니 나도 먹고 싶어지고 말았다.

치즈가 들어간 햄버그. 맛있기는 하지만 너무 많이 먹었다. *끄윽.*

'용사 소환'.

여동생이 요즘 빠져 있는 라이트노벨에 자주 나오는 단어였다. 나도 심심풀이 삼아 읽기는 했지만, 별 볼 일 없는 내용이었다. 어디에나 있을 법한 평범한 학생이나 샐러리맨이 이세계에 소환되어 치트 능력을 받아 용사가 된다. 그리고 마왕을 쓰러뜨린다. 그 과정에서 할렘을 만든다. 코웃음이 나올 만큼, 이게 뭐야 싶은 내용이었다. 하지만 현재 나는, 아니. 우리들은 그 용사 소환으로 이세계에 불려왔다.

나 사이토 카이토와 같은 고등학교에 다니는 오노 카논과 요시다 리오 세 사람과 누군지 모르는 샐러리맨 한 사람.

나와 카논과 리오는 2년 동안 같은 반이라 비교적 사이가 좋았다. 집에 가는 방향도 같아서 함께 돌아가기도 했고, 오늘도 셋이 함께 돌아가는 길이었다. 늘 다니는 길의 횡단보도 앞에서였다. 셋이서 떠들며 빨간불이 파란불로 바뀌기를 기다렸다. 뒤에 슈트 차림의 회사원이 있었는지도 모르겠다. 그러던 중에 갑자기 우리 주변이 빛나기 시작했고……. 정신을 차리고 보니 여기에 있었다.

"용사님."

동화 속 공주님 같은 드레스 차림의 금발 벽안의 미소녀가 미소 지으며 그렇게 말했다. 우리가 서 있는 발치에는 원형으로 그려진 마법진이 있었고, 로브를 입은 남녀가 그 주변을 둘러싸고

있었다. 방 주변에는 갑옷 차림의 기사들이 나란히 서 있었다. 여동생에게 빌려 읽었던 라이트노벨의 삽화와 똑같았다.

"이게, 용사 소환, 인가……?"

너무 놀라서 아연실색하고 있는 동안에 상황은 계속 진행되었다. 역시 이건 용사 소환 의식이었다고 한다.

그리고 불려온 것은 세 사람이었을 터였는데, 여기에는 네 명이 존재한다고 했다.

바로 스테이터스를 확인할 필요가 있다며, 스테이터스 감정이 행해지게 되었다.

그리고 뭐가 뭔지 알 수 없는 사이에 감정의 마도구라는 것으로 조사를 받았다.

【이름】카이토 사이토
【나이】17
【직업】이세계에서 온 용사
【레벨】1
【체력】800
【마력】769
【공격력】772
【방어력】759
【민첩성】746
【스킬】감정, 아이템 박스, 성검술, 불 마법, 물 마법, 흙 마법, 바람 마법, 빛 마법, 번개 마법, 얼음 마법

이게 조사한 결과 나온 나의 스테이터스다.

나는 용사였다. 카논과 리오의 스테이터스도 나와 같은 용사였다. 스테이터스를 보고 나니 어쩐지 내가 용사라는 실감이 들었다. 여동생에 빌려 읽었던 라이트노벨을 바보 취급했었는데, 실제로 용사가 되어 용사님이라고 불리는 것은 나쁘지 않은 기분이었다. 모두가 용사라며 떠받들어 주니 조금 기분 좋았다. 카논과 리오도 싫지만은 않은 것 같고.

회사원만 직업란이 '휩쓸린 이세계인'으로 되어 있었다. 스테이터스도 우리들보다 무척 낮은 모양이고, 스킬도 소환 용사에게는 반드시 있다고 하는 감정과 아이템 박스뿐. 용사가 아닌 이 사람에게도 감정과 아이템 박스 스킬이 있다는 것은, 이 스킬은 원래 이세계에서 소환되어 온 사람에게는 반드시 따라온다는 뜻이리라. 게다가 고유 스킬이라는 게 있는 모양인데, 그게 '인터넷 슈퍼'란다. 뭐야 그거, 라는 느낌이라니까. 이 사람들은 용사로서 우리들을 소환했으니, 원하는 것은 강한 스킬을 가진 녀석일 터다. 그런데 '인터넷 슈퍼'라니, 엄청 웃기잖아.

아무튼 스테이터스 확인을 마치고 왕을 알현하게 되었다. 들어보니 마왕이 이 나라를 침공해 와서 큰일이 된지라 용사 소환을 했다고 한다. 그러니 부디 우리 용사들이 이 나라를 구해주었으면 한다는 것이다. 제일 높은 왕에게 부탁을 받는다는 것도 좋네. 나는 해줘도 괜찮겠다 싶은데, 카논과 리오는 어떠려나?

"어쩔래?"

카논과 리오에게 물어보았다.

"응, 어쩔 거냐고 해도 달리 갈 데도 없고, 일본으로 돌아갈 방법도 마왕이 알고 있는 모양이니까, 나는 괜찮다고 생각해."

"나도 카논 의견에 동의해. 게다가 우리한테는 힘이 있는 거잖아? 그렇다면 괴로워하는 사람들을 도와주고 싶어."

우리 셋이 승낙하자 왕도 왕비도 공주도 나라의 중신들도 기뻐해주었다. 더욱이 자신이 용사라는 실감이 들어 흥분이 되었다. 하지만 회사원만은 달랐던 모양이다.

"저는 용사도 아니니, 여기 있어도 여러분에게 폐를 끼칠 뿐입니다. 그래서는 제 마음이 무척이나 괴로우니, 직업을 구할 때까지 두세 달 정도 생활할 수 있는 돈을 좀 주신다면 제 스스로 어떻게든 해나가 볼까 합니다."

그런 말을 했다.

하지만 실제로 그러는 편이 나을지도 모른다. 그런 스테이터스로는 우리들을 따라올 수 없을 테니. 저래서는 싸우는 것도 무리일 테고. 회사원이 떠난 다음, 나와 카논과 리오는 앞으로의 일의 이야기했다.

"우선은 힘을 키우는 게 먼저입니다."

기사단장이 그렇게 말했다.

"그러니 우선은 모험가로 등록을 하시고, 레벨 업을 위해 힘쓰기로 하지요."

그리고 소개받은 것이 기사단 중에서도 정예라고 하는 세 사람이었다.

아니 그게, 놀랐다니까. 나도 키는 180센티미터는 되고, 얼굴도 아이돌 같다는 말을 들을 정도는 되거든. 카논도 눈꼬리가 올라간 눈 때문에 고집 센 인상을 주기는 하지만, 이목구비가 또렷하고 긴 검은 머리카락이 잘 어울리는 호리호리한 미인이다. 리오도 키는 조금 작지만, 요즘 인기 있는 아이돌과 닮았고 소문이 날 정도로 귀엽다. 그래서 꽤 인기 있다는 자각은 하고 있었지만, 이 세 사람은 각별했다.

"레너드 흄이라고 합니다. 앞으로 잘 부탁드립니다."

레너드는 나보다도 키가 크고 살랑살랑한 금발에 녹색 눈동자를 가진 그야말로 왕자님이라는 느낌의 꽃미남이었다. 리오가 얼굴을 붉히며 레너드의 얼굴을 바라보고 있다. 이거 반했구나.

"아론 바렐라라고 합니다. 용사님들 잘 부탁드립니다."

아론도 나보다 키가 크고 불타는 듯한 붉은 머리카락에 갈색 눈동자를 가진 와일드 계열의 미남. 아, 이 녀석 카논에게 윙크하고 있잖아. 하지만 카논도 싫지만은 않은 모양이다.

"루이제 윙클러라고 합니다. 용사님들, 잘 부탁드립니다."

홍일점 기사 루이제. 루이제는 뭐라고 하면 좋을까……. 한눈에 반했다. 내가 좋아하고 동경하는 할리우드 여배우와 꼭 닮았으니까. 165센티미터 정도의 키에 말랐으면서도 나올 곳은 나온 금발 벽안의 엄청난 미녀다. 어깨선에 맞춰 자른 황금색 머리카락에 푸르고 맑은 눈동자, 야무진 생김새가 스크린으로 본 할리우드 여배우 그 자체였다. 바로 옆, 손이 닿는 곳에 그녀가 있다고 생각하면 두근두근한다.

우선은 모험가로 등록하나 본데, 즐거워질 것 같다.

시험적으로 판매할 분량으로 30개씩 준비하여 람베르트 씨 가게로 향했다.

가게에 들어가자 바로 마리 씨가 맞아주었다.

"무코다 님, 기다리고 있었습니다."

오, 마리 씨는 기합이 들어가 있네.

"일단 30개씩이라고 하셔서 준비해 왔습니다. 어디에 놓을까요?"

"그럼 이쪽으로 부탁드립니다."

람베르트 씨 가게 한쪽 구석에 새로운 선반이 자리를 잡고 있었다. 벌써 자리를 만들어놨구나.

"남편에게 부탁해서 바로 자리를 만들었습니다. 어제 하루 동안 제 친구들에게도 선전해두었으니, 바로 사러 오는 이가 있을 거라 생각해서요."

버, 벌써 선전까지 한 거구나.

일단 선반에 상품을 꺼내두자 마리 씨가 보기 좋게 진열했다.

"응, 이제 준비는 다 되었네요."

선반에 진열된 상품을 보며 마리 씨가 그렇게 말했다.

"무코다 님, 그럼 이쪽으로 오시죠."

마리 씨의 뒤를 따라서 안쪽 응접실로 향했다. 안에서는 람베르트 씨가 기다리고 있었다.

"무코다 님, 서둘러 납품해주셔서 감사드립니다. 이쪽이 대금

인 금화 84닢입니다. 그리고 이쪽이 병의 실비입니다. 확인해보
시지요."

블랙 서펜트 가죽을 팔았을 때처럼, 금화를 열 닢씩 겹쳐주었다.

"네, 확실히 받았습니다."

샌드 스네이크 지갑에 넣고 싶었지만, 지난번에 받았던 블랙
서펜트 대금이 아직 꽤 들어 있다. 어쩔 수 없으니 비누를 담기
위해 샀다가 남은 자루 안에 금화를 넣었다.

용건을 마치고 람베르트 씨의 배웅을 받으며 가게를 나서려다
보니, 글쎄 벌써부터 여성 손님들이 와 있었고, 마리 씨가 부지런
히 응대를 하고 있었다. 그 모습에 나와 람베르트 씨는 놀랐다.

"부인분들의 정보망도 무시할 수 없군요."

"네."

마리 씨가 친구들에게 선전했다고 말하긴 했지만, 설마 진열하
자마자 바로 손님이 올 줄은 몰랐다.

"마리 씨에게도 잘 전해주세요. 무슨 일이 있으면 숙소 쪽으로
연락 주시고요. 바로 달려오겠습니다."

그렇게 말하고 람베르트 씨의 가게를 뒤로했다.

"다음은 어떻게 할까. 예정이 아무것도 없는데."

『음, 그렇다면 사냥을 가지 않겠느냐?』

옆에 있던 페르가 사냥을 가자고 말했다.

"어, 별로 내키지는 않는데. 뭐, 한가하기는 하니까, 이상한 곳
에 데려가지만 않는다면 좋아."

『이상한 곳이라니, 무슨 뜻이냐?』

"그야 고블린 집락이라든가."

고블린 집락에 갑자기 데려가거나 한 탓에, 고블린에 관해서는 그다지 좋은 기억이 없다고.

『고블린 같은 피라미를 겁내는 쪽이 이상하다고 본다만.』

"시끄러워. 페르 탓에 트라우마가 생겨서 그렇잖아."

『흥, 자네의 얼빠진 면이 문제인 게다.』

"얼빠지다니…… 뭐, 부정할 수 없다는 게 괴롭네. 아무튼, 사냥하러 가는 건 좋지만, 안전제일이야."

『흥, 알았다, 알았어.』

코웃음 쳤어. 안전은 중요하다고.

"아, 그럼 모험가 길드에 가서 받을 만한 의뢰가 없는지 보고 나서 가자."

우리는 모험가 길드로 향했다.

모험가 길드에 들어가자 직원이 바로 말을 걸어왔다.

"무코다 님이시군요. 길드 마스터께서 무코다 님이 오시면 바로 길드 마스터의 방으로 안내하라고 하셨습니다. 따라오시죠."

직원의 뒤를 따라 길드 마스터의 방으로 향했다.

"마스터, 무코다 님이 오셨습니다."

"그래, 들어오게."

방에 들어가자 길드 마스터가 책상 앞에 앉아 서류에 무언가를 써넣고 있었다.

"금방 끝나니 앉아서 기다려주게."

의자에 앉아 기다리고 있으려니, 바로 서류 업무를 끝낸 길드 마스터가 맞은편 자리에 앉았다.

"블러디 혼 불 쪽도 바로 정리해준 모양이더군. 고맙네."

"아뇨, 페르가 블러디 혼 불 고기를 먹고 싶다고 해서요."

그렇게 말하며 엎으려 있는 페르를 힐끗 쳐다보았다.

"그런가. 그래도 우리로서는 감사한 일이야. 그래서 말인데, 란 그릿지 백작님과 이야기가 잘 끝났다네. 무척이나 감사해 하셨어. 그도 그럴 것이 미스릴 광산이니까. 백작님이 꼭 만나서 감사의 뜻을 전하고 싶다고 하셨는데, 본인이 그다지 사람들 눈에 띄고 싶지 않아 한다고 해두었다네. 그렇게 말씀드렸는데도 꼭 만나야겠다고 하시기에 '왕궁에서 연락이 왔을 겁니다. 예의 그 펜리르를 데리고 있다는'이라고 했더니 백작님도 무척이나 놀라시더군. 뭐 그걸로 포기해주기는 했지만. 아무튼 깊이 감사한다고 하셨네."

그렇다는 건 란그릿지 백작님이 이러쿵저러쿵하며 귀찮게 할 일은 없다는 거지?

아, 다행이다.

"보수 말인데, 란그릿지 백작님도 노력을 해주셨다네. 미스릴 리저드 토벌, 미스릴 광산의 발견, 미스릴 리저드 매입, 등등을 포함하여 금화 5,800닢일세."

··················.

…………..

…………..

오, 오, 5,800닢?

어라, 이상하네. 금화 5,800닢이라고 들렸는데, 내 귀가 이상해졌나?

"저기, 금화, 5,800닢, 이라고 하셨나요?"

"그래, 금화 5,800닢이네."

…………금화, 5,800닢.

5,800닢, 5,800닢, 5,800닢…….

"놀라는 것도 무리는 아니지만, 자네가 한 일에는 그만큼의 가치가 있다는 뜻이야."

자네가 한 일이라고 할까, 페르가 한 일입니다만.

"금화로 하기엔 양이 너무 많아서, 대금화로 지불하도록 하겠네. 대금화로 580닢이네."

턱, 턱 하고 자루를 내려놓는다.

안을 들여다보니 대금화일 터인 커다란 금화가 가득 채워져 있었다.

금화가 500엔 정도의 크기인데, 대금화는 그 이름대로 금화의 1.5배 정도의 크기로 꽤 컸다.

뭐라고 할까, 내가 세운 공이 아니라서 좀 그렇기는 하지만, 받아두도록 할까. 욕조를 사고 싶으니까.

금화가 담긴 자루를 아이템 박스에 넣어둔다.

마지막 하나까지 다 넣었을 때 쾅쾅하고 난폭하게 길드 마스터의 방문을 두드리는 소리가 들렸다.

"길드 마스터, 큰일입니다! 와, 와이번 무리가 나타났습니다!!"

다급한 직원의 그 말에 길드 마스터가 직원을 방으로 불러들였다.

"와이번 무리라니, 대체 어찌 된 일인가?!"

길드 마스터의 목소리와 표정을 통해 무척 위급한 상황임을 알 수 있었다.

"서, 서쪽 초원의 통행금지가 풀려서 6인조 초급 모험가 파티가 그곳으로 갔습니다. 그런데 갑자기 와이번이 나타나서……. 초급 모험가들은 어찌어찌 도망쳐 목숨은 건졌습니다만, 그중 두 사람이 중상입니다. 한 사람은 목숨에 지장이 있을 정도는 아닙니다만, 다른 한 사람은 상처도 깊은 데다 와이번의 독에 당해서……."

"무리에서 떨어진 와이번 목격 정보가 있었는데, 그건 정찰이었던 건가? 블러디 혼 불을 노리고 왔는데 이미 블러디 혼 불 무리가 토벌되고 없어서, 그래서 거기에 있던 모험가들을 노린 것인가?! 젠장!!"

어, 어라? 블러디 혼 불, 토벌하지 않는 편이 좋았던 거야?

하지만 이미 토벌해버렸으니 그런 말을 한들 달라질 게 없으려나.

그보다, 이쪽 와이번은 독이 있는 타입이구나…….

"해독 포션은 어찌 되었나?"

"그, 그게 하필이면 재고가 떨어져서."

"쯧, 그렇다면 상급 포션은? 상급 포션이라면 독을 제거할 수는 없다고 해도 해독 포션을 입수할 때까지 시간을 벌 수는 있을 거 아닌가."

"그, 그게…… 중급 포션은 재고가 대량으로 남아 있어 그걸로 어찌어찌 버티고 있는 상황입니다."

"어째서 이런 때에만 해독 포션도 상급 포션도 떨어지고 없는 건가!"

"죄, 죄송합니다."

"아무튼 지금은 중급 포션으로 버텨봐!"

포션이라………… 아!

"아, 저기, 저, 상급 포션을 갖고 있습니다."

스이 특제 상급 포션이 담긴 병을 건넸다.

페트병에 넣어두었었는데, 병을 바꿔놓길 잘했다. 잡화점에서 병을 발견하고 바로 얼마 전에 바꿔놓았었다. 덤으로 스이에게 중급과 하급 포션도 만들게 해서, 그것들도 병에 넣어두었다. 상급 다섯 병, 중급과 하급 열 병씩 준비해두었다.

"개인이 상급을 소유하고 있다니, 역시 대단하군. 미안하지만, 받아 가지. 대금은 나중에 반드시 지불하겠네."

그렇게 말한 길드 마스터가 스이 특제 상급 포션 병을 들고 뛰쳐나갔다.

길드 직원도 그 뒤를 따라 나갔다. 여기 계속 있어도 의미가 없으니, 나도 그 뒤를 따라갔다.

◇ ◇ ◇ ◇ ◇

접수창구 앞 공간에 사람들이 빙 둘러서 있었다.

"비키게, 비켜."

길드 마스터의 그 목소리에 인파가 흩어졌다. 사람들 중심에는 피투성이가 된 남자가 쓰러져 있었다.

분명, 독이 있는 와이번은 꼬리에 독침이 있는 거지? 남자는 그 꼬리의 독침에 배를 찔렸는지, 배의 상처에서 피가 뚝뚝 흘러나오고 있었다. 게다가 상처 주변이 보라색으로 변색되어 있었다.

길드 마스터가 내가 준 스이 특제 상급 포션을 남자의 배에 난 상처에 뿌렸다. 스이 특제 상급 포션을 뿌리자 남자의 배에 난 상처는 순식간에 아물었고 보랏빛으로 변했던 부분도 평범한 피부색으로 돌아왔다.

"뭐, 뭐야 이건…… 상처가 아무는 것과 동시에 독까지…………."

그렇게 중얼거리며 길드 마스터는 뭔가를 말하고 싶은 듯 내 쪽을 보았다. 아, 아니, 이쪽을 보지 말아주세요. 나는 길드 마스터와 시선이 마주치지 않도록 하며 모르는 척하고 넘겼다. 모험가들이 잔뜩 있는 이 자리에서 설명 같은 걸 할 수는 없다고.

"뭐, 아무튼, 이 녀석은 이제 괜찮을 거다. 구호실로 데려가서 눕혀놔."

길드 마스터가 길드 직원에게 지시를 내리며 일어서서는 큰 목소리로 외쳤다.

"어이, 너희들도 알고 있겠지만 와이번 무리가 나타났다. C랭

209

크 이상의 모험가들은 거부권 없이 참가해줘야겠어. 이건 이 길드에서 내리는 긴급 퀘스트다!"

길드 마스터의 말에 그곳에 있던 모험가들이 술렁거렸다.

"조용히 해! 와이번이라고 듣고 꽁무니 빼고 싶은 마음은 안다. 하지만 너희들이 가지 않으면, 와이번이 이 도시를 덮치는 것도 시간문제란 말이다! 모험가란 건 이런 때를 위해 존재하는 거다. 너희들은 모험가다. 모험가로서, 일치단결해서 이 도시를 구해야 한다!"

"""""""오오!"""""""

우와아, 분위기가 고조됐어.

아, 어라? C랭크 이상은 거부권 없다고 하지 않았어?

……나, C랭크잖아!!

『인간들, 기다려라.』

지금까지 조용히 듣고 있던 페르가 그렇게 입을 열었다.

소란스럽던 모험가 길드 안에서 신기하게도 페르의 목소리가 울려 퍼졌다.

순식간에 조용해진다.

"펜리르다……." "저거, 그레이트 울프가 아니었던 거야?"

등등의 속삭이는 소리가 희미하게 들려왔다.

『이 몸이 그 와이번 무리를 처리하고 와주마.』

뭐? 멋대로 무슨 소리를 하는 거야?

"잠깐, 페르 무슨 말을 하는 거야?"

『음, 괜찮지 않느냐. 마침 좋은 운동이 될 거다. 그리고 와이번 고기는 맛있다고 하지 않았느냐.』

"아니 아니, 그런 문제가 아니라."

『어이, 그쪽에 있는 인간. 와이번을 처리하면 그건 전부 우리 것이 되는 거겠지?』

페르가 길드 마스터를 보며 그렇게 물었다.

"무, 물론이지. 토벌한 와이번은 토벌한 자의 것이 된다. 게다가 토벌해주면 보수도 나온다."

『좋다. 그렇다면 서둘러 가지. 오랜만에 마음껏 날뛰어 볼까.』

아니 아니 아니, 너 말이야 사람 말을 좀 들으라고. 아니, 안 되는 게 당연하잖아.

"마음껏 날뛰다니, 그러지 말라고. 와이번이 아니라 네 탓에 도시가 어떻게 될 것 같잖아. 정말로 그러지 마. 적당히 해야 한다."

『으음…….』

『주인 싸우는 거야? 스이도 싸울래!』

스이까지 가방에서 몸을 내밀고 그렇게 염화를 보냈다.

우리를 가만히 보고 있던 모험가들 사이에서 "응? 어라? 슬라임이잖아?" "슬라임을 사역마로 삼다니" 등등의 속삭이는 소리가 들려왔다.

『어리석은 놈들. 스이는 슬라임이지만 너희들이 떼로 덤벼도 못 이긴다.』

페르가 그렇게 말하자 다시 조용해졌다.

스이를 감싸주는 건 좋은데 말이지, 이거 이제 완전히 페르가 펜리르라는 거 다 들켰잖아. 하아~ 지금까지 핵심은 건들이지 않고 어찌어찌 얼버무려 왔는데.

뭐, 높으신 분께서 보증해준 이 나라에서 이런 일이 생겨 다행이라고 해야 하려나······?

"페르 님, 당신의 힘으로 이 도시를 구해주십시오."

그렇게 말하며 길드 마스터가 고개를 숙였다.

『음, 그래. 알았다.』

페르는 그렇게 말하며 고개를 끄덕였다.

"무코다 씨도 잘 부탁합니다."

어? 길드 마스터, 거기서 나한테 떠넘기는 거야?

"아는 녀석은 알 거라고 생각하지만, 다시 한 번 말하지. 페르 님과 무코다 님께 쓸데없이 접근하지 마라. 이건 이 나라의 뜻이기도하다. 이상한 짓을 하는 녀석은 이 나라에 있을 수 없게 될 거다. 그런 경우, 모험가 길드는 아무런 도움도 주지 않을 것이다."

어, 저기, 길드 마스터도 지금 여기서 그런 말을?

『어이, 타라.』

"뭐?"

『와이번을 처리하러 가자.』

"아니 아니 아니, 너 혼자서 갔다 오라고. 나는 여기서 기다릴테니까."

『멍청한 놈. 운동을 하고 나면 배가 고파지지 않느냐. 자네가없으면 밥을 먹지 못한다.』

뭐, 뭐야 그거. 밥 때문에 와이번이 있는 위험지대에 나까지 같이 가라는 거야?

『됐으니까, 어서 타라.』

"무코다 씨, 이 마을의 위기입니다. 잘 부탁드립니다."

기, 길드 마스터. 나를 희생시킬 셈입니까?

『서둘러라.』

페르가 재촉하며 내게 몸을 부딪쳐 왔다.

"으아앗."

쓰러지고 보니 딱 페르의 등 위였다.

『꽉 잡지 않으면 떨어질 거다.』

"젠장, 어째서 이렇게 되는 거냐고."

어쩔 수 없이 페르 등에 매달렸다. 그러던 중, 모험가들의 목소리가 들려왔다.

"살았다……."

"그래, 와이번 무리라고. 여기에 있는 C랭크 이상이 간다고 해도 반은 죽었을 거야."

…………그, 그렇게 위험한 거야? 와이번이란 건.

『그럼, 간다.』

그 목소리가 들려온 후, 페르가 서쪽 초원을 향해 달려 나갔다.

어째서 이렇게 되는 거냐고————옷!!!

지금 막, 와이번이 습격하여 최상의 위험지대가 된 서쪽 초원에 도착했습니다.

사실은 오고 싶지 않았지만. 아니, 정말로 정말로 오고 싶지 않았다고.

『흥, 저건가. 제 세상인 양 날뛰고 있구나.』

하나, 둘, 셋, 넷…… 와이번이 총 열두 마리인가.

어, 엄청 크네. 하늘을 나는 모습을 보니, 와이번이라기보다 영화에서 본 공룡 프테라노돈과 똑같았다. 페르, 정말로 괜찮을까?

"갸앗, 갸앗, 갸앗."

거, 거슬리는 울음소리네. 응? 어라? 와이번, 이쪽으로 오고 있는 거 아냐?

『눈치챘나.』

"아니, 뭐? 우리를 노리고 있는 거야? 어, 어, 어, 어떡할 거야?!"

『시끄럽군. 결계를 펼쳐뒀으니 괜찮다.』

"아, 아니, 그렇게 말한들……."

『저거랑 싸우는 거야?』

그런 말을 하며 스이가 가방에서 뿅 하고 뛰어나왔다.

"아, 스이. 나오면 안 돼."

『맞다, 스이.』

『커다란 게 날아다닌다~.』

『날아다니는 사냥감을 잡는 법을 가르쳐주마. 따라와라.』

『응.』

"어? 뭐? 가, 가는 거야? 그보다, 스이한테 이상한 거 가르쳐주지 말라고!"

『자네는 여기서 기다려라. 스이, 가자.』

『네에.』

"아, 기, 기다려."

내 말은 듣지도 않고 페르는 스이를 데리고 와이번을 향해 가 버렸다.

우리를 노리고 저공으로 날아오는 와이번들. 당장에라도 덮쳐 들 것 같다.

"정말이지, 사람 말을 좀 들으라고."

페르와 스이는 300미터 정도 떨어진 곳. 와이번 바로 아래에 있었다.

『잘 들어라, 스이. 날고 있는 사냥감을 노릴 경우, 우선은 머리 나 날개를 노려야 한다. 머리는 맞으면 즉사지만, 표적이 작아서 빗나갈 경우도 있다. 그럴 때는 날개를 노리는 거다. 날개를 상처 입히면 대부분의 것들을 떨어진다. 떨어지면 잡는 거다.』

염화로 바꾸었는지 페르의 목소리가 머릿속에 울렸다.

『알겠어. 머리나 날개. 스이, 해볼래.』

어, 어이 어이, 해보다니. 스이 뭘 할 셈이야? 응? 저건 촉수 인가?

스이의 몸에서 가늘고 긴 막대 같은 것이 와이번을 향해 솟아 나왔다.

"캬앗, 캬앗!"

날고 있던 와이번 한 마리가 추락했다.

『아~ 빗나갔다. 머리를 노렸는데.』

스, 스이, 그 촉수로 산탄을 날린 거니? 스나이퍼냐?!

『조금 전에도 말하지 않았느냐. 머리는 표적이 작으니 빗나갈 경우도 있다고. 하지만 그래도 잘 맞은 모양이다. 저 와이번도 날개 연결부에 맞은 것 같으니 더는 날지 못할 게다.』

『와아, 칭찬받았다~. 계속 맞출래. 에잇, 에잇.』

스이가 산탄을 날렸고, 연이어 와이번을 맞추어 떨어뜨렸다.

『스이에게만 공을 세우게 할 수는 없지. 이 몸도 시작하겠다.』

페르가 그렇게 말하자마자 배구공 크기의 돌이 몇 개 날아가 동시에 세 마리의 와이번을 격추시켰다. ⋯⋯⋯⋯뭐야 대체, 이 둘은.

페르도 스이도 강하다고 생각하긴 했지만, 날아다니는 마물을 이렇게 간단히 격추시키는 모습을 보고 있으려니, 뭔가 이제 될 대로 되라는 느낌이야.

『좋아, 전부 떨어뜨렸구나.』

『응.』

『그럼 이제 이 녀석들을 처리해야 한다만, 이 녀석들 고기는 맛이 좋다. 그러니 지나치게 상처를 내고 싶지 않다. 그럴 때 가장 좋은 방법은 목을 자르는 것이다. 이런 느낌으로.』

슉, 데굴⋯⋯.

페르가 바람 마법을 쓴 것이리라. 와이번의 목이 슉 하고 잘리더니 머리가 바닥에 떨어져 굴렀다.

⋯⋯페, 페르 씨, 갑자기 목을 댕강입니까?

『알았어. 스이도 페르 아저씨처럼 해볼게.』

『이 녀석들은 조금이지만 마법 내성을 갖고 있다. 마법으로 자를 셈이라면 마력을 평소보다 조금 더 담는 게 좋다.』

『응.』

그런 대화를 나누고, 스이가 와이번 쪽으로 다가가 슉 하고 목을 잘랐다.

워터 커터를 쓴 건가?

『만세! 해냈어.』

『음. 꽤 잘하는구나. 스이, 방법을 알았으면 이제 계속해서 목을 베도록 하자.』

『응.』

둘이 연이어 슉슉 하고 와이번의 목을 베어 떨어뜨린다. 마, 망설임 없구먼.

뭐, 뭐랄까. 나의 스이가, 어쩐지 페르화 되어가는 기분이 안 드는 것도 아닌데…….

이대로 가면 전설의 슬라임이니 하는 말을 듣게 되는 걸까?

아, 아니 아니 아니, 그, 그럴 리 없어. 절대 없어. 스이는 쭉 귀여운 스이 그대로라고.

"갸————앗."

유달리 커다란 울음소리와 함께 돌풍이 불었다. 켁…… 내 눈앞에 한 마리의 와이번이 내려앉았다. 와이번은 열두 마리가 아니라 열세 마리였던 모양이다. 나, 혹시, 죽는 거야?

"갸아, 갸아, 갸아!"

동료들을 살해당한 눈앞의 와이번이 장난 아니게 화내고 있는데.

"으아아아아아———앗, 페르 어떻게 좀 해줘————엇!!!"

카앙, 카앙, 카앙, 카앙, 카앙.

꼬리의 독침으로 공격하려고 몇 번이고 몇 번이고 찔러든다.

하지만 페르가 펼쳐둔 결계에 막힌 덕분에 겨우 무사할 수 있었다.

카앙, 카앙, 카앙, 카앙, 카앙.

"끄아아아아악."

몇 번이고 몇 번이고 포기하지 않고 독침을 휘두르는 와이번의 모습에 다리가 풀렸다.

『아직 한 마리 남아 있었나. 죽어라.』

슈욱.

와이번의 머리가 갑자기 눈앞에서 날아갔다.

머리가 잘려나간 목에서 촤아악 피가 뿜어져 나왔다.

쿠궁.

와이번의 거체가 무너지듯 옆으로 쓰러졌다.

『와아, 페르 아저씨 세다.』

스이가 신나 하며 뿅뿅 뛰어다니고 있다.

"사, 살았다…………."

『정말이지, 자네는 너무 호들갑스럽구나. 와이번 따위의 공격에 이 몸의 결계가 어떻게 될 리가 없건만 말이다.』

"와, 와이번 따위라니…… 하아. 그런 커다란 게 다가와서 독침으로 공격하면 무섭다고."

너랑 똑같이 보지 마.

『와이번 무리라고 해서 기대했다만, 수가 적은 무리였던 모양이다. 스이도 있었고, 운동다운 운동이 안 됐다.』

열둘, 아니 열세 마리 무리가 소수라니⋯⋯. 정말이지 페르의 강함은 끝을 알 수 없다니까.

"그럼, 와이번을 회수해서 돌아갈까."

『음, 아직 돌아가지 않는다. 밥을 먹고 간다.』

『스이도 배고파. 밥 먹고 싶어.』

⋯⋯마지막은 그렇게 되는 거구나. 하아~.

뭐, 밥 때문에 여기까지 끌려온 셈이니까. 어쩔 수 없지. 만들어볼까.

우선은 와이번 회수를⋯⋯ 아니 잠깐.

"스이, 저 와이번 안에 있는 피를 전부 빨아낼 수 있겠니?"

블러디 혼 불의 피 웅덩이를 깨끗하게 만들었으니, 할 수 있을 것 같은 느낌인데.

『응, 할 수 있어.』

『와이번의 피를 말이냐? 뭘 할 셈이냐?』

페르가 의아하단 표정을 지었다.

"그게, 피를 제대로 다 빼주는 편이 냄새도 없고 맛있는 고기를 먹을 수 있거든."

『오, 그런 것이냐. 스이, 피를 전부 빼내는 거다.』

맛있는 고기를 먹을 수 있다는 말을 듣자마자 그렇게 나오는 거냐. 정말이지.

"아, 그러고 보니 와이번은 독이 있잖아. 그 독은 피나 고기에는 아무 영향 없는 거야?"

『와이번의 독은 꼬리의 독침과 꼬리 중간 부근에 있는 독주머니만 주의하면 괜찮다. 피나 고기에는 아무런 영향도 없다.』

호오, 그렇구나.

"스이, 꼬리 쪽에 독주머니가 있다고 하니까, 조심해서 해. 그럼 피 빼기 부탁할게."

『응, 알았어.』

그렇게 말하더니 스이가 부들부들 떨기 시작했다.

우오, 빅 슬라임이 되는 건가? 그렇다는 건 분열체에게 시킬 셈인가?

『모두, 저기에 있는 마물들 피를 빨아내.』

스이가 분열체에 그렇게 명령을 내리자 분열체가 와이번을 향해 가더니, 깔끔하게 잘린 목의 단면에 달라붙어 피를 빨아내기 시작했다. 투명했던 슬라임이 점점 붉게 물들어갔고, 잠시 후 피를 다 빨아낸 분열체가 와이번의 목 단면에서 떨어져 나왔다.

『주인, 끝났어.』

"스이, 고맙다."

피를 빼낸 와이번을 아이템 박스에 넣기 시작했다. 머리를 어찌 할까 망설였지만, 일단 가지고 돌아가기로 했다.

식사 준비를 해볼까 했는데, 아무래도 피비린내가 난다.

"스이, 미안한데 이 근처에 있는 와이번의 피도 없애줄 수 있을까?"

『응, 알았어.』

분열체가 초원에 떨어져 내린 피를 전부 빨아들여 주었다. 좋아, 이제 깨끗해졌다.

"고맙다, 스이. 맛있는 거 만들어줄게."

『만세! 얼른 먹고 싶어.』

『음, 나에게도 맛있는 걸 줘야 한다.』

"알고 있어."

그럼 뭘 만들까 생각하다가 푸른 하늘 아래에서 갓 튀겨낸 그걸 먹으면 최고이리라는 생각에 메뉴를 정했다.

만들 것은 민치가스다.

인터넷 슈퍼의 부식 코너에서 사서 먹은 적이 있지만, 역시 갓 튀긴 쪽이 더 각별하다. 게다가 만들려고 생각하는 건 블러디 혼불 고기 100퍼센트 민치가스와 오크 제너럴 고기 100퍼센트 민치가스, 그리고 그 둘을 섞어 만든 민치가스다.

우선은 양파를 다져두고 민치가스의 반죽을 만든다. 햄버그 반죽과 비슷하지만, 지금 만들 민치가스는 가게에서 먹는 민치가스를 의식해서 생 빵가루를 쓰려고 한다.

그런고로, 인터넷 슈퍼에서 생 빵가루를 구입한다. 그리고 갓 튀긴 민치가스와 무조건 잘 어울릴 것이 틀림없는 프리미엄 맥주를 사는 것도 잊지 않는다.

우선은 섞은 고기 민치가스부터. 민치가스 반죽은 우선 생 빵가루를 소량의 우유로 불린 다음, 고기, 다진 양파, 달걀, 소금 후추를 넣어서 끈기가 생길 때까지 섞는다. 민치가스 반죽을 평평하고 둥근 형태로 만든다. 아무래도 평범한 크기로 만들면 몇 개밖에 먹을 수 없기 때문에 내가 먹을 양은 약간 작은 형태로 만든다. 이러면 세 종류를 다 먹어볼 수 있다.

모양을 잡은 반죽에 밀가루, 풀어둔 달걀, 생 빵가루를 순서대로 묻혀서 기름에 바싹하게 튀겨준다. 꿀꺽…… 꽤 맛있게 튀겨진 것 같은데.

하나 맛을 볼까. 아무것도 추가하지 않고 그대로 한입.

바삭.

촉촉하네. 육즙이 좌악 퍼져 나온다. 갓 튀겨서 맛있어. 생 빵가루를 써서 더욱 바삭바삭하다고. 단순한 민치가스지만 갓 튀긴 건 아무것도 더하지 않아도 꽤 괜찮다.

『어이, 어째서 자네 혼자 먹고 있는 것이냐. 이 몸에게도 내놓아라.』

아, 예이예이. 잠시만 기다려봐.

"자, 여기. 우선은 섞은 고기 민치가스야. 블러디 혼 불 고기랑 오크 제너럴 고기로 만든 거지. 뜨거우니까 조심해서 먹어."

『오오, 이건 뜨겁지만 맛있다. 안에서 육즙이 흘러나온다.』

『진짜, 이거 맛있어.』

둘 다 아무 소스도 뿌리지 않은 민치가스를 냉큼 비워버렸다.

"그럼 다음은 이 소스를 뿌려서 먹어봐."

소스를 뿌린 민치가스를 먹는다.

『오오, 이 검은 걸 뿌리니 한층 더 맛있구나.』

『응응.』

둘은 소스를 뿌린 쪽이 좋은 모양이네.

그럼 계속해서 튀겨볼까요. 섞은 고기, 블러디 혼 불 고기 100퍼센트, 오크 제너럴 고기 100퍼센트를 잔뜩 튀겼다.

"이쪽이 블러디 혼 불 고기로만 만든 민치가스, 이쪽은 오크 제너럴 고기로 만든 민치가스."

둘 모두 허겁지겁 먹는다.

"세 종류 만들었는데, 어떤 게 제일 좋아?"

『음, 전부 맛있다만, 이 몸은 이 블러디 혼 불 고기만 넣은 게 제일 좋다.』

『스이도 전부 맛있는데, 1등은 이거야.』

그렇게 말하면서 스이가 촉수로 가리킨 것은 오크 제너럴 고기로 만든 민치가스였다.

"그렇군. 나는 역시 섞은 고기가 맛있는데. 셋 모두 훌륭할 정도로 취향이 나뉘네."

『무슨, 전부 다 맛있다. 세 종류 다 만들면 되지 않느냐. 이건 맛있으니 또 만들어다오.』

『스이도 또 먹고 싶어.』

세 종류 다 만들면 되다니, 만드는 건 나거든요.

뭐, 분명히 세 종류 다 맛있으니까 또 만들어도 괜찮을 것 같지만.

『후우~ 스이 이제 배 빵빵해.』

『음, 이 몸도 배가 부르다.』

섞은 고기 민치가스를 하나를 제외하고, 잔뜩 튀겨 남겨둔 것은 보존용이다.

그럼 마지막으로 느긋하게 먹어볼까.

푸슉, 꿀꺽꿀꺽꿀꺽.

하아, 맥주 맛있다.

갓 튀긴 민치가스, 이번에는 소스를 뿌려서 한입.

바삭.

육즙이 쫘악 흘러나오는 게 맛있다.

민치가스를 삼킨 다음 바로 맥주를 꿀꺽.

"크으 맛나다. 최고야."

나는 느긋하게 민치가스와 맥주의 콜라보를 즐겼다.

모험가 길드에 들어가자 길드 마스터와 길드 직원, 모험가들, 그리고 어째서인지 풀 플레이트 갑옷을 걸친 전에 만났던 기사단장의 모습이 보였다.

"오오, 무사히 돌아왔는가."

길드 마스터가 달려왔다.

"네, 무사합니다. 와이번도 전부 토벌했습니다. 그렇지? 페르."

『음, 다른 와이번의 기척은 없었으니, 그게 전부일 게다.』

"그렇다고 합니다."

그렇게 말한 순간, 땅울림 같은 환성이 터져 나왔다.

""""""""우와————————아!!!"""""""""

모험가들이 서로의 어깨를 두드리며 기뻐했다.

위기가 사라져서 기뻐하는 건 좋은데, 그렇게나?

"아니, 좀처럼 돌아오지를 않아서 아무리 펜리르라도 와이번 무리는 당해낼 수 없는 건가 하는 이야기를 꺼낸 녀석이 있었다 네. 여기 있는 녀석들도 무척 걱정했었어. 나는 괜찮을 거라고 생각했지만, 시간이 지날수록 조금씩 걱정이 되던 참이었네."

길드 마스터가 그렇게 설명해주었다.

그, 그렇습니까. 아니, 와이번 무리 토벌 자체는 그다지 시간이 걸리지 않았습니다.

그 다음에 이어진 식사 시간이……. 밥을 먹느라 늦었다고는 말 못 해.

『이 몸이 와이번 따위에 애를 먹을 리 없지 않느냐. 밥을 먹느라 늦었다.』

잠깐, 페르, 그거 말하면 안 된다고.

"밥을, 먹었다고……?"

어, 아니, 저기, 그게………… 여러분, 그런 미묘한 표정으로 저를 보지 말아주시겠습니까?

스이가 가방에서 뛰어나와 내 주변을 뿅뿅 뛰어다녔다.

『오늘 밥도 엄청 맛있었어~.』

『음, 오늘 밥도 맛있었다.』

아니 아니 아니, 둘 모두 분위기를 좀 읽자꾸나.

그리고 스이, 염화는 나랑 페르에게만 전해지거든.

이 미묘한 분위기, 어쩌면 좋으냐.

"아, 저기 말이죠……."

225

"음, 뭐, 여기서는 뭐하니 내 방으로 가지. 단장도 함께."

"아, 그러지."

길드 마스터와 단장을 따라 얼른 그 자리를 벗어났다.

길드 마스터의 방. 내 맞은편에 길드 마스터가 앉고, 그 옆에 기사단장이 앉았다.

"우선은 이 도시를 구해준 것에 감사하네."

그렇게 말하며 길드 마스터가 고개를 숙였다.

"나도 감사 인사를 하겠네. 원래대로라면 우리 기사단과 모험가 길드가 협력하여 토벌해야만 하는 걸, 당신들이 해주다니. 정말로 고맙네."

기사단장도 고개를 숙였다.

"아니 아니. 제가 아니라, 페르와 스이가 한 겁니다."

"페르 님은 알겠네만, 이 슬라임도? 이 슬라임은 겉보기로는 상상도 할 수 없는 힘을 가지고 있는 모양이군."

내 무릎 위에 자리 잡고 있는 스이를 보며 길드 마스터가 그렇게 말했다.

"네. 스이는 특별 개체라서 무척 강합니다."

"그런가, 자네가 하는 말이니 그렇겠지. 와이번 토벌, 감사하네."

길드 마스터는 그렇게 둘을 향해 말했다.

페르는 관심 없다는 듯 바닥에 엎드려 있었고, 스이는 대답하듯 푸들푸들 떨었다.

"그래서, 와이번은 몇 마리였나?"

"전부 해서 열세 마리 있었습니다."

"여, 열세 마리라고……?"

길드 마스터와 기사단장은 내 대답에 심각한 표정을 지었다.

"열세 마리나 있었다니. 그걸 모험가와 기사단이 협력해서 토벌하러 갔다면, 반은 죽어 나갔겠군."

"길드 마스터, 절반이 아니었을 겁니다. 경우에 따라서는 전멸당했을 수도 있습니다."

"그렇지……."

어, 그, 그렇게 심각한 상황이었던 거야?

페르와 스이가 와이번 머리를 싹둑싹둑 베어버리기에 그 정도라고는 생각 안 했는데.

뭐, 마지막의 마지막에 공격받았을 때는 역시 겁이 나긴 했지만.

"우리는 운이 좋았던 셈이로군."

"그렇습니다, 길드 마스터. 하지만 운에만 기댈 수는 없습니다. 이런 일은, 언제 어느 때에 또 일어날지 모르니까요."

"그렇지."

"이 도시가 평화롭기 때문이기도 하지만, 우리 기사단은 조금 긴장이 풀려 있었던 것 같습니다. 와이번이라는 말을 듣고 겁을 먹은 자도 있었고, 무코다 님 일행이 와이번 토벌에 나섰다는 말을 듣고 눈에 띄게 안심한 자도 있었으니까요……."

"그건 모험가들도 마찬가지일세."

"저는 마음먹었습니다. 단원들을 하나부터 다시 가르치겠습니다. 그리고 언제 어느 때 어떤 일이 일어나도 대처할 수 있는 훌륭한 단원으로 키워내겠습니다."

"그거 좋군. 나도 다시 한 번 길드 포인트를 재검토할 생각이네. 포인트만 벌려서 랭크를 올려본들 진정한 모험가라고는 말할 수 없으니까. 조금 더 고생을 시키지 않으면 수준 높은 모험가가 늘어나지 않을 테지. 하하하."

…………뭐랄까, 두 사람 모두 어둠이 느껴지는 표정인데. 무서워, 이 두 사람.

그리고 기사단분들과 모험가분들, 미안. 뭐가 뭔지 모르겠지만 기사단은 앞으로 힘든 훈련을 받게 될 것 같고, 모험가들도 길드 마스터가 포인트를 검토한다는 말을 했으니 랭크를 올리기가 전보다 어려워질 것 같아. 힘내세요, 건투를 빕니다. 얼른 나가고 싶어…….

"이런 미안하네. 이쪽 이야기에 빠져서. 그래서, 와이번은 회수해 왔겠지?"

"네, 물론 회수해 왔습니다."

"손상은 어느 정도인가?"

손상이라니, 페르도 스이도 목을 댕강 해서 별다른 손상은 없을 거라고 보는데.

"모두 목을 잘랐으니까, 그다지 큰 손상은 없을 거라고 봅니다만……."

"와, 와이번, 목을 베다니…… 대단하군그래."

"그러게요. 마법 내성이 있는 와이번은 미스릴로 만든 검이 없는 한 상처를 입히는 데만도 큰 고생이니까요."

길드 마스터도 단장도 놀라고 있는데, 그게 놀랄 부분이었구나.

뭐랄까, 페르도 스이도 슉슉 목을 댕강 날려버렸는데.

"그러면 소재는 우리 쪽에 넘겨주겠는가?"

"네. 고기 이외의 부분은 그렇게 할 생각입니다만."

"그런가. 그럼 일단 창고로 이동하지."

"그럼 저는 이만 실례하겠습니다. 바로 단원들을 다시 교육을 해야 하니까요. 무코다 님, 다시 한 번 정말 감사드립니다."

그렇게 말한 기사단장은 기사단 초소로 돌아갔다. 기사단원 여러분 죽지 마.

길드 마스터와 나는 늘 가는 창고로 이동했다.

"손상이 적군요."

"음, 좋은 소재를 채취할 수 있겠군. 와이번은 전부 열세 마리. 이것 말고도 열두 마리가 더 있다네."

일단 한 마리만 꺼낸 와이번을 툭툭 두드리며 길드 마스터가 익숙한 요한 아저씨에게 알려주었다.

"여, 열세 마리라고요? 그건 좀……. 한꺼번에 처리하기는, 이 창고에 다 꺼내놓을 수도 없을 테니 좀 무리입니다."

"그렇겠지. 그렇다면 두 번에 나눠 하도록 할까?"

"그럴 수밖에 없겠군요. 우선은 일곱 마리로. 그게 끝나면 나머지를 처리하는 걸로 괜찮겠습니까?"

"음, 자네도 괜찮겠나?"

요한 아저씨와 대화를 나누던 길드 마스터가 갑자기 내게로 이야기를 돌렸다.

"아, 네. 두 번에 나눠서 한다는 이야기였죠? 괜찮습니다."

"그나저나, 그 부분에서 상담을 해야 할 게 있는데…… 와이번 소재는 전부 우리에게 팔 생각인가?"

"네. 평소대로 고기 이외의 부분은 그럴 생각입니다."

"으음, 그런가. 하지만 말이지, 와이번 소재가 이렇게나 많으면 우리도 다 취급할 수가 없네. 이익이 상당할 테니 전부 사들이고 싶은 마음은 굴뚝같지만."

들어보니, S랭크인 와이번 소재는 고기는 물론이고 가죽, 송곳니, 독주머니, 독침, 마석이 있는데, 고기를 제외해도 열세 마리의 소재를 사기에는 금액 면에서 힘들다고 한다.

"열세 마리의 해체는 우리가 무료로 해주겠네. 소재의 매매는 송곳니, 독주머니, 독침은 열세 마리분 전부를. 가죽과 마석에 관해서는 다섯 마리분을 사는 것으로 해도 되겠나?"

무료로 해체해준다고 하는 데다, 지금은 돈도 많이 있으니 나로서는 전혀 상관없다.

"네. 괜찮습니다."

"그런가. 고맙네. 하지만 자네에게는 계속 돈이 들어가는군. 이번 매입만으로도 금화 2,500닢 이상은 될 걸세."

이, 2500닢 이상이라고요……?

"와이번은 S랭크 마물이니까. 그 소재도 귀하거든. 특히 가죽과 마석이 비싸지."

가죽은 마력 내성이 있는 데다 얇고 튼튼하고 가벼워서 망토로 만들면 좋다고 한다.

그 망토는 물론 눈이 튀어나올 정도로 비싸지지만.

마석도 꽤 커서 수요는 얼마든지 있다고 한다.

"자네 덕분에 우리 길드도 창설 이래 최고의 수익을 내고 있기는 하지만, 아무리 그래도 와이번 열세 마리는 무리라네. 남은 가죽과 마석은 때를 봐서 다른 도시의 길드에 팔면 될 걸세."

과연, 다른 도시의 길드라. 조만간 이곳도 떠나게 될 테니 그때 다른 곳의 모험가 길드에 팔도록 하자. 내가 갖고 있어봐야 보물을 썩히는 셈이니까.

아, 하지만 망토는 내 걸 하나 만드는 것도 좋을지 모르겠네. 전에 산 낡은 천으로 된 망토밖에 없으니까. 가죽에 관한 거라면 람베르트 씨에게 물어보는 것도 좋겠다. 어쩌면 망토 제작도 하고 있을지 모르고, 혹여 하지 않는다고 해도 맡아주는 곳을 알고 있을 테니까.

"어이, 와이번을 여섯 마리 더 꺼내주겠나?"

요한 아저씨의 재촉을 받고 와이번 여섯 마리를 꺼냈다.

"그렇군, 해체에는 오늘을 제외하고 사흘은 걸릴 거야. 길드 마스터, 미스릴 나이프를 꺼내주셔야겠습니다."

"알고 있네. 그러고 보니 미스릴 나이프를 꺼내는 것도 오랜만이군."

아무래도 마법 내성이 있는 와이번은 미스릴제 나이프가 아니면 해체할 수 없는 모양이다. 그 미스릴 나이프는 귀중한 미스릴로 만들어진지라 평소에는 길드 마스터가 보관하고 있다고 한다.

와이번은 해체하는 것도 큰일이네. 아무튼 전부 해체해준다고 하니 다행이다.

잊어버릴 뻔했는데, 그러고 보니 미스릴 리저드도 아직 넘겨주지 않았었지.

"저기, 길드 마스터. 와이번 건으로 정신없어서 아직 건네드리지 못했던 미스릴 리저드도 지금 드리겠습니다."

"아아, 그랬지. 나도 잊고 있었군. 돈만 건네고 물건을 안 받으면 그야말로 큰일이지. 와하하하."

아이템 박스에서 미스릴 리저드를 꺼내 건넸다.

"몇 번을 보아도 훌륭하군그래."

"네."

길드 마스터도 요한 아저씨도 미스릴 리저드에서 눈을 떼지 못했다.

"그럼 사흘 후에 다시 오겠습니다. 그때 남은 와이번을 드리겠습니다."

"그래, 알겠네."

"오늘은 자네가 있어주어 정말 다행이었네. 무슨 일이 있으면 사양하지 말고 말해주게."

길드 마스터가 그렇게 말하며 내 어깨를 퍽퍽 두드렸다.

잠깐, 아프다고요. 정말이지, 영감이 힘은 정말 세네.

그럼 그만 돌아가자, 돌아가. 돈도 들어왔으니 내일은 욕조를 보러 가야지.

그리고 마음에 드는 게 있으면 사버릴 테다.

신계, 바람의 여신 닌릴의 궁전.

이곳에 여신들이 모여 있었다.

이 궁의 주인이자 바람을 관장하는 여신, 바람의 여신 닌릴. 백은의 긴 머리카락과 한없이 맑은 푸른 눈동자를 가진 호리호리한 미녀였다.

바람의 여신 닌릴의 여신 동료, 그 첫 번째는 대지의 여신 키샤르. 금색 웨이브 진 긴 머리카락에 짙은 갈색 눈동자, 풍만한 가슴에 잘록한 허리 라인, 닌릴과는 또 다른 미녀이다.

바람의 여신 닌릴의 여신 동료, 그 두 번째인 불의 여신 아그니. 불타는 듯한 붉은 머리카락을 포니테일로 묶고, 금색 눈동자에 살짝 그을린 피부가 건강미 넘치는 미녀이다.

바람의 여신 닌릴의 여신 동료, 그 세 번째는 물의 여신 루사루카. 짙은 푸른색의 어깨 길이 머리카락과 녹색 눈동자를 가진 일고여덟 살 정도의 미소녀(미유아?)이다.

네 명의 여신은 수경 주위에 모여서 어느 한 일행을 지켜보고 있었다.

"이 녀석 아직 공물을 바칠 생각이 없는 게냐~."

"정말, 좀 늦잖아."

"그렇다고. 누가 신탁 좀 내려봐."

"……(아무 말 없이 고개를 끄덕인다)."

여신들은 조급해하고 있었다.

이세계의 단 음식은 닌릴 님만이 아니라 다른 여신님들도 사로잡은 모양이다.

"아그니, 신탁이라는 말을 꺼낸 네가 신탁을 내려보아라."

"그래~."

"……(아무 말 없이 고개를 끄덕인다)."

아그니 님 이외의 여신님들이 말을 꺼낸 장본인에게 신탁을 떠넘겼다.

"어, 어째서 내가 해야 하는데? 싫어. 신탁 같은 걸 내리면 다른 신들이 하계에서 뭔가를 하고 있다고 생각할지도 모르잖아. 게다가 창조신님께 들키면 혼날 거라고."

"괜찮으니라. 한 번 정도라면 들키지 않는다. 이 몸도 한두 번 했지만 들키지 않았느니라."

(운이 좋게도 말이지.)

"그래~ 한 번 정도는 괜찮아."

(들킬지 안 들킬지는 모르는 일이지만.)

"……괜찮아."

(괜찮은지 어떤지는 모르겠지만, 나만 아니면 돼.)

꽤 박정한 여신님들이다.

아무래도 창조신님께 혼나는 것만은 피하고 싶은 모양이다.

"크으으…… 내가 말을 꺼냈으니 어쩔 수 없지. 하지만 이런 리스크를 진 만큼 대가를 받을 거야. 술은 안 된다고 했지만, 이세계인에게 술을 바치라고 부탁할 거니까 그렇게 알아. 그게 안 된다면, 너희가 신탁을 내려."

"크읏……."

(술인가. 귀찮은 녀석들이 올 것 같다만, 신탁을 내리지 않으면 저 녀석은…….)

"술 말이지……."

(어쩐지 귀찮은 사람들이 올 것 같기는 하지만, 한두 병 정도면 괜찮으려나?)

"…………."

(술을 좋아하는 신들이 올 것 같지만, 나는 술 안 마시니까 상관없어.)

세 명의 여신들은 아그니의 말도 타당하다 생각했고, 어서 공물(제물)을 받고 싶기도 했다.

"어이, 어쩔 거야?"

아그니 님이 물음에 세 여신은 이야기를 나누었다.

"다들, 어찌할 셈이냐? 신탁을 내리지 않으면 저 녀석이 공물 바치는 걸 잊어버리느니라. 전에도 잊은 적이 있다."

(단것을 위해서니라. 아그니, 너에게 맡기마. 무슨 일이 생기면 뒤처리는 해주겠느니라. 그나저나 저 녀석이 기도하는 사이에 이 몸의 단 음식을 늘리라고 신탁을 내려야겠다. 이번에는 다른 여신들에게 들리지 않도록 말이지. 우후후후.)

"확실히 이세계인 군의 행동을 보면 잊어버린 것 같기는 해. 나는 술 한두 병 정도라면 괜찮다고 봐."

(그 정도라면 뭐. 그보다, 이세계인 군이 공물과 기도를 바치는

동안에 나도 신탁을 내릴 생각이거든~. 그 비누니 샴푸니 트리트먼트 같은 걸 꼭 갖고 싶어. 어떻게든 이세계인 군에게 부탁해서 받아야지. 기도하는 동안의 신탁은 상호 통신이 가능해서 들킬 염려가 적으니까 그 사이에 신탁을 내리겠어~.)

"나도 괜찮다고 생각해."

(맨 처음만 클리어하면 돼. 이세계인에게 신탁을 내릴 수 있어. 과자도 맛있지만, 밥도 맛있어 보였어. 나도 먹고 싶어.)

세 명의 의견이 모아졌다.

여신들은 욕망에 충실한 모양이다. 하지만 그것도 무리는 아닐 것이다.

신이라고 해도 이세계의 물건을 손에 넣을 기회란 그리 흔치 않으니까.

""""그래도 좋다(고 보느니라)(고 생각해)(끄덕끄덕).""""

"단, 술은 한두 병만이니라."

"그래. 너무 많으면 귀찮은 그자들이 올지도 모르니까."

"……(격렬하게 끄덕인다)."

세 여신, 아그니 님에게 못을 박아두는 것도 잊지 않는다. 아그니 님은 술을 좋아하는 데다 주당이니, 못을 박아두지 않으면 이것도 저것도 하며 주문이 많아질 것을 알고 있기 때문이다.

"쳇, 알았어."

아그니는 떨떠름하게 납득했다.

『여어, 이세계인. 들리나? 어서 공물을 내놔.』

실로 아그니 님다운 신탁이다.

그러는 사이, 세 여신의 욕망은 최고조에 달한 모양이었다.

(뭐가 어찌 되었든 단것이니라. 이 몸의 단 음식을 대량으로 확보해야 하느니라! 특히 도라야키 확보는 제일 중요한 사항이니라.)

(비누랑 샴푸랑 트리트먼트랑, 그리고 그 헤어마스크라는 것도 갖고 싶어. 아~ 얼른 써보고 싶네.)

(밥, 밥, 밥, 밥, 밥.)

여신님들은 이세계의 물건을 손에 넣을 수 있는, 예상치 못했던 기회에 큰 기대를 품고 있었다.

"이제 슬슬 여신님들에게 공물(제물)을 바치지 않으면 큰일이겠는데."

식사도 마치고 돌아온 어슴푸레한 숙소의 방에서 혼자 중얼거렸다.

스이로 말할 것 같으면 이미 가방 안에 들어가 꿈나라 여행 중이다.

공물을 사기 위해 인터넷 슈퍼를 열려고 했을 때, 머릿속에서 목소리가 울렸다.

『여어, 이세계인. 들리나? 어서 공물을 내놔.』

"이 목소리는 아그니 님입니까?"

『그래.』

"지금 마침 공물을 사려던 참이니 잠시 기다려주십시오."

『오, 그렇다면 네가 전에 마시던 맥주란 술도 두 병 보내줘.』

"네? 술, 괜찮은 겁니까? 지난번에 뭔가 술은 안 된다는 말을 들은 듯한……."

『닌릴이니라. 이건 특별 조치이니라. 하나, 두 병까지만이니라.』

특별 조치입니까? 뭐, 그래도 괜찮다면 상관없지만.

『어흠, 닌릴이다만, 자네에게 긴히 부탁할 것이 있느니라. 자네에게 맨 처음 가호를 내린 여신이 이 몸이라는 것은 자네도 잘 알고 있을 터. 그러니, 알고 있겠지? 이 몸에게 바칠 단 음식의 양

을 더 늘려다오. 특히 도라야키는 아주 많아도 좋으니라. 아, 이
내용은 부디 다른 여신들에겐 알리지 말거라.』

닌릴(유감스런 여신) 님, 뭘 제멋대로인 말씀을 하시는 겁니까? 모
두 공평하게라고 지난번에 말했을 텐데.

『나야, 나. 대지의 여신 키샤르. 이세계인 군, 무척 흥미 깊은
물건을 파는 걸 봤어~. 그 비누와 샴푸와 트리트먼트, 그리고 효
과가 발군이라는 헤어마스크. 나에게도 보내줬으면 해~. 부탁
해. 아, 이 얘기는 다른 여신들 모르게 해야 해.』

……키샤르 님. 당신도야? 유감스런 여신은 닌릴 님만이 아니
었던 거구나.

『……나, 루사루카. 밥, 맛있어 보여. 나도 밥 먹고 싶어. 밥 줘.
이 얘기는 비밀이야.』

루카 님…………. 이 세계의 여신님은 대체 어떻게 돼먹은 걸
까? 유감스런 여신님들뿐이잖아.

저기. 알리지 말라느니, 모르게 하라느니, 비밀이라느니 하는
데 말이지. 모두 모아서 한꺼번에 보내고 있으니까 그 자리에서
들킬 거라고 보거든?

"어흠. 저기 말이죠, 여신님들. 모두 하나같이 알리지 말고 몰
래 비밀로, 라는 말씀을 하시는데요. 여러분들 걸 모두 한꺼번에
보내니까 그 자리에서 바로 들키거든요."

『앗, 그랬느니라.』

『어머, 그러고 보니 그러네.』

『으…….』

『어이, 그게 무슨 뜻이지?』

『아, 아니, 아그니, 그건 말이지…….』

『그, 그래, 이건, 그거야, 그거.』

『…………..』

『너희들 제각각 자기가 갖고 싶은 걸 요구한 거지? 비겁하잖아. 그렇다면 나도 원하는 걸 요구하겠어.』

『네가 원하는 건 술이지 않느냐? 그러니까 그건 아니 된다고 했느니라.』

『맞아, 술은 절대 안 돼.』

『술, 안 돼.』

『흥, 너희들은 원하는 걸 멋대로 요구해놓고, 어째서 나만 안 된다는 거야? 두 병은 너무 적어. 이세계인, 나는 술을 갖고 싶다.』

『그러니까, 아니 된다고 했느니라.』

『맞아.』

『안 돼.』

여신들이 시끄럽게 떠드는 소리가 머릿속에 울린다.

아, 정말이지, 제멋대로 말하고 있잖아. 전에 공평하게 하겠다고 말했는데, 들어먹질 않는군.

"네네네. 여러분 조용히 해주세요. 제가, 지난번에 공평하게라고 말했었죠?"

『아니, 그게…….』

『그치만 나는 과자보다 미용 쪽 물건이 갖고 싶은걸…….』

『과자도 좋지만 밥도…….』

『과자보다, 술과 안주가 좋으니까…….』

하아, 다들 원하는 게 다르다는 거지? 그렇다면…….

"알겠습니다. 여러분 한 명 한 명 원하는 게 다르다는 말씀이죠? 제한 없이 뭐든지라는 건 역시 무리이니, 한 사람당 은화 세 닢 선에서 원하는 걸 얘기해주세요. 그러면 그걸 바치겠습니다."

여신들이 바라는 걸 전부 들어주다가는 끝이 없을 것 같으니까.

그렇다면 예산을 정해서 그 이내라고 하는 편이 이야기를 마무리하기 편할 거라 생각했다.

『으, 은화 세 닢은, 너무 적으니라. 조금 더 부탁한다.』

『마, 맞아. 은화 세 닢이라니…….』

『조금 더 늘려주었으면 하는데.』

『……(격렬하게 끄덕인다).』

"음, 하지만 일주일에 은화 세 닢이거든요. 그거면 충분하다고 봅니다만. 여신님들이 바라는 걸 듣고 있다간 한도 끝도 없을 것 같으니까요. 은화 세 닢도 충분히 양보한 겁니다. 어쩌시겠습니까? 계속해서 불만을 늘어놓을 생각이시라면, 가호를 돌려드리겠으니 이 이야기는 없었던 걸로……."

『기, 기다리거라. 으, 은화 세 닢으로 충분하다. 은화 세 닢으로 좋으니라. 그, 그렇지 않느냐?』

『마, 맞아. 은화 세 닢으로 충분해. 그거면 이것저것 살 수 있으니까.』

『그, 그래. 좋다. 은화 세 닢으로 충분하다.』

『은화 세 닢이면 돼.』

좋아, 언질은 잡았다.

"그럼 각자 원하는 걸 알려주십시오. 한 사람씩 부탁드립니다. 여러분이 한꺼번에 이게 갖고 싶어 저게 갖고 싶어 하고 말하시면 뭐가 뭔지 모르게 되니까요."

『그럼 제일 먼저 자네에게 가호를 내리고, 나이도 제일 많은 이 몸부터니라.』

어? 닌릴(유감스런 여신) 님이 제일 연상이야? 전혀 안 그래 보이는데…….

『이 몸은 단 음식을 바란다. 도라야키는 가능한 한 많은 편이 좋으니라.』

과연. 닌릴 님은 똑같이 단 음식이구나. 살찔 것 같기는 하지만, 그건 뭐 본인이 알아서 하겠지.

인터넷 슈퍼에서 도라야키 열 개와 적당히 고른 케이크와 푸딩과 초콜릿, 그리고 콜라와 사이다 등의 단 음료를 은화 세 닢에 맞춰 가트에 담았다.

"다음은 어느 분이십니까?"

『나이순으로 간다면, 나야. 키샤르. 내가 원하는 건, 당신이 새롭게 팔기 시작한 비누와 샴푸와 트리트먼트와 헤어마스크.』

"아, 그거 말씀이군요. 하지만 그것 말고도, 특히 샴푸와 트리트먼트 같은 건 머리카락의 상태나 사용감에 따라 여러 종류가 있는데, 그냥 그 물건들로 해도 될까요?"

『어머, 그렇게나 종류가 많은 거야?』

"네, 수십 종류는 될 겁니다. 괜찮으시다면 지금 머리카락에 어떤 문제가 있는지 가르쳐주시면 키샤르 님에게 맞을 법한 걸 골라드리겠습니다.”

『정말? 그럼 부탁할게. 지금 내 제일 큰 고민은 머리카락이 푸석한 거. 푸석푸석하고 차분해지지를 않아서 곤란해. 매일 아침마다 큰일이야~.』

그렇군. 분명 머리카락이 손상되어서 푸석푸석해진 거겠지. 그렇다면 이거려나? 실리콘이 없고 여러 오일이 배합되어 있는 상품들 중에서 모이스처 타입인 샴푸와 트리트먼트와 프리미엄 헤어마스크(각각 동화 아홉 닢) 같은 걸로.

남은 동화 세 닢으로 장미향이 나는 비누(세 개 묶음)를 사면 딱 은화 세 닢이다.

“다음은 누구신가요?”

『오, 나다. 아그니. 사실은 술로 다 채우고 싶은 마음이지만, 그건 모두가 말려대니 말이다. 맥주라는 술 두 개와 그 술에 어울리는 안주, 그리고 과자가 좋겠다.』

아그니 님은 프리미엄 맥주와 안주와 과자란 말이지. 안주는 마른안주 같은 건 너무 무난한 느낌이려나?

아, 전에 튀겨서 보관해둔 감자튀김과 오늘 튀긴 민치가스가 괜찮겠다. 가격은 부식으로 팔고 있는 걸 참고해서, 감자튀김은 동화 두 닢, 민치가스는 동화 한 닢이면 되겠다. 아, 접시도 필요한데, 돌려받을 수 없으니 종이 접시를 사서 그걸 쓰도록 할까.

프리미엄 맥주 두 개와 종이 접시 하나에는 감자튀김을 담고 다른 하나에 민치 가스를 세 개 정도 담는다. 남은 건 닌릴 님과 마찬가지로 적당히 과자를 고른다. 이거면 되겠지.

『다음은 나. 과자랑 밥.』

마지막은 루카 님이군요. 과자와 밥이라. 우리가 먹는 걸 보고 먹고 싶어진 건가?

그렇다면 민치가스랑, 그리고 분명히…… 있다, 치즈가 들어간 치킨가스가 아직 남아 있으니 그걸로 하자. 그리고 햄버그도 평범한 것과 치즈가 들어간 게 남았을 텐데…… 있다, 있어. 다음은 주먹밥 세 종류랑 식빵 여섯 장이면 되려나.

가격은, 민치가스는 당연히 동화 한 닢, 치즈가 들어간 치킨가스는 조금 큰 편이니까 동화 두 닢, 햄버그는 양쪽 모두 동화 한 닢으로 계산하면 되겠지. 주먹밥도 동화 한 닢으로. 절반인 은화 한 닢과 동화 다섯 닢이 되도록 조절하면서 종이 접시에 담는다. 남은 은화 한 닢과 동화 다섯 닢으로 적당히 과자 종류를 고른다. 좋아, 이걸로 됐다.

돈을 정산한 다음, 종이 상자 제단을 네 개 준비하고 각각의 여신님께 바칠 물건을 올려두었다.

"그럼 각각의 물건을 바치니 받아주십시오. 우선은 닌릴 님이 바라신 과자입니다. 받아주세요."

그렇게 말하자 닌릴 님의 공물(제물)이 사라졌다.

"이건 키샤르 님이 바라신 비누와 샴푸 종류입니다. 샴푸 종류는 여기서 파는 것보다 좋은 거니까 한번 써보십시오."

키샤르 님께 바치는 공물(제물)이 사라졌다.

"그리고 이건 아그니 님의 맥주와 안주와 과자입니다. 안주는 제가 만든 것이지만 맛은 그럭저럭 괜찮을 테니 맛있게 드셔주십시오. 양쪽 모두 맥주와 잘 어울릴 겁니다."

아그니 님께 바치는 공물(제물)이 사라졌다.

"마지막으로 루카 님께서 바라신 과자와 밥입니다. 반찬은, 이것도 제가 만든 겁니다만, 주먹밥과도 빵과도 잘 어울리는 반찬이니 맛있게 드십시오."

루카 님께 바치는 공물(제물)이 사라졌다.

"그럼 또 원하시는 걸 예산 내에서 잘 정해두시길 바랍니다."

『알았느니라.』

『알았어~.』

『그래.』

『………….』

받은 것들에 정신이 팔렸는지 소란스러운 여신님들의 목소리가 들려왔다.

여자 셋이 모이면 접시가 깨진다더니, 그 말 그대로다. 셋이 아니라 넷이지만.

하지만 루카 님은 기본적으로 얌전하니까. 루카 님이 제일 어린 모양인데, 연상 세 분이 글러먹었네.

정말이지. 그런 생각을 하고 있는 사이에 또 갑자기 여신님들의 신탁이 중단되었다.

"후우, 겨우 끝난 건가."

지쳤어. 그럼 이만 자자.

◇ ◇ ◇ ◇ ◇

　나는 지금 이라리오 상회로 향하고 있다. 람베르트 씨가 알려
준 욕조를 파는 가게다. 장소도 람베르트 씨에게 확실하게 들어
두었다. 아, 저기구나. 역시 커다란 가게네.

　가게에 들어가자 페르를 본 점원의 표정이 굳어졌다. 뭐, 이렇
게 커다란 마수를 데리고 가면 그야 놀라기도 하겠지. 하지만 역
시 큰 가게인 만큼 교육이 잘 되어 있는 것인지, 쫓아내거나 하지
는 않았다.

　"어, 어떤 물건을 찾으십니까?"

　"저기, 욕조를 볼 수 있을까요?"

　"욕조 말씀이십니까? 이쪽으로 오시죠."

　어디를 어떻게 보아도 부자로는 보이지 않는 내가 욕조를 보여
달라고 말했는데도, 그 점은 문제없는 것인지 보여주려는 모양이
다. 점원을 따라가자 가게 안쪽에 욕조가 전시되어 있었다. 크기
는 대중소로 나뉘는데, 람베르트 씨 댁에 있던 것은 중 크기였다.
소 크기도 나 한 사람이 들어가 다리를 뻗기에는 충분한 크기였다.

　"소로 충분하려나……."

　"이쪽 크기의 물건은 몇 가지 종류를 갖춰두고 있습니다. 여기
를 보시지요."

　점원이 내 중얼거림을 놓치지 않고 바로 상품을 추천해주었다.
나로서는 감사한 일이니 소 타입을 몇 종류 살펴보았다.

　역시 제일 싼 것은 색이 들어가지 않은 갈색 욕조다. 그래도 금

화 300닢이라고 한다. 람베르트 씨에게 들은 대로 욕조는 꽤 비싼 물건이었다.

다음에 본 것은 짙은 녹색인 욕조다. 차분한 색감이 좋았다. 그게 금화 370닢. 색이 들어가니 가격이 확 뛰어올랐다.

점원에게 물어보니 역시 이 정도 크기의 물건에 균일한 색을 넣는 것은 꽤나 어려운 작업이라 기술이 필요하다고 하며, 그 점이 가격에 반영되었다고 한다. 색이 들어간 욕조는 비싸기는 해도 색감이 마음에 들고, 지금은 마침 주머니 사정에도 여유가 있으니 이걸 첫 번째 후보로 두자.

다음에 본 것은 새하얀 욕조였다. 흰색은 평범하게 욕조라는 느낌이 들고, 청결감도 있어서 좋은 느낌이다. 이게 금화 430닢이란다. 녹색이 들어간 것보다 비싸구나.

어째서 그런지 점원에게 물어보니 이 하얀 욕조는 신상품으로, 최근에 팔기 시작한 것이라고 한다. 이 흰색을 내기 위해서는 점토에 특수한 소재를 섞어 반죽해야 하는데, 그 특수한 소재라는 것이 입수하기 매우 어려운 것이라고 한다. 그런 점에서 가격이 높게 책정되어버린 모양이다.

그 다음에 본 것은 꽃무늬 그림이 들어가 한눈에 봐도 화려한 욕조였다. 이건 진짜 비싸 보이네, 하고 생각했는데, 역시 비쌌다. 가격을 듣고 깜짝 놀랐을 정도다 금화 500닢이란다. 단색으로 색을 넣은 것보다 그림을 넣는 쪽이 훨씬 어렵고 상당한 기술이 필요한 작업이라고 한다. 그게 가능한 장인도 드물기 때문에 이런 가격이 되었단다.

보기에는 화려하지만, 이건 아니다. 그야말로 귀족의 저택에 있을 법한 욕조다. 나는 여행 도중에 쓸 거니까, 호화로움은 의미가 없다. 그렇다면 역시 첫 번째 후보였던 짙은 녹색 욕조려나. 응, 이걸로 하자.

"저기, 이 녹색 욕조로 하겠습니다."

아무 데나 있을 법한 일반인과 다를 바 없는 나 같은 사람이 바로 욕조를 구입할 거라고는 생각하지 못했는지, 점원은 약간 놀랐다.

"그, 금화 370닢입니다만, 괜찮으시겠습니까?"

그 괜찮으시겠습니까? 라는 건 금화 370닢을 갖고 있느냐는 건가?

후후후, 물론 갖고 있다고. 페르 님 덕분에 말이지, 여유롭게 바로 지불할 수 있다고.

"네, 금화 370닢인 거죠?"

나는 아이템 박스에서 자루를 하나 꺼냈다. 이 자루에는 금화 300닢이 들어 있다.

남은 70닢은 우수리가 들어 있는 자루에서 꺼냈다.

"그, 그럼 확인하도록 하겠습니다."

점원이 금화를 확인하기 시작했다.

"……370닢. 네, 정확합니다. 이쪽 욕조는 자택까지 배송해드릴까요?"

"아뇨, 아이템 박스에 넣어서 가져갈 생각이니 괜찮습니다."

"호오, 아이템 박스를 가지고 계시다니, 부럽습니다."

"이 욕조가 겨우 들어갈 정도지만 말이죠."

사실은 거의 제한 없는 크기인 것 같지만. 거짓말도 하나의 수단이다.

욕조를 아이템 박스에 넣는다.

"고맙습니다."

점원의 배웅을 받으며 이라리오 상회를 뒤로했다. 좋은 물건을 샀다.

…………야호, 그토록 바라던 욕조를 손에 넣었다고!

이라리오 상회에서 조금 떨어진 곳에서 무심코 주먹을 불끈 쥐며 포즈를 취하고 말았다.

『대체 뭘 하는 게냐…….』

페르가 어이없어했지만, 뭐라고 하든 상관없다. 무려 바라 마지않던 욕조를 갖게 되었으니까. 역시 일본인은 목욕이지. 그런 고로, 바로 욕조에 들어가야겠다.

그렇게 말해도 이 욕조를 꺼내놓고 들어갈 수 있을 만한 장소가 없잖아. 역시 이건 도시 밖으로 나갈 수밖에 없겠군.

"페르, 목욕을 하고 싶으니까 마을 밖으로 가자. 그리고 가능하면 모험가나 사람들이 별로 없을 법한 숲까지 데려가 줄 수 있을까?"

『도시 밖이라, 그거 좋구나. 그럼 내 등에 타라.』

페르가 인적이 없는 숲까지 데려와 주었다.

그 페르로 말할 것 같으면, 숲에 오니 몸이 근질근질했는지 바로 사냥을 하러 가버렸다. 물론 결계는 확실하게 펼쳐주고 갔으니, 내 몸의 안전은 확보되어 있다.

그럼 바로 목욕 준비를 하자. 우선은 벽부터 만들어야겠지?

"스톤 월."

먼저 사방에 벽을 만들어 주변을 둘러싼다.

습기를 방지하기 위해서, 그리고 하늘을 보면서 목욕을 즐기기 위해서 일부러 천장은 만들지 않았다.

그럼 이제 막 구입한, 염원하던 욕조를 꺼내놓을까.

『스이, 좀 나와 볼래?』

스이에게 염화로 말을 걸자 가방 안에서 바로 스이가 나왔다.

『하아암~ 주인, 왜 그래?』

또 자고 있었던 건가? 이 가방, 스이에게는 무척 기분 좋은 잠자리인가 보군.

"스이, 물 마법으로 이 안에, 이 정도까지 물을 넣어줄래?"

여기까지라고 손가락으로 가리킨다.

『알았어.』

그렇게 대답한 스이가 가늘고 긴 촉수를 뻗었고, 그 끝에서 물이 흘러나왔다.

"스이, 그 정도면 됐어."

욕조의 80퍼센트 정도까지 물을 넣었다. 그리고 내 불 마법으로……

"파이어 볼."

맨 처음에는 약간 작은 파이어 볼을 만들어 욕조에 가라앉힌다. 부글부글 주변의 물을 끓어오르게 하면서 파이어 볼이 사라져간다. 좀 지나치게 뜨겁게 만들었을지도 모르겠다⋯⋯.

"아, 물을 섞는 막대를 쓰면 되겠네."

인터넷 슈퍼를 열어서 목욕에 필요한 이런저런 물건들을 구입했다.

"물을 젓는 막대에 목욕용 바가지랑, 그리고 보디 샴푸인가. 나는 비누보다 보디 샴푸파거든. 그리고 머리카락은 귀찮으니까 린스가 들어간 샴푸가 좋겠네. 그리고 보디 타월이랑 목욕 수건도 사야지. 이제 더 없나? ⋯⋯아, 어차피 하는 거니까 입욕제도 넣어볼까? 응, 이 정도면 되려나."

착착 카트에 넣고 계산. 받은 물건 중 물을 젓는 막대로 욕조 안의 물이 잘 섞이도록 젓는다.

"어디 어디⋯⋯ 앗, 뜨거."

조금 뜨거운데.

"스이, 여기에 물을 조금만 더 넣어줄래?"

스이가 물을 더 넣어주었고, 이번에는 딱 적당한 온도가 되었다. 이걸로 다 됐다. 옷을 벗어야지.

물에 들어가기 전에 우선은 이쪽에 온 이후로 물로만 헹궜던 머리카락을 감는다.

"엑, 전혀 거품이 안 나네. 대체 얼마나 더러웠던 거냐⋯⋯."

머리를 두 번 감고서야 겨우 개운해졌다.

머리카락의 예를 생각해서 몸도 보디 샴푸로 두 번 씻었다.

"좋아, 이 정도면 되겠지. 어디, 발이 흙투성이네."

바가지에 따뜻한 물을 담아 한쪽 발씩 씻으며 욕조로 들어갔다.

익숙한 분말형 입욕제를 풀었다. 참고로 유자 향으로 해보았다.

그리고 나서야 겨우 물에 몸을 담근다.

"으아아아~."

오랜만에 몸을 담그다 보니 무심코 소리를 내고 말았다.

"역시 목욕은 기분 좋네."

『주인, 그 물속 기분 좋아?』

스이가 신기하다는 듯 물었다.

"응, 따뜻한 물이라서 기분 좋아. 스이도 들어와 볼래?"

『응.』

첨벙.

『우와, 정말이네. 따뜻해 이 따뜻한 물 기분 좋아. 냄새도 좋은
냄새가 나~.』

스이는 욕조 안에서 둥실둥실 떠다녔다. 스이도 목욕이 마음에
든 모양이다.

느긋하게 몸을 담그고 있으려니 뭉쳐 있던 몸이 풀렸다.

유자 향도 긴장을 푸는 데 효과가 있어서 좋았다.

"아~ 목욕 최고야."

투명한 푸른 하늘을 바라보며 목욕이라니, 좋다.

천국이네, 천국이야. 일본인은 역시 목욕 없이는 살아갈 수 없
다니까.

나는 스이와 함께 목욕을 실컷 즐겼다. 너무 오래 물에 몸을 담그고 말았지만, 역시 비싼 만큼 제 몫을 하는 욕조 덕분에 물도 식지 않고 좋은 온도를 유지한 채 목욕을 마칠 수 있었다. 마석이 섞여 있어서 단단하고 보온성도 있다고 듣기는 했지만, 정말이었다. 비싸기는 했지만 사길 잘했네.

목욕을 마치고 옷도 갈아입었으니, 이제 뒤처리다. 스톤 월을 없애야 한다.

"스이 이 물과 여기 있는 거품들을 없애줄래?"

『알았어~.』

스이의 분열체가 뒷정리를 깔끔하게 해주었다.

"목욕을 하고 나니까 뭔가 시원한 게 마시고 싶네."

인터넷 슈퍼에서 커피 우유를 구입. 스이에게는 과일 맛 우유다.

"스이, 목욕을 마치고 이걸 마시면 엄청 맛있어."

과일 맛 우유를 접시에 담아 스이에게 주었다.

『우와아, 진짜야. 시원하고 달고 맛있어.』

응, 목욕 후에 마시는 커피 우유는 정말 맛나다.

"페르, 좀 늦는데."

『페르 아저씨, 안 오네.』

스이와 둘이서 페르가 사냥에서 돌아오기를 기다리고 있는데, 돌아올 기색이 전혀 없다. 아무리 그래도 우리를 잊어버렸을 리는 없다고 생각하지만…….

한가한 데다, 페르가 돌아오면 또 배고프다고 할 것 같으니 밥을 지으며 기다릴까. 뭐가 좋으려나? ……………아, 블러디 혼 불 고기가 대량으로 있기도 하니, 오랜만에 그걸 만들어 먹어볼까?

빠르고, 맛있고, 저렴한 음식의 대명사 쇠고기 덮밥이다.

그러고 보니, 가끔 참을 수 없이 먹고 싶어져서 퇴근길에 식당에 들르거나 했었지. 그 달짝지근한 간장이 배어든 쇠고기와 밥이 맛있단 말씀이야. 밥에 얹는 것뿐이라 바로 먹을 수 있으니 이 것도 많이 만들어두면 좋을 것 같다. 재료인 양파도 있고, 간장, 설탕, 맛술에 생강도 있으니 부족한 건 청주와 과립형 조미료인가. 인터넷 슈퍼에서 구입하자.

좋아, 그럼 만들어볼까. 우선은 블러디 혼 불 고기를 얇게 저며 둔다. 이번에는 냄비 두 개 분량의 쇠고기 덮밥을 만들 생각이다 보니 양이 많다. 후우, 이거면 되려나.

그리고 양파도 뿌리 쪽을 중심으로 반으로 자른 다음 결을 따라 썰어준다. 그리고서 냄비에 물, 간장, 설탕, 청주, 맛술, 조미료, 생강(튜브 형)을 섞어서 가볍게 끓여준다. 거기에 양파를 넣어서 양파가 투명해질 정도로 익으면 저며둔 고기를 뭉치지 않게 넣어 끓인다. 거품이 뜨면 떠내가면서 약한 불로 10분 정도 조려주면 완성이다.

식욕을 돋우는 냄새다. 어디, 맛은 어떨까?

한 입 맛을 보니, 딱 적당하게 고기에도 맛이 배어들었고 양파도 부드러워서 맛있었다.

냄비 두 개를 써서 꽤 많은 양을 만들었으니 몇 끼는 먹을 수 있을 것 같다. 이 정도의 양을 요리했는데도 페르는 아직 돌아오지 않았다. 스이는 할 일이 없어 지루했는지 가방 안에서 자고 있다. 아직 시간이 있는 것 같으니 요리를 하나 더 만들어볼까.

쇠고기가 있으면 이걸 해 먹을 텐데, 하고 생각했던 게 있으니 그걸 만들어볼까 한다.

그게 무엇인가 하면 바로 비프스튜다.

그렇다고 해도 내가 직접 밀가루를 볶아 루부터 만드는 그런 비프스튜는 아니다. 그런 것까지 하는 건 성가시니까. 푹 끓여줄 시간은 필요하지만, 일단 만들어두었다가 시간이 있을 때 더 끓이면 될 테니까.

우선은 재료를 인터넷 슈퍼에서 사자. 양파는 있지만, 당근과 감자가 없으니 사두고. 다음으로 버터는 있었고, 케첩이랑 콩소메가 떨어졌으니 그걸 사자. 그리고 중요한 데미글라스 소스 캔과 레드 와인도 사야지. 좋아, 이걸로 재료는 다 갖춰졌다.

우선은 블러디 혼 불 고기를 조금 크다 싶은 한입 크기로 썬다. 양파는 결을 따라 썰어주고, 감자와 당근은 껍질을 벗겨서 한입 크기로 자른다. 감자는 큼직큼직하게.

불 위에 냄비를 올리고 버터를 녹인 다음, 소금 후추로 밑간을 한 블러디 혼 불 고기를 표면이 갈색이 될 때까지 볶아준다. 거기에 양파, 감자, 당근을 넣어서 살짝 볶은 다음 레드 와인과 물을 찰랑찰랑할 정도로 넣고 콩소메 블록을 투하해서 끓여준다.

거품을 걷어가며 감자와 당근이 흐물흐물해질 때까지 끓인다.

감자와 당근이 부드러워지면 거기에 데미글라스 소스와 케첩을 넣고 20분 정도 더 끓여서 전체적으로 맛이 배어들게 하면 끝이다. 마지막으로 풍미를 더하기 위해 버터를 넣어도 좋다.

맛을 한번 보자.

비프스튜는 역시 데미글라스 소스 캔을 쓰는 편이 간단하고 맛있다. 직접 버터와 밀가루를 오랫동안 볶아가며 루를 만드는 건 너무나도 귀찮고, 태우기라도 하면 실패니, 역시 데미글라스 소스 캔을 쓰는 쪽이 실패 없이 간단하게 만들 수 있다. 하지만 조금 더 끓이는 편이 맛도 스며들고 고기도 부드러워져서 좋을지도 모르겠다.

아니, 푹 끓어야 하는 요리가 완성되고 말았잖아. 완성된 비프스튜를 아이템 박스에 넣는다. 페르는 아직도 돌아오지 않았다.

"그 녀석, 대체 어디까지 간 거야?"

해도 거의 다 저물어 안달복달하고 있으려니, 부스럭부스럭 나뭇가지를 헤치며 드디어 페르가 돌아왔다.

쿵.

『기다리게 했군.』

페르가 입에 물고 있던 커다란 도마뱀을 휙 내 앞에 내려놓고 그렇게 말했다.

…………페르 님, 이 커다란 도마뱀은 뭐냐?

페르가 내 앞에 내려놓은 것은 텔레비전에서 본 코모도 도마뱀을 한층 크게 만들어놓은 듯한 도마뱀이었다. 머리부터 꼬리 끝까지 5미터 정도는 될 것 같다.

『기적을 따라가다 보니 조금 멀리까지 나가고 말았다. 그 덕분에 조금 괜찮은 상대를 만날 수 있었다.』

아니, 그러니까, 이 커다란 도마뱀은 뭐냐니까?

『와이번은 전혀 상대가 되지 않아 허탕이었는데, 어스 드래곤(지룡)을 만난 덕분에 조금은 운동이 되었다.』

…………페르, 지금 뭐라고 했어? 나, 가는귀가 먹었나?

"저기, 페르. 지금 뭐라고 했어?"

『응? 그러니까, 와이번 때는 허탕이었는데 어스 드래곤을 만난 덕분에 조금은 운동이 되었다고 했다.』

"……어, 어스 드래곤?"

『그렇다. 어스 드래곤이다.』

지면에 누워 있는 커다란 코모도 도마뱀을 감정해보았다.

【어스 드래곤(지룡)】

……………….

………….

…….

"무, 무슨 짓을 한 거야!"

『음? 뭐가 말이냐?』

"뭐가기 아니라고, 어스 드래곤이라니, 뭘 어쩔 셈이냐고?"

『그러니까 뭐가 말이냐? 어스 드래곤 고기는 맛이 좋다. 잘되지 않았느냐?』

"아니 아니 아니 아니, 맛있고 말고 하는 그런 문제 아니라고. 키마이라나 오르트로스만 해도 모험가 길드에서 넘겨받길 거부했잖아. 그런데 이런 걸 대체 어쩌라는 거야."

키마이라와 오르트로스도 거부당했으니, 아마도 그 이상일 것이 분명한 드래곤 같은 건 꺼내지 못할 거라고.

『음, 드래곤 고기는 실로 맛이 좋다. 매매는 안 된다고 해도, 손질만이라도 해달라고 할 수 없는 것이냐?』

아, 그래, 해체만이라. 그건 가능할지도 모르겠지만, 글쎄, 어떨라나…….

"해체만이라. 일단 얘기는 해보겠지만, 아무래도 드래곤이니까……. 해줄지 어떨지는 확실하지 않아."

『흠. 그런가. 오랜만에 드래곤 고기를 먹을 수 있는 건가 했다만. 아쉽지만 그건 그때 가서 생각하겠다.』

일단 이야기는 해보겠지만, 어스 드래곤이라고. 분명 길드 마스터도 요한 아저씨도 엄청나게 놀라겠지. 하아~.

『그런 것보다, 좋은 냄새가 나는구나. 킁킁.』

그런 것보다, 라니. 하아, 페르는 언제나 제 갈 길만 가는구나. 드래곤 사냥에 성공했어도 전혀 신경 쓰지를 않네. 뭐, 페르답다면 페르답지만.

너무 커서 방해가 되는 어스 드래곤을 아이템 박스에 넣어두었다.

　"여기서 식사 할까?"

『그래.』

　여기서 먹을 음식은 쇠고기 덮밥 쪽이다.

　비프스튜는 일단 완성되긴 했지만, 조금 더 푹 끓이는 편이 간도 배고 고기도 부드러워지니까 말이지. 밥은 전에 지어서 보존해둔 걸 접시에 담고, 그 위에 고기를 듬뿍 올린다.

　스이를 깨워야지.

　"스이, 밥 먹자."

『으응? 바압?』

　"그래, 밥."

『밥~.』

　페르와 스이에게 쇠고기 덮밥(곱빼기)을 내주었다.

『으음, 이건 맛있구나.』

『진짜, 고기에 맛이 배어서 맛있어~.』

　그래, 그렇구나. 둘 모두 쇠고기 덮밥이 마음에 들었구나. 맛있지, 쇠고기 덮밥.

　그럼 나도 먹어볼까. 아, 기왕이면 달걀도 얹고 싶네.

　인터넷 슈퍼를 열어서, 응? 이런 것도 팔고 있구나. 날달걀보다 이쪽이 더 좋겠네.

　구입한 것은 온천란(溫泉卵)이다. 덮밥 위에 온천란을 얹으면 맛있다고~.

반숙인 온천란의 노른자를 터뜨려 고기에 잘 섞은 다음 밥과 함께 입 속으로.

"맛있어~."

달걀이 있으면 맛이 부드러워진다. 아, 진짜 맛있다.

차가 마시고 싶은데, 분명 사둔 게……. 아이템 박스에서 전에 사두었던 페트병에 담긴 엽차를 꺼냈다.

꿀꺽꿀꺽꿀꺽.

후우 입안이 깔끔해진다. 그리고 다시 쇠고기 덮밥을 한입.

맛나다 맛나.

『어이, 한 그릇 더 다오. 음? 자네 거에는 달걀이 있는 건가? 치사하다. 내 것에도 올려다오.』

『스이도 더 먹을래. 스이도 달걀 얹어줘.』

예이예이.

쇠고기 덮밥(곱빼기)에 온천란을 두 개 얹어서 만들어주기로 한다. 달걀을 터뜨려서 둘 앞에 내놓았다.

『음, 달걀을 얹은 쪽이 훨씬 맛있구나.』

『스이도 달걀 얹은 게 좋아.』

둘 모두 쇠고기 덮밥이 마음에 들었는지 허겁지겁 먹는다.

둘은 몇 번이고 한 그릇 더를 외친 후에야 만족했다.

『후우, 맛있었다.』

『정말 맛있었어.』

"그럼 마을로 돌아갈까?"

『그래.』

『응.』

마을로 돌아가기 위해 페르의 등에 올라탔는데······.

"페르"

『왜 그러느냐?』

"너, 더러운데?"

『뭐, 뭐라고?』

지금까지는 그다지 신경 쓰이지 않았지만, 목욕을 하고 개운해진 다음이라 그런지 꾀죄죄한 페르가 무척이나 신경 쓰였다.

"아니, 이 부분, 털이 뭉쳐 있는 데다 뭔가 전체적으로 먼지가 많이 붙은 느낌이야."

『그, 그, 그럴 리 없다. 털 관리는 꼼꼼하게 하고 있고······.』

"아니 아니 아니, 꼼꼼하게는 아니잖아."

네가 털 고르기 하는 모습은 그다지 본 적이 없다고.

『크으윽.』

"내일은 페르 목욕 확정이야."

『뭐······.』

"뭐야, 물이 무서운 거야?"

『저, 절대로 그렇지 않다.』

"그럼 됐네. 내일은 페르 목욕하는 거다. 이건 결정된 거야."

『크으으으으.』

그럼, 오늘 밤에는 페르를 씻길 동물용 샴푸랑 빗을 사야겠다.

인터넷 슈퍼에 동물용 샴푸 같은 게 있으려나?

◇ ◇ ◇ ◇ ◇

오늘은 페르를 목욕시키는 날이다.

어제 동물용 샴푸와 빗과 대형 목욕 수건을 구입해두었다. 인터넷 슈퍼에 들어가 보니 있었다. 사료나 간식 종류도 다양했고, 반려동물 용품도 충실하게 갖춰져 있었다. 역시, 요즘은 반려동물을 기르는 사람이 많으니까. 게다가 돈을 아끼지 않는 반려인도 많다고 하고. 나로서는 그 덕분에 인터넷 슈퍼에서 원하는 것들을 살 수 있었으니까 만족한다.

스이가 들어가 있는 가방을 어깨에 메고 페르가 기다리고 있는 축사로 향했다.

"페르, 오늘도 마을 밖으로 갈 거야. 어제 말했던 대로 널 목욕시킬 거니까."

『음…… 저, 정말로 씻는 거냐?』

"당연하지. 뭐야, 역시 물이 무서운 거야?"

『그, 그럴 리가 없지 않은가. 젖는 게 별로이기는 하지만…….』

"딱히 물 안에 들어가야 하는 게 아니니까 괜찮아. 가자."

『으음, 할 수 없지.』

어제와 마찬가지로 인적이 없는 숲까지 함께 이동했다.

우선은 페르를 빗질해준다. 씻기 전에 빗질을 해서 엉킨 털을 잘 풀어둬야 한다. 애견인인 지인에게 들었던 이야기를 떠올리며 하고 있다. 그 지인은 바로 씻으면 털이 뭉친 부분의 더러움이 잘 지워지지 않고, 빠진 털을 빗질로 미리 제거해두면 샴푸하기 쉽고 씻어내는 것도 편하다고 역설했었다.

"페르, 우선은 털을 빗질해줄게."

『으, 음.』

페르의 털을 빗질하기 시작했다.

『아야. 조금 더 조심스럽게 해라.』

"미안, 미안."

털이 엉킨 부분은 피부가 당겨지지 않도록 주의하며 빗질한다. 몸이 크다 보니 힘들다.

"후우~ 이 정도면 되려나."

특히 배 부분의 털이 잔뜩 뭉쳐 있어서 힘들기는 했지만, 어찌어찌 전부 빗질했다.

내 옆에는 빗질로 빠진 페르의 털이 산처럼 쌓여 있다. 흙 마법으로 땅을 파서 묻었다.

빗질을 끝내고 샴푸 단계로 들어간다. 우선은 욕조를 꺼내고.

『스이, 좀 도와줬으면 하는 일이 있으니까 일어나 줄래?』

염화로 말을 걸자 스이가 바로 가방에서 기어 나왔다.

『주인, 뭔데?』

"여기에 물을 채워줄래?"

『알았어.』

스이가 물을 채워준 욕조에 파이어 볼을 투하하여 물을 데운다.

물을 젓는 막대로 욕조 안의 물을 골고루 섞어준 다음 온도를 확인하니 조금 뜨거운 것 같아 스이에게 물을 더 넣어달라고 부탁했다.

응, 이 정도면 괜찮으려나? 약간 미지근한 편이 좋다고 해서 그렇게 했다.

목욕용 바가지로 물을 퍼서 페르에게 끼얹는다.

『으음…….』

어쩐지 허리를 좀 빼고 있는데? 페르는 역시 젖는 게 싫은가 보다.

몇 번이고 물을 퍼서 뿌리기를 반복하고 있으려니 페르가 안절부절못하며 물었다.

『아직 끝나지 않은 거냐?』

"멀었어. 그보다, 페르가 커서 몸 전체를 적시는 것만 해도 큰일이라고."

『스이의 물 마법으로 어떻게 안 되는 게냐?』

아, 그 방법이 있었나. 욕조의 물을 빨아들여서 샤워기처럼 물을 뿌려달라고 하는 것도 가능하려나? 물의 여신 루카 님의 가호도 있으니 물을 다루는 건 충분히 할 수 있을 테고, 슬라임의 특성을 살려서 변형도 가능하니, 스이라면 할 수 있을지도 모르겠다.

"스이, 이 욕조의 물을 빨아들여서 페르에게 비처럼 쏴아 하고 뿌려줄 수 있을까? 너무 세지 않아도 되니까."

『우웅, 해볼게.』

스이는 그렇게 말하더니 욕조로 촉수를 뻗어서 물을 빨아들였고, 반대쪽으로 또 하나의 촉수를 뻗어서 그 끝으로 물을 뿌렸다. 이래서는 그냥 호스에서 물이 나오는 것이나 다름없는 느낌인데?

『이렇게 해서, 이렇게 하면 돼?』

촉수 끝부분이 변형되더니, 그 끝에서 샤워기처럼 물이 쏟아져 나왔다.

"맞아, 맞아. 스이, 대단하다. 이거면 충분해. 역시 스이야."

『에헤헤헤. 스이 대단해?』

"대단해, 대단해. 그럼, 페르를 다 씻길 때까지 잠시만 그렇게 있어줄래?"

『응, 알았어.』

스이 샤워기로 페르의 몸을 구석구석 빠짐없이 적셔준다.

이제 어제 사둔 동물용 샴푸가 등장할 차례. 개와 고양이 양쪽 모두 쓸 수 있는 샴푸로, 상품 소개에 수의사 추천이라고 쓰여 있던 물건이다. 피부의 건강 유지에 최적화된 저자극 제품이이라 강아지나 새끼 고양이에게도 쓸 수 있다고 쓰여 있었지. 컨디셔 너도 포함되어 있어 헹군 후에도 촉촉하고 부드러운 털이 된다고 한다. 좀 비싸긴 했지만 좋아 보였기 때문에 이걸로 결정했다.

좋아. 그럼 머리부터 어깨, 등 순으로 위쪽부터 차례대로 감겨주면 된다고 했었지? 아주 부드럽게 해야 한다고 예의 그 애견인이 역설했던 것이 떠올랐다. 머리부터 조심스럽게 샴푸를 해준다.

"페르, 가려운 데는 없어?"

『음, 괜찮다. 하지만 힘을 조금 더 넣어서 씻겨도 괜찮다.』

아, 그렇구나. 페르니까. 애견인이 키우던 강아지와 같은 취급을 하면 안 되는 건가.

나는 페르의 요청대로 북북 씻겨주었다.

『오오오, 거기다, 거기.』

예이예이. 페르가 거기라고 한 부분을 힘을 실어 북북 문지른다.

『으음 으음, 꽤 괜찮구나.』

등, 옆구리, 다리를 비롯한 온몸을 빠짐없이 샴푸한다. 샴푸로 씻는 건 마사지 효과도 있는지 페르는 기분이 좋아 보였다. 기왕이면 얼굴까지 씻기고 싶지만, 얼굴에 거품이 묻으면 아무래도 역시 싫어하겠지. 물로 씻기는 것만이라도 하고 싶은데.

"저기, 페르, 얼굴 씻기고 싶은데, 물 뿌려도 괜찮을까?"

『어, 얼굴에 말이냐? 우으으음, 나도 남자다. 망설이지 말고 해라.』

페르는 그렇게 말하며 눈을 감았다. 역시 페르는 물이 싫은 거구나. 하지만 그렇게까지 각오할 필요가 있는 일이야? 고 랭크 마물을 척척 사냥하는 전설의 마수가 물을 싫어하다니…… 웃으면 안 되는데, 웃음이 나오려고 하잖아.

"푸흡."

『음? 자네 지금 웃은 것이냐?』

"아, 안 웃었어. 스이, 물 빨아들여 줄래? 픔."

『네에.』

『크으으으.』

"페르, 얼굴에 물 뿌린다."

『크윽.』

쏴아.

페르의 얼굴에 스이의 촉수 끝에서 나온 물을 뿌려 씻긴다.

응, 이제 좀 깨끗해졌네.

"좋아, 됐어."

『푸으으.』

"다음은 몸의 거품을 씻어낼게."

스이 샤워기로 샴푸를 씻겨낸다.

거품이 남지 않도록 꼼꼼하게. 절대 괴롭히는 게 아니라고.

"자, 이걸로 끝. 다 씻었어."

『후우, 겨우 끝난 게냐?』

"지금 수건으로 닦아줄, 으앗, 하지 마————앗."

수건으로 몸을 닦아줘야겠다고 생각한 순간, 부르르 부르르 하고 페르가 호쾌하게 몸을 털었다.

뚝 뚝 뚝 뚝.

"…………페르?"

『음? 아아, 미안하다.』

"미안하면 다냐? 온몸이 축축해졌잖아! 퉤퉤."

게다가 털어낸 물에 페르의 털까지 섞여 있다고. 페르를 씻기러 온 건데, 나까지 목욕을 해야 하는 꼴이 됐잖아. 하아~.

페르로 말할 것 같으면, 부르르 부르르 하고 물을 털어낸 다음 직접 온풍을 만들어내서 몸을 말리고 있었다. 닌릴 님의 가호가 있는 만큼 바람 마법은 자유자재인가 보다.

물은 좋아하지 않는 모양이지만, 씻고 난 후의 상태에는 만족했는지 자신의 몸을 살펴보며 『음』이라고 말하고 있다. 확실히 반들반들 보들보들한 백은색 고운 털은 넋을 잃고 보게 될 정도다.

하지만 그걸 유지하는 게 중요하단 말이지.

"앞으로는 한 달에 한두 번은 페르도 목욕해야 해."

『뭣이라? 이, 이걸로 끝인 게 아닌 게냐?』

"무슨 소리를 하는 거야? 더러워진 채로 있는 건 피부에 안 좋다고. 게다가 지금 그 털의 상태에는 너도 만족했잖아. 그걸 유지하려면 제대로 씻어줘야 한다고."

『으, 아, 아니, 나는 딱히…….』

"게다가 지금 그 깨끗한 은색 털을 휘날리는 쪽이 더 펜리르 같고 좋잖아. 아니면 꾀죄죄한 펜리르라니, 환멸받을걸?"

『꾀, 꾀죄죄한 펜리르라고……? 크으으으.』

"뭐, 제대로 씻기만 하면 그 털 결은 유지될 거야. 내가 책임지고 씻겨줄 테니까 걱정하지 마. 그리고, 봐봐. 스이, 지금 페르 아저씨 어때 보여?"

『응, 찰랑찰랑해서 예쁘고 멋있어!』

"그것 봐, 스이도 이렇게 말하잖아."

『으음, 어쩔 수 없지. 한 달에 한두 번 씻겨주는 걸 허락하마.』

좋아, 이걸로 먼지투성이 페르 등에 타지 않아도 돼. 매달 한두 번은 깨끗하게 씻겨줄 테다.

"안녕하세요."

"오오, 무코다 씨. 어서 오십시오."

오늘은 람베르트 씨 가게의 상황을 보러 왔다.

비누와 샴푸 등이 잘 팔리는지도 신경 쓰이고 말이지.

"저기, 비누와 샴푸 판매는 어떻게 되고 있나요?"

"그 건 말입니다만, 마침 가게 직원을 심부름 보내야 하나 생각하던 참이었습니다."

이야기를 들어보니, 마리 씨의 선전이 효과가 있었는지 어느샌가 입소문이 퍼져서 비누와 샴푸를 사러 오는 부인분들의 발길이 끊이지 않는다고 한다.

"보시는 대로, 마리도 열심히 상품 설명을 하고 있습니다. 그게 매상을 올리는 데 크게 공헌해주고 있지요."

비누와 샴푸가 놓여 있는 한쪽에서 마리 씨가 자신의 머리카락을 만져보게 하며 부인들에게 상품 설명을 하고 있다. 부인들도 마리 씨의 머리카락을 만져보고는 놀라며 상품에 흥미를 갖는 것 같았다.

"마리 덕분에 매상도 아주 좋습니다. 물론 무코다 씨가 준비해주신 상품이 훌륭하기 때문인 게 제일 큰 이유지만요."

주요 상품은 저렴한 비누와 린스가 들어간 샴푸이며, 곧 물건이 다 팔릴 것 같다고 한다. 역시 가격적으로는 이쪽이 부담이 적기 때문인가 보다.

장미향 비누와 샴푸와 트리트먼트 세트도 주머니 사정에 여유가 있는 부인들에게 인기가 있어서 3분의 2 가까이 팔렸다고 한다.

비싼 헤어마스크도 3분의 1 가까이 팔렸다는 말에는 나도 깜짝 놀랐다.

"저도 이렇게 잘 팔릴 줄은 몰랐습니다. 놀랍네요. 아니, 여성분들의 미를 추구하는 마음을 얕봤습니다. 향기가 무척 마음에 든다며 비싼 비누를 다섯 개나 한꺼번에 사 간 손님도 있었답니다."

람베르트 씨도 물건이 팔리는 기세에 놀랐다고 한다.

세계는 달라도 미용에 관한 여성의 집념은 어디든 마찬가지인 것이다(먼눈).

내 누나가 미용 마니아라서 말이지. 본가에서 살 때는 "지금은 남자도 미용에 신경을 쓰지 않으면 안 된다고"라는 말을 하며, 쓰지 않게 된 샴푸니 컨디셔너니, 스킨로션 같은 걸 누나가 내게 떠넘겼었다. 계속해서 신상품으로 갈아타면서 이전에 쓰던, 필요 없어진 것들을 나에게 줬던 거다.

옛날 일은 제쳐두고, 상품 판매가 순조로워서 다행이다.

"그리고 말이죠, 기쁘게도 본업인 가죽 제품 판매도 아주 잘되고 있습니다."

이야기를 들어보니, 비누와 샴푸를 사러 온 부인분들 중에 주머니 사정에 여유가 있는 분들은 겸사겸사 가죽 제품을 구경하다가 마음에 드는 물건이 있으면 구입해 간다는 모양이다.

또 남성과 함께 가게에 왔던 부인이 남성을 졸라(그러면 남자쪽은 체면 때문에 사준단 말이지) 구입을 하는 경우도 있어서, 아무튼 상승효과로 가죽제품, 특히 여성용 가방의 판매도 잘되고 있다고 한다.

"설마 가방 판매에까지 영향을 주리라고는 생각하지 못했습니다. 기분 좋은 오산이었지요."

람베르트 씨는 쭉 싱글벙글한 얼굴이다. 본업인 가죽 제품의 매상까지 올랐으니, 웃는 얼굴일 만도 하려나?

"그래서 상담드리고 싶은 게 있습니다만……."

람베르트 씨의 상담이란 추가 주문에 관한 이야기였다. 시험적으로 판매를 해본 람베르트 씨도 마리 씨가 말했던 대로 잘 팔릴 거라고 확신했다고 한다.

추가 주문은 저렴한 비누×600개, 장미향 비누×200개, 린스가 들어간 샴푸×500병, 샴푸와 트리트먼트×200세트, 헤어마스크×60개였다. 너무 많은 양이라 깜빡 놀랐다.

특히 저렴한 비누를 600개씩이나? 괜찮은 거야? 하고 생각했는데, 시험적으로 판매해본 결과를 보는 한, 이 정도 양도 문제없을 거라고 한다.

마리 씨의 의견에 따라 비누를 자루에 넣지 않고 진열해 판매했더니, 그 향에 낚인 일반 여성들도 가게에 오게 되었다고 한다. 물론 귀족도 상인도 아닌 일반인에게는 제일 저렴한 비누라도 큰 지출인 셈이 되겠지만, 비교적 벌이가 있는 길드 직원이나 여성 모험가들이 큰마음 먹고 사 가는 모습도 눈에 띄게 되었단다.

조금 노력하면 손에 넣을 수 있는 사치품이라는 점에서 더 인기가 생길 것 같다고 람베르트 씨는 예상하는 모양이었다.

"양이 좀 많아서, 병에 담는 건 람베르트 씨 쪽에서 해주셔야 할 것 같은데, 괜찮을까요? 헤어마스크는 병이 포함된 가격이니까 이건 제 쪽에서 준비하겠지만요."

"네. 괜찮습니다. 게다가 이미 저희 가게에서 구입하신 분들에게는 그 병을 가지고 오면 내용물만 따로 구입할 수 있도록 할 생각이었으니까요."

그러고 보니 그런 얘기를 했었지. 아무래도 옮겨 담는 과정은 생략해도 될 것 같아 안심했다. 혹시 꼭 해야 하는 상황이었다면, 큰일이 될 뻔했다고.

"그럼, 내일까지는 준비해서 가져오겠습니다."

팔리지 않을까 생각하기는 했지만, 갑자기 이렇게 대량 주문이 들어올 줄은 몰랐다. 숙소에 돌아가면 바로 준비를 해야겠다. 인터넷 슈퍼에서 산 리필용 포장 그대로 내놓을 수는 없으니, 커다란 용기에 옮겨 담는 과정은 필요할 터다.

잡화점에서 나무 상자나 단지 등을 슬쩍 구경하고, 적당한 용기를 사서 돌아가자.

"으아, 드디어 끝났다~."

추가 주문 받은 양의 작업을 전부 마쳤을 때는 해도 꽤 저물어 있었다.

"이런, 페르가 배고파하며 기다리겠네."

스이를 데리고 서둘러 축사로 향해보니, 페르가 화가 나 있는 것 같았다.

『자네, 너무 늦다.』

"미안, 미안. 맛있는 걸로 준비할 테니까 용서해줘."

나는 아이템 박스에서 비프스튜 냄비를 꺼냈다.

어젯밤, 시간이 남기에 더 끓여두었다. 꽤 좋은 느낌으로 끓어서 고기도 야들야들하다.

비프스튜를 접시에 담아 내주었다.

"자, 뜨거우니까 조심해."

스이도 깨워서 비프스튜를 내주었다.

『이건 처음 보는 요리구나. 어디…….』

페르가 마시듯이 비프스튜를 먹기 시작했다.

『오오, 고기가 부드러워서 녹는 것 같구나.』

『정말이야. 게다가 맛이 깊게 배서 맛있어~.』

다행이다. 비프스튜도 꽤 호평인 것 같다.

『한 그릇 더.』

둘에게 추가로 비프스튜를 그득하게 담아서 주었다.

인터넷 슈퍼에서 프랑스빵을 산 다음, 나도 비프스튜를 먹기 시작했다. 고기도 딱 알맞게 부드러워졌고, 맛도 진해서 맛있었다. 이거, 버섯을 넣어도 괜찮을 것 같은데? 다음에 만들 때는 넣어봐야겠다.

비프스튜에는 약간 단단한 빵이 어울릴 거라고 생각해서 프랑스빵을 샀는데, 슈퍼에서 산 프랑스빵은 부드러운 빵이었다. 역시 겉이 파삭한 프랑스빵은 제과점에서나 살 수 있는가 보네. 단단한 빵을 비프스튜에 적셔서 먹으면 맛있을 텐데.

……아, 단단한 빵이라면 이 세계에도 있잖아? 그 딱딱한 흑빵.

그냥 먹기에는 너무 딱딱해서 그리 맛있다고 할 수 없지만, 비프스튜에 적셔서 먹는다면 어울릴 것 같다. 딱딱한 빵이니까 비프스튜를 머금어도 씹는 맛이 있어서 맛있을 것것이다. 응, 다음에는 흑빵을 사둬야지.

『한 그릇 더.』

예이예이.

『음, 그걸 여기 넣어 먹으면 맛이 있는 게냐?』

내가 프랑스빵을 비프스튜에 적셔서 먹는 것을 눈썰미 좋게 발견한 페르가 그렇게 물었다.

"응. 이 빵을 이렇게 비프스튜에 담갔다가 먹으면 맛있지."

『그럼 그것도 다오.』

『스이도 먹을래.』

프랑스빵을 사서 자른 다음, 그릇에 담은 비프스튜에 함께 둘에게 내주었다.

"자, 먹어봐. 맛있으면 더 잘라줄 테니까."

『음.』

페르와 스이가 빵과 비프스튜를 먹기 시작했다.

『호오, 이것도 맛있구나. 이 빵이라는 게 국물을 빨아들여서 맛있어졌다.』

『정말이네. 빵이랑 같이 먹으면 맛있어.』

페르와 스이는 빵과 함께 먹는 비프스튜가 마음에 든 모양인지 몇 그릇이나 더 먹었다.

『음, 배가 부르구나.』

『후우, 스이도 배 빵빵해.』

"둘 다 잘도 먹는구나."

『조금 많이 먹었어.』

그래, 그렇구나. 하지만 그만큼 비프스튜가 마음에 들었다는 거겠지.

많이 만들었다고 생각했었는데, 냄비 안은 바닥을 드러냈다.

푹 끓이는 시간이 필요하긴 하지만, 시간이 있을 때 또 만들기로 할까.

◇ ◇ ◇ ◇ ◇

람베르트 씨 가게에 주문 받은 상품을 배달하러 왔다.

가게 응접실에 나무 상자와 단지를 꺼내두고 람베르트 씨에게 확인을 받는 중이다.

평소처럼 페르도 스이도 함께 있기는 하지만, 전혀 관심이 없는지 페르는 내가 앉아 있는 의자 뒤에서 자고 있고, 스이도 가방 안에서 자고 있다.

"네, 틀림없습니다. 서둘러 가져다주셔서 살았습니다. 특히 이 비누는 다 팔리기 직전이었던지라."

람베르트 씨가 저렴한 비누가 담긴 나무 상자 하나에 손을 올리며 그렇게 말했다.

"그럼 대금에 관한 겁니다만, 금화 100닢이 넘으니 대금화로 지불해드려도 괜찮겠습니까?"

"네, 괜찮습니다."

어제 계산해본 금액은 분명 금화 612닢이었다. 뭐랄까. 큰돈이 들어오는 일이 많다 보니 요즘 들어 놀라는 정도가 점점 덜해지는 것 같다. 일본에 있을 때는 월급날 직전이면 쪼들려서 고생했는데, 이세계에 와서 이렇게 벌게 될 줄이야……. 아니, 돈에 궁하지 않은 건 감사한 일이지만 말이지.

"그럼 여기 대금인 대금화 60닢과 금화 12닢입니다. 확인해보시지요."

평소처럼 열 닢을 겹쳐서 1열로 해두었다. 금화 열 닢이 대금화 한 닢이니까, 대금화 60닢과 금화 12닢. 틀림없었다.

"네, 맞습니다."

람베르트 씨가 말하길, 상인 사이에서는 금화 100닢을 넘는 거래일 경우에는 대금화를 쓰는 것이 관행이라고 한다. 금화 100닢을 넘으면 양이 무척 많아진다. 다른 마을로 가서 물건을 사고팔 때 그런 많은 양을 들고 다니는 건 힘든 일이다.

마을 안에서 쓸 때는 좀 불편할지도 모르지만, 대금화 쪽이 가볍고 좋다. 금화는 이제 충분하고도 남을 만큼 갖고 있기도 하고.

참고로 백금화는 미스릴과 금을 섞은 금화로, 국가 간의 거래나 상인 사이의 거래 시 금화 수천 닢을 넘는 큰 장사가 아니면 쓰지 않는다고 한다.

"아, 맞다. 람베르트 씨에게 묻고 싶은 게 있습니다만, 여기서 망토를 만들어주실 수 있을까요?"

"네, 가죽제품 주문 제작도 하고 있으니 가능합니다. 어떤 가죽을 원하시는지?"

"그게 말이죠……."

람베르트 씨에게 와이번에 관한 이야기를 한다.

"와, 와이번이라고요……? 와이번이 나타났다는 이야기는 들었습니다만, 설마 무코다 씨가 토벌하셨을 줄은…………."

아니, 내가 아니거든. 토벌한 건 페르랑 스이라고.

"그래서, 와이번 가죽으로 망토와 검집이 달린 벨트랑 신발을 만들어주셨으면 합니다."

"와이번 가죽은 저도 줄곧 다뤄보고 싶었습니다. 이 가게 일생일대의 일로서 받아들이겠습니다."

람베르트 씨가 큰 다짐을 하듯 그렇게 말했다.

일생일대의 일이라니, 와이번 가죽이 그런 느낌의 소재인 거야? 모험가 길드의 길드 마스터가 망토로 만들면 어쩌고 하는 이야기를 하기도 했고, 길드에서 매입해주지 않은 것도 있으니 내가 쓸 망토를 만드는 것도 괜찮겠다, 하는 가벼운 마음이었는데…….

"하지만 와이번 가죽이면 시간이 좀 걸리게 됩니다만, 괜찮으시겠습니까?"

"어느 정도 걸릴까요?"

"그렇군요. 반년 정도는 걸리지 않을까 하는데……."

그렇게나?

하지만 와이번은 해체하는 데도 미스릴 나이프를 써야 할 정도라고 하니까, 그걸로 망토나 검집 달린 벨트나 신발 같은 걸 만드는 데는 시간이 걸리는 게 당연할지도 모르겠다. 가죽을 무두질하는 데도 시간이 걸릴 것 같으니까.

뭐, 서두를 이유도 없으니 반년 후를 기대하기로 할까.

"그럼 가죽은 직접 가져오신 것을 사용하게 됩니다만, 가공할 수 있는 장인은 한정되어 있고, 무엇보다 가공하는 데 품과 시간이 걸리는 만큼 대금이 꽤……."

뭐 그렇게 되겠지.

들어보니 작업 기간 등에 변동이 있을 수 있기 때문에 확실한 가격은 아직 말해줄 수 없지만, 금화 500닢 이상 들지도 모른다고 한다. 지금의 나라면 지불 못 할 금액은 아니지만, 역시 주문제작은 비싸구나. 와이번 가죽을 다루는 건 무척 어려운 모양이기도 하고 시간과 품이 드는 작업 같으니 어쩔 수 없지.

아, 맞다. 남은 와이번 가죽을 대금의 일부로 넘기는 것도 가능하려나? 한 마리의 가죽으로 주문한 망토와 벨트와 신발을 만들어도 남는 부분이 생길 테니까, 그 남는 가죽을 대금의 일부로 받아주면 좋겠는데.

"저기, 남는 와이번 가죽으로 대금의 일부를 지불하는 것도 가능할까요?"

"네? 그래도 괜찮겠습니까? 좀처럼 손에 넣을 수 없는 가죽인지라, 무척 감사한 말씀입니다만."

내가 갖고 있어도 어차피 파는 것 말고는 쓸 길이 없는 데다, 그걸로 지불을 할 수 있다면 그만큼 돈을 내지 않아도 되는 것이니 나로서는 그편이 좋다.

"그렇게 해주신다면 저로서는 감사하겠는데……."

내가 그렇게 말하자 람베르트 씨가 승낙해주었다.

"그럼 이제 모험가 길드에 가봐야겠습니다. 돌아오는 길에 가죽을 들고 오겠습니다. 잘 부탁드립니다."

"네. 기다리고 있겠습니다."

우리는 람베르트 씨 가게를 나와 모험가 길드로 향했다.

◇ ◇ ◇ ◇ ◇

모험가 길드에 들어가자 직원이 소식을 알렸는지 길드 마스터가 바로 나타났다.

길드 마스터와 함께 창고로 가보니, 평소처럼 요한 아저씨가 있었다.

"오, 왔나. 다 끝내 났어. 형씨에게 돌려줄 와이번 고기 일곱 마리분과 와이번 가죽과 마석이 두 마리분이야. 그거 참, 대체 어떻게 한 건지는 모르겠지만, 이렇게나 깨끗하게 피를 빼낸 건 처음 봤어. 그 덕분에 해체 작업도 편했다네."

아, 피 제거 말이지. 스이 덕분에 피 제거는 완벽했으니까. 스이는 정말 만능이라니까.

"피 제거는 스이가 해준 겁니다."

툭 하고 스이가 있는 가방을 두드리자 스이가 머리를 내밀었다.

"그 슬라임 사역마가? 슬라임을 그렇게 쓸 수 있는 줄은 몰랐네."

"어이, 요한. 그런 일을 할 수 있는 건 아마 이 슬라임뿐일 걸세. 특수 개체라는 모양이니까."

"그럼 모험가 파티마다 슬라임 한 마리씩, 이라는 건 무리겠군요. 그렇게 되면 제 일도 편해질 거라고 생각했는데 말이죠."

"뭐, 그렇게 형편 좋게 진행될 리가 있겠나. 하하하."

와이번 고기, 역시 크구나. 이거면 배불리 먹겠는데?

다섯 마리분의 가죽과 마석은 길드에서 사주기로 했으니 남은 건 두 마리분이다.

마석은 이런 느낌이구나. 와이번의 마석은 지름 20센티 정도의 검고 둥글고 납작한 돌이었다. 마도구 같은 걸 만드는 데 쓰인다고 한다. 경제 사정이 안 좋아지면 그때 팔도록 하자. 지금은 엄청이라는 말이 붙을 정도로 주머니 사정이 넉넉하니, 그게 언제가 될지는 모르지만.

와이번 가죽은 생각보다 얇은 느낌이었다. 생각해봐도 비슷한 가죽이 떠오르지 않지만, 색은 마음에 들었다. 다크 그레이 빛의 차분한 색감이다. 이건 망토로 만들면 틀림없이 멋질 것 같네.

"매입 대금은 이번에 넘겨준 와이번 해체가 다 끝난 다음에 한꺼번에 해도 괜찮겠나?"

"괜찮습니다."

"아, 그렇지. 먼저 줘야 할 게 있었네."

길드 마스터가 건네준 것은 금화 열 닢이었다.

"상급 포션 대금일세. 그때 다쳤던 모험가 파티에게 확실하게 받아냈지. 그렇게 말해도 초급 모험가라서, 길드가 빌려주는 형태가 되었지만 말이야. 하하하."

아, 그러고 보니 스이 특제 상급 포션을 줬었지. 완전히 잊고 있었네.

금화 열 닢이라니, 보통 상급 포션이 금화 열 닢이나 하는 건가?

"자네가 준 상급 포션은 분명히 보통 상급 포션보다 효과가 좋았지. 그 녀석들도 무척 감사했다네. 대금에 관해서는 면목이 없지만, 같은 모험가를 도와줬다 생각하고 이걸로 좀 봐주게나."

"그건 공짜나 다름없이 손에 넣은 거니까, 그렇게 신경 쓰지 않으셔도 괜찮습니다."

"어떻게 하면 그런 포션을 공짜로 입수할 수 있는 건지 궁금하지만, 자네에 관해서는 깊게 파고들면 안 되는 거겠지?"

그렇게 해주시면 감사하겠습니다. 네(쓴웃음).

스이가 만들어줬다고 말할 수는 없으니까.

"그러고 보니, 포션은 보통 얼마정도 하는 건가요?"

"포션은, 초급이 은화 다섯 닢, 중급이 금화 한 닢, 상급이 금화 열 닢이라네. 그 이상인 특급도 있는데, 그건 금화 50닢은 하지. 모험가가 손에 넣을 수 있는 건 기껏해야 중급 정도라네. 높은 랭크의 모험가라면 상급을 가진 녀석도 있지만."

모험가 길드에서는 만약을 대비해 상급 포션을 몇 병 정도 보관해두고 있지만, 와이번 때는 우연히 재고가 떨어졌었다고 한다.

"모험가 길드에 특급은 따로 준비해두지 않는 건가요?"

"너무 비싸서 말이지. 왕도의 모험가 길드라면 비치해두지만, 그 이외에 갖고 있는 곳은 없을 걸세."

그렇구나. 확실히 금화 50닢이면 비싸기는 하니까.

길드 마스터가 초급 모험가에게 정확하게 받아냈다고 말한 것을 보면, 이번만이 아니라 포션을 사용했을 경우에는 사용한 모험가에게 대금이 청구되는 모양이고, 아무래도 금화 50닢은 평범한 모험가로서는 지불할 수 없을 테니까.

참고로 특급 포션은 잘린 팔다리도 시간이 오래 지나지만 않으면 다시 붙일 수 있다고 한다.

"아, 맞다. 나머지 와이번도 꺼내드리겠습니다."

남은 와이번 여섯 마리를 꺼냈다.

포션 이야기를 하다 잊어버릴 뻔했지만, 여기에 온 건 이걸 주기 위해서였다.

『어이, 내가 잡아 온 그걸 해체만이라도 해달라고 이야기하는 것도 잊지 마라.』

"아, 그랬지."

페르의 말을 듣고 잊고 있던 어스 드래곤(지룡)을 기억해냈다.

그건 그냥 그대로 잊어버리고 싶었는데. 꺼내고 싶지 않다고……

"응? 펜리르 님이 잡아 온 거라면 이번에도 또 대단한 마물인가?"

길드 마스터가 우리 대화를 듣고 그렇게 물었다.

"네, 저기 실은 페르기 어스 드래곤을 사냥해 와서……."

………………

…………

……

"내 귀가 잘못된 게 아니라면, 자네, 지금, 어스 드래곤이라고 한 건가?"

한참 사이를 두고서야 길드 마스터가 그렇게 말했다.

"저기, 그게, 네."

"…………진짜 정말로 어스 드래곤인가?"

"아, 네. 지금 꺼낼 테니 확인해봐 주십시오."

나는 아이템 박스에서 어스 드래곤을 꺼냈다.

"…………." "…………."

길드 마스터도 요한 아저씨도 어스 드래곤을 보고 넋이 나가버 렸다.

어라? 너무 긴데? 어이, 두 사람 모두 어서 돌아와!

"아, 저기……."

"응? 아, 미안하네. 아니, 뭐랄까, 너무 놀라서 잠시 넋이 나갔 었네."

정말 죄송합니다.

"어이, 요한. 괜찮은가?"

길드 마스터가 요한 아저씨의 어깨를 두드려 현실로 돌아오게 했다.

"……아, 네, 길드 마스터. 저, 꿈을 꾸고 있는가 봅니다. 눈앞에 어스 드래곤이 있다니요. 하하하."

아~ 역시 그런 반응이 나오는 건가.

길드 마스터도 요한 아저씨도 정말로 죄송합니다.

"저기 말이죠, 드래곤 고기는 맛이 좋다며 페르가 해체만이라도 해줄 수 없는지 여쭤보라고 해서요."

『음. 드래곤 고기는 맛있다. 와이번 고기도 맛있지만, 그 이상이다.』

페르가 그리 말하자 길드 마스터도 요한 아저씨도 입을 다물어버렸다.

"…………드래곤 고기가 맛이 있다니."

"아, 그러게요. 드래곤 고기 맛 같은 걸 아는 녀석은 없을 겁니다."

응? 드래곤 스테이크 같은 거 없는 거야?

"애초에 가장 최근에 드래곤 토벌을 했던 게 200년도 더 전의 이야기니까 말이지……."

"네, 장수종인 엘프나 드워프라면 당시의 이야기를 아는 자도 있을지 모르겠습니다만……."

전에 슬쩍 들었던 이야기에 따르면 엘프의 수명은 500년부터 600년이며, 하이 엘프가 되면 1,000년은 산다고 한다. 드워프는 200년으로, 장수하면 300년 정도라고 한다.

200년도 더 전의 일이라면 요한 아저씨 말대로 당시의 상황은 엘프나 드워프 정도밖에 알지 못할 터였다.

"역시 이 드래곤의 소재 매입은……."

"말도 안 되는 소리 말게. 키마이라에 오르트로스도 안 됐는데, 그 이상인 어스 드래곤 같은 걸 매입할 수 있겠나."

아~ 역시 그렇구나.

뭐, 그렇겠지.

"그건 알겠습니다. 하지만 어떻게 해체만이라도 부탁드릴 수 없을까요?"

"음, 요한, 어떻겠나?"

"그야 당연히 무리죠. 드래곤이라고 하면 버릴 부분이 없습니다. 피부터 내장, 모든 게 무언가의 재료가 된다고 하니까요. 피 한 방울도 허투루 할 수 없는 힘든 작업을 저 혼자서 하다니, 너무 무리한 얘깁니다. 게다가, 여기에는 그럴 만한 설비도 없고요."

드래곤 해체쯤 되면 그 나름대로 설비가 필요하다고 한다.

뭐, 피 한 방울도 허투루 하지 않고 해체하려면 이것저것 필요할지도 모르겠네.

"여기서는 무리지만, 왕도나 던전 도시의 모험가 길드라면 가능할지도 모르겠습니다."

"확실히 그렇군. 왕도나 던전 도시라면 해체 전문 직원도 많으니까."

왕도나 던전 도시라. 아무튼 여기서는 무리라는 거지?

"페르, 여기서는 해체할 수 없대."

『아쉽지만 할 수 없지.』

나는 어스 드래곤을 아이템 박스에 다시 넣었다.

"미안하네, 형씨."

"아뇨 아뇨, 늘 제 일을 잘 처리해주셔서 감사하고 있는 걸요. 하지만 이제 그것도 곧 끝이겠네요."

이러저러하는 사이에 이곳에 머문 지도 한참 되었으니까. 페르가 바다에 가고 싶다고 했었으니, 이제 슬슬 떠나자고 재촉을 할 것 같다. 와이번 매입 대금을 받으면 어쨌든 일단락이 지어질 테니 다시 여행을 떠날까 한다. 이 나라 여기저기를 구경하고 싶기도 하고.

"응? 자네 다시 여행을 떠나는 건가?"

"네. 와이번 대금을 받으면 여행을 떠나려고 합니다."

"그런가. 아쉽지만 할 수 없지. 전에 이야기했던 일이기도 하고. 그렇다면 전에 말했던 대로……."

"아, 도중에 있는 마을에서 높은 랭크의 의뢰를 받는다는, 그건 말씀인가요?"

"그렇다네. 부탁해도 되겠나?"

"그건 괜찮습니다만, 아직 어디를 지나갈지 정하지 않아서…… 아, 길드에 이 나라의 지도가 있을까요?"

"아, 있다네. 그런 이야기라면 내 방에서 하지. 앞으로의 일도 이야기해야 하니."

길드 마스터와 함께 길드 마스터의 방으로 가려는데 요한 아저씨가 말을 걸어왔다.

"아, 남은 와이번 말인데, 피를 깨끗하게 제거해준 덕분에 금방 끝날 것 같네. 내일모레쯤 가지러 오면 될 거야."

"알겠습니다. 그럼 모레 다시 오겠습니다. 잘 부탁드립니다."

◇ ◇ ◇ ◇ ◇

"그럼 목적지는 정한 건가?"

길드 마스터의 방, 맞은편 자리에 앉은 길드 마스터가 그렇게 물었다.

"목적지라고 할까, 바다로 간다는 건만 정해둔 상황입니다."

『음. 바다다. 크라켄과 시 서펜트를 먹으러 가는 거다.』

"그렇다고 합니다."

"크라켄과 시 서펜트라. 또 엄청난 이름이 나왔군."

"뭐랄까, 죄송합니다. 페르가 맛있다며 제 말을 들으려 하지 않아서……."

『음, 그건 정말 맛있다. 그리고 가끔은 바다에서 나는 걸 먹는 것도 좋다. 자네가 요리해주면 분명 더 맛있어질 테니까.』

아, 예이예이. 알겠습니다요.

"그런고로, 바다 쪽으로 갈 생각입니다."

"바다라, 잠시만 기다리게."

길드 마스터는 그렇게 말하더니 자리에서 일어나 책상 서랍에서 종이를 꺼냈다.

"이게 이 나라와 엘만 왕국의 지도라네."

책상 위에 펼쳐진 지도는 레온하르트 왕국과 엘만 왕국의 지도였다.

이 나라와 엘만 왕국만 그려진 지도로, 무척 자세하게 적혀 있다. 참고로 이 지도는 레온하르트 왕국과 엘만 왕국의 모험가 길드라면 어디에서든 팔고 있다고 한다.

"바다로 갈 거라면, 이 길을 따라서 가준다면 고맙겠네. 길도 정비되어 있어 추천할 만하다는 점도 있지만, 세 개의 주요 도시를 지나게 되니 거기서 의뢰를 받아주면 좋겠네."

"그건 괜찮습니다만, 세 개의 주요 도시란 건 어디를 말씀하시는 겁니까?"

"여기를 출발하면 제일 먼저 도착하게 되는 곳은 여기 클레르라는 도시지. 이곳을 지나면 다음은 던전 도시 드랭이고. 그리고 다음은 네이호프. 종착점은 바다의 도시 베를레앙이라네."

길드 마스터가 가리키는 곳을 따라가면 마지막에는 바다와 면한 베를레앙이라는 도시에 도착한다고 한다.

맨 처음에 거치는 클레르라는 도시는 이 도시만큼 크지는 않지만, 방직으로 유명한 도시라고 한다. 다채로운 색깔의 실과 천을 구하기 위해 상인들도 모여들어 그 나름대로 활기가 있는 도시라고 했다.

그 다음인 던전 도시 드랭은 그 이름대로 던전이 있다는 모양이다. 던전이 있기 때문에 모험가도 상인도 모여드는 꽤 큰 도시라고 한다. 지금 머물고 있는 카레리나는 레온하르트 왕국에서도 다섯 번째로 큰 도시라고 하는데, 그 위에 있는 네 개의 도시는 왕도와 이 나라에 있는 던전 도시 세 개가 차지하고 있단다. 던전이 있으면 도시는 번성한다는 뜻이겠지. 커다란 도시라니 기대가 된다.

그리고 네이호프라는 두시는 도자기로 유명한 마을로, 도자기 공방이 많다고 한다. 욕조도 거기서 제작된다는 모양이다.

그리고 마지막이 항구 도시 베를레앙. 신선한 어류를 먹으려면 베를레앙으로 가라는 말이 있을 만큼 유명하다고 한다. 이 세계는 바다에도 마물이 있어서 보통은 제대로 된 어업을 할 수 없다고 하는데, 이 도시의 어부들은 그 마물에 아랑곳하지 않고 고기잡이를 한다고 한다. 베를레앙의 어부는 강해야만 한다는 것은 유명한 이야기인 모양이다. 마물을 개의치 않는다니 꽤나 전투적인 어부들이네. 뭐, 덕분에 그 도시만큼 어류가 풍부한 곳은 없다고 하는 거겠지.

생선을 좋아하는 일본인으로서 어패류는 매우 기대된다.

"특히 이 던전 도시 드랭은 추천하는 곳이라네. 모험가가 모이는 곳이라 무기와 방어구 상점도 많고, 음식도 맛있다네. 게다가 던전에서 나온 보기 드문 물건도 팔고 있지. 그래, 시간이 있다면 던전에 들어가 보는 것도 괜찮을 거야."

『흠, 던전이라. 인간의 도시에 있는 던전은 처음이군. 재미있을 것 같다.』

페르, 던전에 반응하지 마. 어쩐지 안 좋은 예감이 드는데…….

『던전? 싸우는 거야?』

아, 스이까지 가방에서 기어 나와 버렸어.

『그래, 맞다. 스이, 던전에 가는 거다.』

『던전~.』

어째선지 한껏 신이 난 스이가 뿅뿅 뛰어다니기 시작했다.

"스이, 뛰면 안 돼. 어이, 던전 같은 데는 안 들어갈 거야."

던전은 이제 질렸다. 절대 던전에는 들어가지 않을 거라고.

『던전이라. 좋은 얘길 들었다. 어서 출발하자.』

『스이도 던전에 갈래.』

"아니 아니, 안 들어간다니까. 게다가 출발하자, 가 아니라고. 출발은 아직 더 있어야 해. 와이번 매매 대금을 받은 다음이니까, 출발하는 건 빨라도 모레는 되어야 해."

나와 페르(스이는 염화로 말하고 있어 나와 페르에게만 들린다)의 이야기를 들은 길드 마스터가 웃고 있다.

"하하하. 던전을 기대하는 건 좋습니다만, 베를레앙까지 가는 도중의 도시에서 받는 의뢰들도 잘 부탁드립니다."

『알고 있다. 그런 일들은 이 몸에게 걸리면 바로 끝난다. 그런 다음이라면 던전에 들어가는 것도 괜찮겠지?』

"네, 물론입니다. 드랭의 길드 마스터에게도 잘 전해두겠습니다."

『음, 인간 마을의 던전이라. 기대되는구나.』

『스이도 기대돼~.』

"아니 아니 아니, 그러니까, 안 들어간다고."

듣고 싶은 걸 듣고 말하고 싶은 걸 말한 페르는 다시 엎드려 잠을 청했다. 변함없이 사람 말을 들어먹질 않는구나. 정말이지 이 녀석은, 하아~.

"하하하. 자네도 고생이 많군그래."

"네. 고생하고 있습니다."

"이 지도는 자네에게 주지. 부디 의뢰들을 잘 좀 부탁하겠네."

"알겠습니다. 길드 마스터도 각 도시에 미리 연락 부탁드립니다."

"그래, 알겠네. 아, 그리고 아까 그 어스 드래곤 말인데, 드랭이라면 해체 가능할지도 모르겠네. 그 부분도 드랭의 길드 마스터에게 전해두지."

"감사합니다. 아, 그리고 상인 람베르트 씨가 찾아오면 제가 어디쯤 있는지 알려주실 수 있을까요?"

모험가 길드 간에는 전이 마법 도구로 편지를 주고받는다는 이야기를 들었으니, 우리가 어디에 있는지도 바로 전해질 것이다.

"호오, 람베르트 씨와도 아는 사이인가?"

"네, 여러 가지로 신세를 졌습니다. 그리고 와이번 가죽으로 망토를 만들어달라는 부탁을 드려놓아서요."

"과연, 그렇군. 알았네. 람베르트 씨가 오면 전해주겠네."

"잘 부탁드립니다. 그럼, 모레 다시 오겠습니다."

그렇게 이야기를 마무리하고 우리는 모험가 길드를 뒤로했다.

『오늘 밥은 와이번 고기가 좋겠다.』

"알았다고."

와이번 고기라. 어떤 맛이려나. 상상이 안 되는군. 창고에서 봤을 때는 지방이 적당히 들어간 고급 쇠고기처럼 보였는데 말이지. 고급 식재료라고 하니 맛이 없지는 않을 거다. 좀 기대된다.

"아, 맞다. 와이번 가죽을 람베르트 씨에게 가져다줘야 하지. 페르, 잠깐 람베르트 씨 가게에 들렀다 갈 거야."

『알았다. 얼른 서둘러라.』

람베르트 씨 가게에 들르자 마침 가게에 람베르트 씨가 나와 있었다.

"람베르트 씨, 가죽을 가져왔습니다."

"아, 그럼 이쪽으로 오시죠."

람베르트 씨와 함께 가게 안쪽 응접실로 들어갔다.

"그럼 이걸로 망토와 검집이 달린 벨트와 구두를 만들어주십시오."

"네, 확실히 잘 받았습니다. 그럼, 잠시 기다려주시겠습니까?"

그리 말한 람베르트 씨가 자리에서 일어나 방을 나서더니 잠시 후에 돌아왔다.

"그럼 수주 증명으로 이걸 받아주시죠."

람베르트 씨가 건네준 것은 나무판이었다.

거기에는 오늘 날짜와 수주품과 받은 물건(와이번 가죽)에 관한 내용이 새겨져 있었다.

"반년 후에 이것과 대금을 주시면 주문하신 물건을 건네드릴 겁니다. 잃어버리지 않도록 주의해주십시오. 뭐, 혹시 잃어버리신다 해도 무코다 씨에 관한 건 잊지 않을 테니 괜찮을 테지만요. 하하하."

"아니 아니, 확실하게 잃어버리는 일 없이 보관하겠습니다. 반년 후가 기대되네요. 아, 맞다. 조만간 이 도시를 떠나게 될 것 같다는 소식도 전해둬야겠네요. 제가 있는 곳은 모험가 길드에 문의하면 아실 수 있을 겁니다. 모험가 길드의 길드 마스터에게도 람베르트 씨가 물으러 오면 가르쳐주시라 부탁해두었으니, 무슨 일이 있을 경우엔 모험가 길드를 찾아가 주십시오."

"오오, 드디어 여행을 떠나시는 겁니까. 무코다 씨께는 이것저
것 신세를 졌습니다."

"아뇨, 저야말로 신세가 많았습니다. 망토와 물건들이 완성될
반년 후쯤 다시 이곳으로 돌아올 생각이니, 그때는 또 잘 부탁드
리겠습니다."

"아뇨 아뇨, 저야말로. 좋은 물건을 준비해 기다리고 있겠습
니다."

"네, 잘 부탁드립니다."

람베르트 씨에게 와이번 가죽을 건네고, 우리는 가게를 뒤로
했다.

"저기, 페르. 바다에 간다는 얘기 말인데. 내일모레 와이번을
판 돈을 받으면 바로 떠나는 편이 좋을까?"

『음, 아까 던전 이야기를 듣고 흥미가 생겼다. 바로 가고 싶다.』

"아니, 몇 번이고 말했는데 말이지, 던전은 안 들어갈 거야. 그
리고 던전 도시 드랭 전에 클레르라는 곳에도 들러야 한다고."

『흠, 그랬지. 거기서 의뢰를 받아야만 한다고 했던가?』

"그래, 그렇다고. 하지만 페르한테는 쉬운 일이겠지?"

『뭐 그렇겠지. 이 몸에게는 뭐든 다 별것 아니다. 서둘러 그 클
레르라는 도시의 의뢰를 마무리하고 던전 도시로 가자.』

"그렇게 바로 가진 않을 거라고. 이 나라에서는 자유롭게 지내
도 된다는 보증을 받았잖아? 모처럼이니까 클레르라는 곳도 관
광해보고 싶어. 방직으로 유명한 도시라고 하니까 옷도 새로 사

고 싶고. 며칠쯤은 머무를 거야."

『큿, 던전…….』

"그렇게 서두르지 않아도 던전은 도망가지 않는다고. 그리고 서둘러 움직여야 하는 여행이 아니니까, 느긋하게 이것저것 구경하는 것도 좋잖아."

『으음, 어쩔 수 없지.』

"그럼 밥 먹을까?"

『음. 와이번 고기다.』

"예이예이."

와이번 고기를 아이템 박스에서 꺼냈다.

그나저나 정말 고급스러워 보이는 고기네. 겉보기는 잡지나 텔레비전 방송의 맛집 특집 같은 데 자주 나오는 와규 중에서도 A5 랭크니 하는 고기랑 똑같이 생겼다. 마블링이 들어간 모양이 딱 보기에도 고급스런 고기다. 뭘 먹여 키웠는가에 따라 육질이 달라진다는 이야기를 들은 적이 있는데, 이 고기를 보면 와이번은 무척 좋은 걸 먹고 살았나 보다. 꽤 강한 마물인 모양이니, 수긍이 된다. 이런 건 이것저것 손을 대는 것보다 단순하게 요리하는 게 제일 맛있을 것 같다.

그렇다면 역시 스테이크인가.

그렇게 정하고 우선은 인터넷 슈퍼를 열었다. 이렇게나 좋은 고기이니, 소금과 후추도 좀 신경 써서 좋은 걸 쓰고 싶다. 소금 코너를 살피다 한 상품이 눈에 띄었다. 어디어디, '해수를 염전에 가두고 1년 이상에 걸쳐 만든 천일염'이라고? 좋네, 이걸 사자. 다음은 후추. 아, 이거 괜찮은데? 눈에 띈 것은 그라인더가 달린 블랙페퍼. 흑후추 알갱이가 그대로 통 안에 들어 있고, 홀더 끝을 돌려서 갈아 쓰게 되어 있다. 이 두 가지와 그리고 이렇게나 좋은 고기가 있으니 와인도 함께 즐기고 싶어져서 와인도 구입했다.

와이번 고기를 스테이크용으로 두툼하게 썰어둔다. 프라이팬에 기름을 두르고 센 불로 달군다. 두른 기름은 와이번에서 나온 지방 부분을 써보았다. 와이번 고기에 소금과 후추를 뿌리고 프라이팬에 올리자 촤아 하는 기분 좋은 소리가 났다. 좋은 고기이니 레어로 굽는 게 좋겠다 싶어 양쪽을 재빠르게 구웠다. 보기에도 정말 맛있을 것 같네.

좋아, 우선 맛을 한번 볼까…… 덥석. ……맛있어! 뭐야 이거, 엄청나게 맛있어. 녹아버리는 것 같은 부드러움이야. 그리고 입 안 가득 육즙이 퍼지고 있어. 맛은 쇠고기와 비슷하네. 보너스가 나왔을 때, 큰맘 먹고 유명한 가게에 가서 먹었던 고급 와규 스테이크가 떠오른다. 아니, 그것보다 와이번 고기가 더 맛있다.

『어이, 나에게도 어서 다오.』

『스이도 먹고 싶어.』

"아, 미안 미안. 지금 구울 테니까. 이 고기는 고기 자체가 맛있어서 쓸데없는 걸 더하지 않는 편이 맛있을 거야. 이번에는 단순하게 소금과 후추만 해서 구워줄게."

와이번 고기가 너무 맛있는 나머지 잠시 손을 쉬고 있었다.

『뭐든 좋으니 어서 해라.』

『주인, 얼른.』

페르는 군침을 흘리고 있고, 스이도 당장이라도 달려들 것 같은 기세다.

서둘러 소금과 후추를 뿌려서 와이번 고기를 구워주었다.

『오오, 역시 와이번 고기는 맛있구나.』

『이 고기 부드러워서 맛있어.』

와이번 고기, 정말 맛있네. 그 겉모습을 봐서는 상상할 수 없는 맛이다.

페르와 스이의 몫을 더 구우면서 나도 와이번 고기를 먹는다.

와인을 컵에 따라야지. 물론 와인은 레드와인이다.

입 안에서 녹는 것 같은 부드럽고 맛있는 고기와 와인이라니, 어쩐지 호사를 누리는 기분이다.

그렇게 우리는 와이번 고기를 충분히 만끽했다.

페르와 스이는 몇 번이나 한 그릇 더를 외쳤고, 배가 가득해질 때까지 먹었다.

내일은 이 마을을 떠나야 하니 오늘은 그 준비로 이것저것 음식을 만들어둘 생각이다. 물론 이번에도 숙소 마당을 빌려서 작업한다.

이제 고정 메뉴가 되어가고 있는 튀김 종류부터 만들기 시작할까. 레드 서펜트, 블랙 서펜트, 록 버드, 자이언트 도도 네 종류의 튀김(소금, 간장)을 만든 다음, 돈가스와 호평을 받았던 치즈가 들어간 치킨가스도 튀긴다. 그리고 남아 있던 간 고기를 전부 써서 민치가스도 만들었다. 민치가스는 평범한 것과 치즈가 들어간 것 두 종류를 만들어보았다. 스이가 치즈를 좋아하는 것 같으니까.

간 고기를 전부 썼기 때문에 더 만들어두기로 했다. 수동 분쇄기로 오크 제너럴 고기와 블러디 혼 불 고기를 부지런히 갈았다. 몇 번이고 빙글빙글 돌려서 대량의 간 고기를 만든다.

"이 정도면 되려나. 후우~ 지친다."

그리고 어제 와이번 고기를 먹으면서 생각한 건데, 이 고기라면 샤브샤브나 전골을 만들어도 맛있을 걸 같다. 그런 연유로 대량의 와이번 고기를 얇게 저며두었다. 어중간하게 잘린 부분이 있기도 하지만, 이 정도는 애교인 셈이다. 꽤 많은 양의 저민 와이번 고기가 완성되었다. 이건 접시에 담아 랩을 씌워서 아이템 박스에 보관한다.

저민 와이번 고기를 만들면서 어중간하게 남은 부분이 많이 생겼기 때문에 그걸 이용해 와이번 고기 100퍼센트 햄버그를 만들어보기로 했다. 맛집 방송에서 고급 와규의 자투리 고기로 만드는 와규 100퍼센트 햄버그를 본 적이 있어서, 그걸 흉내 내보기로 한 것이다. 분명 거기에는 육두구가 들어갔었지?

평소 햄버그에는 육두구를 넣지 않는다. 없어도 괜찮은 건 넣지 않는 주의이기 때문(번뜩)이랄까? 사실 그렇다기보다는 일부러 사러 가는 게 귀찮기 때문에 내가 만든 햄버그에는 늘 넣지 않았었지. 이번에는 좋은 고기를 쓰는 만큼 제대로 넣어보려 한다. 예전에 봤던 방송에서는 그편이 풍미가 더해진다고 말했었으니까. 그런고로 육두구를 인터넷 슈퍼에서 구입했다.

우선은 양파는 밝은 갈색이 될 때까지 잘 볶아준 다음 식힌다. 이번 와이번 고기는 분쇄기가 아니라 식칼로 다져서 쓸 생각인데, 식칼로 다지면 분쇄기와 다르게 큼직한 부분도 있어서 뭉치기 힘들어진다. 게다가 수분까지 있으면 더욱 뭉치기 힘들기 때문에 양파를 생으로 쓰는 것보다 볶아서 쓰는 편이 좋다고 한다. 평소에는 양파를 생으로 넣는 쪽인 나도 이번에는 제대로 그 방침을 지켜서 양파를 확실하게 볶은 것이다.

이어서 와이번 고기를 식칼로 대강 다져준다. 좀 큰가 싶은 정도로 하는 편이 고기의 식감이 살고, 육즙도 느껴져 맛있다고 했었기 때문이다. 고기를 다 다지면 그걸 볼에 넣고 볶은 양파와 빵가루와 달걀, 그리고 육두구와 소금, 후추를 넣어서 꼼꼼하게 잘 섞는다.

그런 다음 뭉쳐서 모양을 만들고 구워주면 되는데, 맨 처음에는 중불에서 약 1분 정도 굽다가 약불에 4분 더 굽는다. 뒷면도 마찬가지로 처음에는 중불에서 굽고 이어서 약불로 굽는다. 뒤집어서 약불로 구울 때 와인을 뿌리고 프라이팬 뚜껑을 덮은 다음 뜸을 들여주면 완성이다.

평소 소스는 케첩을 베이스로 한 걸 쓰지만, 이번에는 거기에 와인과 버터를 추가해보았다. 평소보다 감칠맛이 있어서 와이번 고기 햄버그와 잘 어울릴 것 같다.

"좋아. 페르, 스이. 다 됐…….'"

부를 것도 없이 둘은 내 바로 뒤에서 기다리고 있었다.

"자, 여기."

『음.』

『와아~ 맛있어 보여.』

둘이 와이번 고기 100퍼센트 햄버그를 먹기 시작했다.

그걸 보고 나도 먹기 시작한다.

호오~ 육즙이 쫘악 넘쳐흐르는 햄버그네. 중간중간 덩어리진 고기의 식감도 좋다.

고기를 식칼로 다지는 건 조금 귀찮지만, 이런 햄버그도 맛있네.

『음, 이건 와이번 고기인가?』

"그래, 맞아. 와이번 고기는 굽기만 해도 맛있지만, 이렇게 먹는 것도 괜찮지?"

『음, 맛있다. 잘게 다진 만큼 고기의 맛이 확실하게 배어나오는 게 느껴진다.』

『응응, 이거 맛있어~. 스이 더 먹고 싶어.』

『이 몸도다.』

예이예이.

페르와 스이에게 추가로 햄버그를 구워주었다. 넉넉하게 만들어두었을 터인 와이번 고기 100퍼센트 햄버그는 결국 페르와 스이 배 속으로 전부 들어가 버렸다. 그나저나, 둘 다 정말 잘 먹는

구나.

◇　◇　◇　◇　◇

모험가 길드에 왔다.

이젠 익숙해졌는지 내 얼굴을 보자마자 직원이 바로 길드 마스터를 부르러 갔다.

나와 길드 마스터는 익숙해진 창고로 향했다.

"형씨 왔나. 준비는 다 됐어. 와이번 고기 여섯 마리분과 와이번 가죽과 마석 여섯 마리분이네."

요한 아저씨에게 건네받은 와이번 고기와 가죽과 마석을 아이템 박스에 넣어둔다.

이어서 길드 마스터가 보수 내역을 설명해주었다.

우선은 와이번 토벌 보수. 이번에는 긴급 의뢰였기 때문에 840닢으로 좀 많았다. 매매 쪽은 송곳니, 독주머니, 독침 열세 마리분 전부 합쳐서 금화 481닢. 가죽과 마석은 다섯 마리분 매입으로 가죽×5이 금화 1,000닢, 마석×5로 금화 1,650닢. 전부 합쳐서 3,971닢이다. 대금화 397닢과 금화 한 닢으로 받기로 했다.

또 거금이 들어왔네. 돈에 곤란한 것보다는 낫지만, 너무 많아도 이걸 다 어쩌나 하는 느낌이다. 앞으로 여행을 시작하게 되니 여행 도중에 조금은 확 써도 되려나?

응? 어라?

"저기, 지난번에는 금화 2,500닢을 넘는 정도라고 말씀하지 않으셨던가요? 어쩐지 더 많은데요……."

"아, 그건가. 그건 매매 대금에 관한 얘기였다네. 게다가 이번 가죽은 상태가 무척 좋았거든. 그래서 비싸게 팔 수 있었지. 게다가 토벌 보수가 더해져서 이런 액수가 된 거라네."

과, 과연.

"이번에는 자네들이 이 마을에 있어줘서 정말 다행이었어. 도시 전체의 C랭크 이상 모험가와 기사단을 긁어모아 토벌할 수도 있었겠지만, 그랬다면 많은 희생자가 나왔을 테니까. 정말로 고마웠네. 그런 만큼 토벌 보수에도 조금은 마음을 담았다네."

토벌 보수도 조금 더 쳐준 거구나. 어쩐지 미안하네. 페르도 스이도 너무 쉽게 죽이던데. 둘에게 뭔가 사줘야겠다. 그렇다고는 해도 둘 모두 먹을 걸 달라고 하겠지만.

그나저나 많은 희생자가 나왔을 거라니. 길드 마스터의 이야기도 그렇고, 모험가들의 이야기도 슬쩍 들어본 결과 와이번 무리를 토벌하는 건 많은 희생이 나오는 의뢰인가 보다.

페르와 스이는 간단히 쏴버리고 목을 댕강 해버렸는데 말이지. 와이번은 아무것도 못 해보고 그냥 쓰러져갔지. 하하. 페르도 스이도 너무 강하다고.

특히 스이는 진화도 해서 힘을 점점 더해가고 있다. 아니, 스이는 앞으로 더 진화하는 건가? 지금도 규격을 벗어났는데, 좀 무서운 기분도 드는걸. 뭐, 어쨌든, 귀여운 스이로 있어주기만 한다면 불만은 없지만.

이러저러하는 사이에 돈을 가지러 갔던 직원이 돌아왔다.

"그럼, 여기 대금화 397닢과 금화 한 닢이네."

길드 마스터가 지원에게 건네받은 자루를 내 앞에 내밀었다. 나는 길드 마스터에게서 자루를 받아 들어 아이템 박스에 넣었다.

"이제 가는 건가?"

"네."

"클레르, 드랭, 네이호프, 베를레앙. 각 도시의 모험가 길드의 길드 마스터에게는 이미 이야기를 해두었네. 반드시 들러주게."

못을 박아두려는 듯 길드 마스터는 그렇게 말했다.

"알고 있습니다. 여러 도시를 구경하고 싶으니까, 꼭 들르겠습니다."

"부디 잘 부탁하네. 각 도시의 길드 마스터들도 자네를 기다리고 있으니."

아니, 그건 다들 남아 있는 의뢰를 떠넘길 마음으로 가득하단 거잖아? 정말이지.

"그럼, 두 분께는 여러 가지로 신세를 졌습니다. 이렇게 말해도 람베르트 씨에게 주문해둔 물건이 있어서 반년 후에는 또 돌아올 겁니다. 그때도 또 잘 부탁드리겠습니다."

"오오, 그런가 그런가. 기다리고 있겠네. 확실하게 돌아오게."

"그래 그래, 형씨 같이 한몫 벌어주는 사람이 있으면 나도 일하는 보람이 있거든."

길드 마스터와 요한 아저씨에게 인사를 마치고 모험가 길드를 뒤로했다.

"그럼, 갈까?"

『음, 어서 클레르라는 마을로 가자. 타라.』

예이예이. 아니, 너, 던전 도시에 얼른 가고 싶을 뿐인 거지? 뭐, 상관은 없지만 클레르에도 며칠 머물 생각이라는 건 알아두도록 해.

그리하여 우리는 카레리나를 떠났다.

페르가 가도를 질주한다. 좀 더 천천히 가자고 했지만 마음이 급한지 속도는 떨어질 줄 몰랐다. 몇 번이고 페르 등에 타서 익숙해진 덕분에 겨우 무사하긴 하지만. 때때로 스쳐 지나간 모험가와 상인들도 깜짝 놀라는 표정이었다고.

드디어 해가 저물 무렵이 되어, 페르가 발을 멈추었다.

『오늘은 이쯤 해둘까.』

나는 페르의 등에서 내려 비척비척 바닥에 주저앉았다.

"너, 너무 빠르잖아."

『음, 그다지 빨리 달리지 않았다만. 자네도 떨어지는 일이 없지 않았나.』

"떨어지지 않았다니, 그랬다간 크게 다쳤을 거 아냐. 다치기는 싫으니까 어떻게든 떨어지지 않으려고 애썼다고. 내일은 조금 더 천천히 달려줘."

『알았다. 어차피 내일 중에는 클레르라는 도시에 도착할 테니 말이다.』

"어? 그래?"

『그렇다. 이 앞에 수많은 인간의 기척이 모여 있는 장소가 있다. 아마도 그곳이 클레르라는 도시일 거다.』

호오~ 아직 거리가 한참 떨어져 있는데, 그런 걸 알 수 있는 거야?

"아니, 벌써 도착하는 거야? 조금 더 걸릴 줄 알았는데······."

『빨리 도착하면 좋은 게 아니냐? 그보다 배가 고프다.』

뭔가 얼버무린 것 같은 느낌이 들기는 하지만, 뭐, 상관없나.

"그럼 식사 준비를 할 테니까 좀 기다려."

오늘 밤은 샤브샤브다.

열심히 얇게 저며둔 와이번 고기를 얼른 먹어보자. 어제 자기 전에 냄비에 물과 다시마를 넣어서 미리 육수를 준비해두었다.

그럼 우선 인터넷 슈퍼에서 채소류와 소스를 사야지. 채소류는 배추와 경수채, 그리고 당근은 있고, 파, 팽이버섯, 송이버섯이면 되려나? 샤브샤브 소스라고 하면 당연히 폰즈랑 참깨지 소스지.

우선은 채소를 잘라둬야 한다. 배추는 큼직하게 썰고 경수채는 뿌리 쪽 부분을 잘라내고 5센티미터 정도의 길이로 자른다. 당근은 얇게 직사각형으로 자르고, 파도 가늘게 어슷썰기 해둔다. 팽이버섯과 송이버섯은 아랫부분을 잘라내고 먹기 좋은 크기로 준비한다.

다음은 어제 준비해둔 냄비를 불에 올리고 끓기 직전에 다시마를 꺼낸다.

좋아, 이제 와이번 고기를 넣어 살짝 익혀준다. 고기를 살짝살짝, 가끔씩 채소도.

살짝 익힌 고기와 채소를 접시에 담은 다음, 첫 번째 그릇엔 폰즈 소스를 뿌렸다.

"페르, 스이를 깨워줄래?"

『이미 일어나 있다.』

『바압, 바압.』

아, 밥 때가 됐으니까.

"먹어봐."

둘 앞에 샤브샤브가 산처럼 쌓인 그릇을 내주었다.

『음, 이것도 와이번 고기인가? 조금 새콤한 맛이 나는 게 뿌려져서 얼마든지 먹을 수 있을 것 같다.』

『응응, 조금 새콤하고 깔끔해서 고기 많이 먹을 수 있을 것 같아.』

아니, 지금까지 이상으로 먹으면 그건 큰일이거든? 폰즈는 맛이 깔끔해서 막힘없이 먹게 되서 안 되겠다.

흐음, 다음은 참깨 소스다.

나도 먹어볼까. 고기를 휘휘 저어서 채소와 함께 우선은 폰즈 소스로.

아아, 맛있어. 와이번 고기와 폰즈 소스는 잘 어울리네. 깔끔한 맛이야.

채소와 함께 먹으면 정말 얼마든지 먹겠는데?

『한 그릇 더 다오.』

『한 그릇 더~.』

빠, 빠르네.

그럼 휘휘 저어가며 살짝 데쳐서.

"여기."

이번에는 당연히 참깨 소스를 뿌렸다.

『아, 다른 맛이야~. 이것도 맛있어.』

『음, 맛있다.』

어라? 참깨 소스도 술술 먹어버리네? 한 그릇 더 달라고 하기 전에 나도 얼른 먹어야겠다.

와이번 고기와 팽이버섯을 함께 집어서 참깨 소스에 찍은 다음…… 응, 맛있어. 이 진하고 고소한 참깨 소스도 고기와 잘 맞았다.

결국에는 폰즈 소스도 참깨 소스도 다 맛있다는 게 되지만. 이건 어느 한쪽을 고를 수 없다니까. 역시 샤브샤브를 먹을 때는 이 두 소스를 다 준비해두는 게 좋겠다.

『한 그릇 더.』

그러니까, 너무 빠르다고. 아, 정말이지. 이 둘의 밥을 만드는 건 정말 큰일이다. 결국 둘이 만족할 때까지 몇 번이고 몇 번이고 샤브샤브를 만들어야 했다.

밥을 먹은 후에 흙 마법으로 상자 모양의 집을 만들었다. 오늘 밤 잘 곳이다. 안에 나와 페르의 이불을 깔기 시작했다.

"페르, 나는 목욕할 거니까 먼저 자도 돼."

『알았다. 그럼 먼저 자마.』

페르는 그렇게 말하고 집 안으로 들어갔다. 그럼 나는 목욕을 해볼까.

『주인, 목욕은 따뜻한 물?』

"그래, 맞아. 스이도 할래?"

『할래.』

스톤 월로 벽을 만들고 아이템 박스에서 욕조를 꺼냈다.

"스이, 여기에 물 채워줄래?"

『네에.』

스이가 물을 채우고 난 다음에 파이어 볼로 물을 데웠다. 온도가 딱 적당하다.

지난번 실패를 참고하여 사두었던 목욕 용품들을 꺼냈다.

짠, 목욕 매트다.

이걸 깔아두면 발이 흙투성이가 되지 않아도 된다.

"아, 스이는 먼저 들어가도 돼."

『알았어.』

첨벙.

『따뜻해.』

스이는 목욕이 아주 마음에 든 모양이네.

옷을 벗고 머리를 감는다. 이렇게 거품을 내서 싹싹 닦으면 역시 개운하다니까. 거품을 씻어낸 다음 드디어 따뜻한 목욕물 속으로.

아, 입욕제 넣는 걸 깜빡했다. 유자 향 입욕제를 넣자 유자의 향기가 기분 좋게 감돌았다.

"냄새 좋다."

『기분 좋아.』

"그러게."

스이와 함께 목욕을 즐긴 후에 바로 자려고 했는데, 그게 생각나고 말았다. 안 하면 또 시끄러워지겠지?

어쩔 수 없으니 일을 해보도록 할까.

◇ ◇ ◇ ◇ ◇

"저기 여신님들 들리십니까?"

그 사람들과는 이상한 전파가 이어져 있으니까 이러면 되……
겠지?

『들리느니라. 애타게 기다렸느니라.』

『맞아, 부탁하고 싶은 게 있거든.』

『여어, 기다렸다고.』

『밥이랑 과자.』

……바로 연결됐다. 어쩐지 기대감이 장난 아닌 것 같은데.

말도 안 되는 건 말하지 말아줘. 지난번에도 말했지만, 한 명당
은화 세 닢까지라고.

"그럼, 원하시는 건 정하셨습니까? 전에 말씀드렸던 대로 한
분당 은화 세 닢까지입니다. 부디 지켜주시길 바라겠습니다."

일단 못을 박아두지 않으면 또 말도 안 되는 소리를 할 것 같다.

특히 닌릴(유감 여신) 님이 말이지.

『어, 어, 어째서 이 몸의 이름이 나오는 것이냐? 자, 잘 알고 있
느니라. 으, 은화 세 닢.』

아, 이거 억지를 부릴 셈이었구만. 이 인간.

『잠깐, 닌릴. 그 표정을 보니 너 억지 부릴 생각으로 가득했던
거지? 이세계인 군은 한 사람당 은화 세 닢까지라고 했잖아. 네
가 말도 안 되는 걸 부탁하면 우리한테도 불똥이 튀어서 이세계
물건을 갖지 못하게 될 수도 있으니까. 그 부분은 유념해줘.』

313

『그래, 맞다. 닌릴은 제멋대로 굴면 안 된다고.』

『닌릴, 안 돼.』

『크으으으……. 이 몸이 맨 처음에 발견해서 가호를 내렸는데. 젠장. 조금은 우대해줘야 한다고 생각하느니라(작은 목소리).』

하아, 역시라고 해야 하나. 닌릴(유감 여신)이 여신님들 중에서 제일 유감스런 여신이었구나. 실망이야.

『자, 자네, 몇 번이고 말했다만, 이 몸은 유감 여신 같은 게 아니니라.』

『우후후훗, 유감 여신이래. 닌릴한테 어울리네.』

『아하하하하, 딱 맞는 말이구나.』

『키득…… 유감 여신.』

『우으으, 너희들까지 그런 말을 하는 것이냐.』

닌릴 님의 변함없는 여신님답지 않은 언동. 응, 닌릴 님은 저게 평상 모드구나.

『자네, 이 몸은 여신이니라. 더욱 우러르거라.』

아니, 우러르라고 말한들 말이지.

『자아 자아, 닌릴 진정해. 그런 것보다 뭘 원하는지 말하는 게 어떨까?』

『앗, 그랬느니라. 이 몸이 바라는 건 당연히 단것이니라. 그리고, 지난번에 준 검은 음료수와 투명한 음료수도 원하느니라. 그건 톡톡 쏘면서도 단것이 처음 마셔보는 것이었다만, 맛있었느니라. 그리고 이번에도 도라야키를 꼭 함께 주길 원하느니라.』

키샤르 님, 나이스입니다. 역시 닌릴(유감 여신) 님을 다루는 데

익숙하시군요.

"닌릴 님은 단 음식이군요. 그리고 콜라와 사이다."

그나저나, 닌릴 님 질리지도 않으시네. 변함없이 단걸 원하시다니.

나는 인터넷 슈퍼를 열어서 일단 도라야키를 잔뜩 카트에 넣은 다음 다른 케이크와 푸딩, 다양한 종류의 초콜릿과 쿠키 같은 걸 적당히 카트에 넣었다.

그리고 콜라와 사이다는 1.5리터 페트를 담았다.

"다음 분 말씀하세요."

『다음은 나, 키샤르야. 지난번에 준 샴푸랑 트리트먼트랑 헤어마스크, 엄청 좋았어. 머리카락에 윤기가 생기고, 푸석푸석했던 부분이 촉촉해져서 차분해졌거든. 그리고 이 향기! 움직일 때마다 넋을 잃을 것만 같은 향기가 부드럽게 퍼지는 게 정말 좋아. 남자 신들 반응도 좋지 뭐야. 우후후. 그래서 말이지, 전에 이세계의 샴푸라는 건 수십 종류 있다고 했잖아? 그러니까 이번에는 다른 향기의 샴푸와 트리트먼트와 헤어마스크를 부탁하고 싶어. 다른 좋은 향기로 부탁할게.』

키샤르 님은 이번에도 샴푸와 트리트먼트와 헤어마스크를 원하시는 건가.

확실히 요즘 샴푸들은 향기가 좋으니까. 남자 신들 마음도 이해가 돼. 남자로서는 향수 같은 강한 향기보다도 움직일 때 살짝 감도는 샴푸 향기 쪽이 확 와닿거든.

키샤르 님이 바란 샴푸와 트리트먼트와 헤어마스크를 살펴본다. 지난번에 샀던 건 이거였지. 어디 어디, 장미 부케 향이라고 쓰여 있네. 그렇다면 장미 계열 향기는 피해서…… 아, 이게 좋으려나? 프루티 플로랄 향이라고 쓰여 있고, 지난번 것과 마찬가지로 실리콘이 들어가지 않은 계열에 손상된 헤어용이라고 되어 있다. 머리카락이 푸석거리는 걸 신경 쓰는 키샤르 님에게도 맞을 것 같다. 가격도 전과 같아서 샴푸와 트리트먼트와 헤어마스크가 각각 동화 아홉 닢이다.

샴푸와 트리트먼트와 헤어마스크는 그걸로 됐고, 음, 돈이 조금 남는데.

"키샤르 님, 샴푸와 트리트먼트와 헤어마스크를 사도 동화 세 닢 정도가 남는데, 어떻게 하시겠습니까?"

『그러면 이세계인 군이 목욕할 때 썼던 입욕제? 라는 것도 갖고 싶어.』

입욕제 말이죠, 예이예이.

…………응? 잠깐 있어봐. 어째서 내가 목욕할 때 입욕제를 넣었다는 걸 아는 거야?

설마…….

"저기, 어째서 제가 입욕제를 사용한 걸 아시는 건가요?"

『그야 네가 목욕하는 모습을 다 함께 수경으로 엿봤기 때문이니라.』

『잠깐, 닌릴!』

"잠깐, 여신님들. 대체 무슨 짓을 하신 건가요?! 목욕하는 걸 엿보다니, 범죄잖습니까!"

『아, 아니, 그게 말이지, 나쁜 뜻은 아니었어. 이세계인 군 일행을 보고 있는데, 이세계인 군이 목욕을 시작해서…….』

"아니, 거기서 보는 걸 그만두면 되는 거 아닙니까?"

『아, 정말 시끄럽구나. 남자 주제에 알몸을 보인 정도로 너무 유난 떨지 말거라.』

닌릴 님, 남자 주제에라는 말을 했는데, 남자도 알몸을 보이는 건 싫답니다.

그리고 보고 있다고 생각하면 모처럼 하는 목욕도 마음 편히 할 수 없게 되지 않습니까.

『그렇다고. 게다가 네 그 빈약한 몸은 봐도 아무 느낌 없다고. 그렇지? 루카.』

크으으, 아그니 님. 빈약한 몸이라 죄송하네요. 남자는 근육이 전부가 아닙니다.

『………….』(루카 님, 모르쇠)

"아무튼 말이죠, 제가 목욕할 때는 절대로 보지 말아주십시오. 다음에 이런 일이 있으면 공물을 바치는 것도 그만둘 겁니다."

『으아아아아, 미안하니라.』

『아, 알겠어~.』

『예이예이.』

『………….』

정말이지 이 여신님들은 무슨 짓을 하는 거람.

그럼 마음을 다잡고. 키샤르 님에게 드릴 유자 향 입욕제를 카트에 넣는다.

"다음은 누구십니까?"

『여어, 나다. 아그니. 나는 역시 술이 좋은데⋯⋯ 저기, 한 병 정도는 괜찮지?』

『한 병이라, 한 병 정도라면 괜찮을 것 같다만, 다들 어떠하냐?』

『그러네, 안 된다고만 하면 아그니가 불쌍하니까, 한 병 정도라면 좋을지도 모르겠네.』

『⋯⋯한 병이라면.』

『아그니, 한 병만이니라.』

『오오, 알았다. 어이, 술을 한 병 부탁한다. 센 술이 좋겠어⋯⋯ (커다란 한 병으로 부탁한다). 그리고 안주가 될 법한 거. 지난번에 감자를 기름에 튀긴 것과 고기를 튀긴 게 맛있었지. 그게 좋겠다.』

아그니 님, 뭘 은근슬쩍 '커다란 한 병'이라는 신탁을 내리시는 겁니까? 뭐 한 병은 한 병이고, 은화 세 닢을 넘지만 않으면 나로서는 불만 없지만.

센 술이라고 하면 제일 먼저 떠오르는 건 위스키려나? 아, 이거면 될까? 텔레비전에서 광고하던 거다. 700밀리리터로 은화 한 닢과 동화 네 닢이다.

다음은 감자튀김이랑 민치가스를 원한다고 했으니까, 튀겨뒀던 것들을 접시에 담는다. 민치가스는 평범한 것과 치즈가 들어간 것도 담았다. 가격은 전과 똑같이 하면 되겠지?

음, 그래도 좀 남는데. 아, 위스키에 탄산수가 있으면 하이볼도 가능하겠네. 탄산수를 카트에 넣으면 대략 은화 세 닢이 되겠다.

"마지막은 루카 님이군요. 어떤 걸 드릴까요?"

『과자랑 밥. 밥 많이.』

루카 님도 지난번과 똑같이 과자와 밥이구나. 이번에는 밥이 되는 걸 더 많이 드리길 바라시는 건가.

전과 같은 햄버그와 민치가스를 담고. 다음은 튀김. 그리고, 이번에는 인터넷 슈퍼에서 파는 부식 종류를 넣어보자. 크로켓, 새우튀김, 칠리 새우, 두툼한 달걀말이, 마카로니 샐러드. 이 정도면 되려나? 그리고 식빵이랑 주먹밥. 남은 건 과자 종류를 적당히 고르자.

좋아, 이거면 되겠지. 네 개의 종이 상자 제단 위에 각각 요청받은 물건을 놓는다.

"여신님들이 바라신 것들입니다. 부디 받아주십시오."

종이 상자 제단 위에 있던 것들이 사라졌다.

그 직후에 꺅꺅 하는 여신님들의 떠들썩한 목소리가 들려왔다.

"아, 아그니 님께는 특별히 주의할 점을 알려드리겠습니다. 그 술은 무척 센 술이라 단숨에 들이키면 안 됩니다. 그대로 마실 경우에는 얼음을 넣은 잔에 따라서 천천히 조금씩 마시는 걸 추천합니다. 그리고 물을 섞거나, 함께 보내드린 탄산을 섞는 것도 맛있습니다."

『오, 알았다. 고맙다~.』

뚝.

아아, 드디어 끝났다. 매번 여신님들을 상대하는 건 지친다니까. 이제 그만 자자.

나는 스이가 있는 이불 속으로 들어가 잠을 청했다.

◇ ◇ ◇ ◇ ◇

페르가 말했던 대로 다음 날 중에 클레르에 도착했다.

클레르는 방직으로 유명한 도시인 만큼, 실과 천 전문점과 옷 가게가 즐비했다.

곧바로 모험가 길드에 가보니, 페르가 있어 주목을 받기는 했지만 특별히 시비를 걸어오는 일은 없었다. 창구에 길드 카드를 보여주자 접수 담당 직원(개 귀가 달린 귀여운 느낌의 여성 수인이었다)이 잠시 기다려달라 말하고 자리를 비웠다.

"오오, 왔는가. 기다렸네."

커다란 목소리로 그렇게 말하며 내가 있는 쪽으로 다가온 것은 수염이 덥수룩한 자그마한 아저씨였다. 저 모습은 드워프인가? 이야기를 듣기는 했지만 보는 건 처음이네.

"카레리나의 빌렘한테 연락이 왔었네."

카레리나의 빌렘? 아, 분명 카레리나의 모험가 길드 마스터가 그런 이름이었던 듯한?

그나저나 이 자그마한 아저씨, 키는 작지만 엄청난 근육질이네. 수염도 덥수룩하고. 그려오던 이미지 그대로인 드워프의 모습에 좀 감동했다.

"웅? 뭔가? 자네 드워프를 보는 게 처음인가? 이 나라에서는 드워프 같은 건 그리 드문 것도 아니라네. 이 도시 다음에는 던전 도시 드랭으로 간다지? 그곳에는 드워프 모험가나 대장장이가 잔뜩 있다네."

호오, 그렇구나. 드워프 모험가도 있구나. 카레리나에서 수인 모험가는 언뜻언뜻 봤는데, 드워프는 못 봤었다. 엘프도 있다고 하는데, 지금까지 한 번도 발견하지 못했다. 던전 도시 드랭에 가면 다양한 인종을 볼 수 있을지도 모르겠다.

엘프도 이미지 그대로의 미남미녀일까? 미남 엘프는 어찌 되든 상관없지만, 미녀 엘프는 꼭 보고 싶다. 그리고 가능하다면 친해지고 싶다(간절).

"아, 그래. 소개가 늦었군. 나는 이 클레르의 모험가 길드의 길드 마스터인 로돌포 추몬일세. 잘 부탁하네."

그렇게 말한 자그마한 아저씨, 아니, 로돌포 씨가 내 손을 잡더니 붕붕 흔들었다.

"여기서 이야기하는 것도 뭐하니 내 방으로 가지. 따라오게."

우리는 성큼성큼 걸어가는 로돌포 씨 뒤를 따라갔다.

"자, 앉게."

로돌포 씨를 따라 들어간 길드 마스터의 방, 나는 로돌포 씨 맞은편 자리에 앉았다.

페르는 의자 옆 공간에 엎드려 있다.

"이런저런 소문은 들었네. 펜리르를 사역하다니. 처음에는 무슨 바보 같은 소리를 하는 거냐고 생각했는데, 빌렘은 물론이고 여기저기서 비슷한 이야기가 날아들어 오기에 반신반의 하면서도 이 이야기는 진짜인가 하는 생각을 하기 시작하던 참이었네만…… 정말로 전설의 마수를 보게 될 줄이야. 게다가 자네는 엄청나게 강한 슬라임도 사역하고 있다고 들었다네."

로돌포 씨가 슬쩍 페르를 보면서 그렇게 이야기했다. 반신반의라.

페르에 관한 이야기를 들어도 실제로 볼 때까지는 아무래도 그렇겠지. 어쨌든 전설의 마수니까.

스이는 진화도 해가며 점점 강해지고 있지요. 주인인 저도 깜짝 놀랄 정도로.

"그래서, 이제 막 도착한 참에 미안하네만, 바로 의뢰 이야기를 해도 괜찮겠나?"

"네."

"실은…….."

의뢰는 베놈 타란툴라(겉모습은 커다란 거미 같다고 한다)의 실이 급히 필요하다는 내용이었다. 이곳 모험가 길드의 큰 거래처인 브루노 상회라는 곳에서 한 의뢰라고 하는데, 이 베놈 타란툴라의 서식지가 또 성가신 곳이라고 한다.

이 마을 북쪽에 있는 이슈탐 숲에 그 베놈 타란툴라가 있다고 하는데, 그곳에는 독을 가진 곤충류 마물이 많은 데다, A랭크인 자이언트 센티피드(커다란 지네)가 나온다고 한다.

"곤충 계열 마물은 애초에 채취할 수 있는 소재가 적거든. 게다가 독을 갖고 있다고 하면 아무도 가고 싶어 하질 않아. 더군다나 A랭크인 자이언트 센티피드가 나온다고 하니 의뢰를 수락하는 녀석이 하나도 없지 뭔가. 브루노 상회에서는 아직이냐 아직이냐

하며 재촉을 하니, 정말 곤란하던 참이야."

베놈 타란툴라의 실로 만든 천은 최고급이라고 하며, 귀족의 예복이나 드레스에 쓰인다고 한다.

아무래도 그 브루노 상회와 친밀한 사이인 귀족이 급히 주문을 한 모양이다. 그런데 하필이면 베놈 타란툴라 실로 만든 천의 재고가 떨어져서 브루노 상회도 다급해졌다고 한다. 모든 수를 동원해 베놈 타란툴라 실을 모았지만, 조금 부족했단다.

그래서 이런 의뢰까지 하게 된 것이다.

이슈탐 숲에 그 베놈 타란툴라가 있다는 것은 알고 있지만, 성가신 장소인 탓에 지금까지 방치되어 있었는데, 상황이 급박해져서 우리에게 의뢰를 하게 되었다고 한다.

"어떻게, 이 의뢰를 받아주겠나? 우리 모험가 길드로서는 큰 거래처인 브루노 상회를 못 본 척할 수가 없거든."

정말로 곤란한 상황인지 로돌포 씨도 난처한 표정을 하고 있다.

"페르, 어때?"

『벌레인가…… 벌레는 먹을 수 있는 게 많지 않아서 싫다. 베놈 타란툴라는 먹을 수 있고, 맛이 없지는 않아 괜찮은 편이기는 하지만, 그 껍질이 아무래도 별로다.』

뭐? 거미, 먹을 수 있는 거야?

"저기, 베놈 타란툴라는 먹을 수 있는 겁니까?"

"그래, 펜리르 말대로 곤충계 마물은 식용으로는 적당하지 않은 게 많지만, 먹을 수 있는 곤충 계열 마물 중에서는 이 베놈 타란툴라가 제일 맛있다고들 하지. 소금물에 데치면 맛이 괜찮아."

거미, 먹을 수 있구나……

로돌포 씨가 말한 대로 곤충 계열 마물은 채취할 수 있는 소재가 적지만, 베놈 타란툴라는 실, 고기, 독주머니 등, 곤충 계열 마물치고는 채취할 수 있는 부분이 있는 편이라고 한다. 참고로 베놈 타란툴라는 B랭크지만, 마석은 없는 경우가 많단다.

"보수도 좀 더 쳐줄 테니, 어떻게 좀 부탁할 수 없겠나?"

정말로 곤란한 것 같아 보여서 어떻게든 해주고 싶은 마음은 굴뚝같았지만, 실제로 하는 건 페르니까 말이지.

"페르, 이거 어려운 의뢰야?"

『바보 같은 말 하지 마라. 이 몸에게 어려운 의뢰 따위는 없다. 으음. 자네가 요리한다면 그것도 다소는 맛있게 먹을 수 있으려나? 그래, 알겠다. 그 의뢰 수락하마.』

"괜찮은가 봅니다. 의뢰 받아들이겠습니다."

"오오오, 그런가, 그런가. 덕분에 살았네."

"그럼, 급한 의뢰인 것 같으니 서두르는 편이 좋겠지요?"

"미안하지만 그래주면 고맙겠네."

흐음, 하지만 아무래도 오늘 당장 갈 수는 없겠다. 이제 곧 해가 질 때가 되었으니까.

"페르, 내일 가는 걸로 괜찮을까?"

『음, 좋다.』

"그럼 내일 다녀오겠습니다."

"그런가. 서둘러준다니 고맙네."

"아, 여쭙고 싶은 게 있습니다만, 사역마와 함께 묵을 수 있는 숙소 중에 추천해주실 만한 곳이 있을까요?"

"그거라면 '물레'라는 숙소를 추천하겠네."

로돌포 씨에게 '물레'의 위치를 듣고 우리는 모험가 길드를 나섰다.

"페르, 숙소로 가는 길에 근처 옷가게를 좀 보고 가자."

숙소로 향해 가면서 그 틈에 관심이 있었던 옷들을 구경하며 걸었다. 역시 방직의 도시라 그런지 가게에 걸린 옷은 모두 내가 전에 샀던 것보다 훨씬 품질이 좋아 보였다. 이 도시에서 파는 옷은 무난하지만 염색도 되어 있고 만듦새도 꼼꼼해 보였다.

"아, 이거 괜찮네…… 페르, 이 가게에 잠깐 들어가 보자."

내 눈에 띈 것은 올리브색 바지와 아이보리색 셔츠였다.

지금 갖고 있는 옷은 칙칙한 갈색 종류뿐이다 보니 이런 색이 들어간 옷에 눈이 간다.

이거 괜찮네.

"마음에 드시나요? 다른 도시와 다르게 여기서 파는 물건들은 대부분 새것이랍니다. 물론 그것도 새 제품이지요. 셔츠가 금화 한 닢과 은화 다섯 닢, 바지가 금화 두 닢이 되겠습니다. 다른 도시에 가시면 같은 물건이라도 거의 배는 차이가 날 겁니다. 여기는 방직의 도시라 이 가격에 팔 수 있는 거죠. 사는 게 돈 버는 거랍니다."

사는 게 버는 거…… 뭘 좀 아는 점원이네. 그 말을 들으면 사고 싶어지잖아.

감촉도 지금 입고 있는 내 옷과는 비교가 안 된다. 좀 비싼 것 같기는 하지만 주머니 사정도 여유로우니 사버릴까?

나는 결국 셔츠와 바지를 세 장씩 샀다. 셔츠는 세 장 모두 아이보리로, 바지는 올리브와 감색과 다크 그레이를 구입했다. 약간 충동구매 같기는 해도, 만족했다. 내일 바로 입어봐야지.

어젯밤에는 길드 마스터인 로돌포 씨에게 소개를 받은 '물레'라는 숙소에서 묵었다.

오늘 아침에 일어나자마자 어제 샀던 옷을 바로 입어보았는데, 감촉이 좋고 착용감도 좋아 움직이기 편했다. 좋은 물건을 산 것 같다. 지금까지 입었던 옷과는 감촉이 전혀 다르다. 이제 다시는 예전의 옷으로 돌아갈 수 없을지도 모르겠다.

오늘은 로돌포 씨에게 받은 의뢰를 위해 베놈 타란툴라를 잡으러 이슈탐 숲으로 가야 한다.

새 옷이 더러워지는 건 싫지만 어쩔 수 없지.

"페르, 그럼 가볼까?"

『음.』

평소처럼 나는 페르의 등에 올라탔다. 스이는 가방 안에 있다.

『그럼, 출발한다.』

페르가 이슈탐 숲을 향해 달리기 시작했다.

"여기가 이슈탐 숲, 인 모양이네."

『그런 것 같다.』

우리 눈앞에는 어두컴컴하고 울창한 숲이 펼쳐져 있었다. 끼이끼이 하는 무슨 새인지 모를 새의 울음소리가 들렸고, 척 보기에도 꺼림칙한 분위기가 감돌았다.

『가자.』

페르는 그렇게 말하더니 어슬렁어슬렁 이슈탐 숲에 발을 들였다.

나무들이 울창하고 무성한 숲 안은 아직 점심 전인 시간임에도 어두컴컴하다.

"아, 그러고 보니 여기는 독을 가진 벌레 마물이 많다고 했는데, 괜찮으려나?"

『내 결계도 있는 데다, 우리에게는 신의 가호가 있지 않느냐. 걱정할 것 없다.』

그랬지. 나도 페르도 스이도 여신님들의 가호가 있었다.

하지만 나는 가호(소)인데, 괜찮을까?

"나는 가호(소)인데."

『닌릴 님께서도 말씀하시지 않았느냐. 가호(소)라도 즉사 효과를 갖지 않은 한, 상태 이상 무효화의 힘은 발휘된다고.』

그러고 보니 그런 말을 했었지.

『기척을 보건대, 이 숲에 즉사 효과가 있는 독을 가진 건 없다. 그러니 괜찮다.』

그렇구나, 다행이다.

"그래서, 베놈 타란툴라가 있는 장소는 알겠어?"

『그래, 기척으로 대략적인 장소는 알았다. 안쪽이다. 가자.』

페르가 베놈 타란툴라를 향해 달리기 시작했다.

도중에 나방이 커진 것 같은 마물이나 모기가 커진 것 같은 마물들과 마주쳤지만, 페르의 마법에 일도양단되었다. 달리면서 그런 일을 해내는 페르를 보며, 정말로 페르가 적이 아니라 다행이라고 생각했다.

"응? 왜 그래?"

달리던 페르가 갑자기 멈추었다.

『커다란 게 온다.』

페르가 그 말을 한 후 모습을 드러낸 것은 길이 이전에 폭도 1미터는 될 법한 엄청나게 커다란 지네였다.

"키기기기긱."

"이게 자이언트 센티피드인 거야?!"

『음, 잠시 기다려라.』

페르가 자이언트 센티피드와 대치하다가 공격을 하려던 순간······.

풋. 쿠웅.

고개를 쳐들고 있던 자이언트 센티피드가 옆으로 쿵 쓰러졌다.

자이언트 센티피드는 턱 아래부터 머리 위에 걸쳐서 커다란 구멍이 뚫려 있었다.

『만세! 스이 커다란 거 쓰러뜨렸어.』

스, 스이······.

이런, 페르가 딱딱하게 굳어 있잖아. 스이도 참, 페르의 사냥감을 빼앗아 버리다니.

"페르, 좀 용서해줘."

『크흠.』

스이가 쓰러뜨린 자이언트 센티피드는 A랭크라고 했으니, 일단 가지고 돌아가기로 하고 아이템 박스에 넣었다.

"자아, 그럼 아직 우리가 찾는 베놈 타란툴라가 아직 기다리고 있다고. 어서 가자."

『타라.』

맛있는 부분을 빼앗겨버린 페르가 퉁명스럽게 말했다.

『주인, 또 쓰러뜨릴 거 있어?』

"응? 아, 다음에는 페르 아저씨한테 맡기기로 하자."

『에엣, 스이도 풋풋 하고 싶어.』

"쓰러뜨려야 하는 게 잔뜩 있으면 그때 도와주자."

『응, 알았어.』

베놈 타란툴라 씨 많이 계셔주세요. 스이가 날뛰고 싶어 해요.

내가 페르 등에 타자 페르는 바로 내달렸다.

잠시 후, 나무들 사이로 거미집이 몇 개나 있는 장소가 나왔다. 그 거미집에는 길이 1미터 가까이 되는 거미가 있었다.

"저게 베놈 타란툴라야?"

『그래.』

검은색에 가까운 보라색 커다란 거미다. 저거, 정말로 먹을 수 있는 거야……?

"로돌포 씨의 얘기로는 두 마리 있으면 된다고 하는데, 꽤 많이 있네."

『전부 사냥해 간다.』

그렇게 말한 페르는 바로 마법을 발동시켰다.

빠직, 빠직, 빠직, 빠직, 빠직, 빠직, 빠직, 빠직.

전격이 베놈 타란툴라를 덮쳤다.

번개 마법인가. 스턴건의 강력 버전 같네.

투둑, 투둑, 투둑, 투둑, 투둑, 투둑, 투둑, 투둑.

아, 거미집에서 떨어졌다.

『끝났다.』

"빠르네. 저거 죽은 거야?"

『그래, 머리 위에 전격을 날려줬으니까.』

벌써 끝나버리다니. 페르가 있으면 일이 빠르구나.

나는 거미집에서 떨어진 여덟 마리의 베놈 타란툴라를 아이템 박스에 회수했다.

『우으, 스이 차례는?』

"아, 스이, 지금은 좀 참자."

『스이도 풋풋 해서 쓰러뜨리고 싶었는데.』

"아, 아니, 그러네…… 아, 다, 다음 도시에는 던전이 있으니까, 거기서 잔뜩 할 수 있을 거야."

『던전이면, 그 적이 잔뜩 있는 데?』

"그, 그래, 맞아."

『던전! 던전, 던전, 기대돼~.』

큭…… 던전 따위 두 번 다시 들어가지 않겠다고 마음먹었건만.

『크크크, 이걸로 던전에 들어가는 건 결정되었구나.』

젠장, 페르 이 자식 웃지 말라고. 스이 말에는 약한 걸 어쩌라고.

"스이가 이렇게나 기대하니 안 들어갈 수는 없겠지만, 위험하지 않게 해줘."

『흥, 이 몸이 있는데 고작 던전에서 위험해질 리 없다. 안심해라.』

뭐, 페르가 있으면 괜찮을 것 같기는 해.

"그럼 돌아갈까?"

『음.』

내가 페르 등에 올라타자 페르는 왔던 길을 다시 달려 숲을 빠져나갔다.

숲에서 나와 보니 태양은 아직 우리 머리 위에 있었다.

"어쩐지 무척 일찍 끝나버렸네."

『음. 아직 시간이 있구나. 배도 고프니 여기서 밥을 먹고 가자.』

"그럴까? 그럼 준비할 테니까 좀 기다려."

『알았다.』

밥은 간단하게 여러 종류의 샌드위치로 정했다.

만들어두었던 돈가스, 치즈가 들어간 치킨가스, 민치가스를 이용해 세 종류의 샌드위치를 만든다. 빵에 버터를 바른 다음 채친 양배추를 듬뿍 얹고 거기에 마요네즈를 뿌린다. 그리고 돈가스를 얹고 돈가스 소스를 넉넉하게 뿌린 다음, 다시 버터를 바른 빵을 얹어준다. 그리고 반을 자르면 완성이다.

이번에는 돈가스 샌드위치에 겨자를 조금 넣었기 때문에 마요네즈를 써봤다.

『다 됐어.』

세 종류 샌드위치가 담긴 접시를 페르와 스이에게 주었다.

『음, 맛있다. 특히 이게 살짝 찌릿해서 맛있구나.』

페르는 겨자 마요네즈를 넣은 돈가스 샌드위치가 마음에 든 모양이다.

전에는 겨자와 마요네즈를 쓰지 않았었는데, 페르는 꽤 매운 맛도 괜찮은가 보다.

『스이는 이 하얗고 쭉 늘어나는 게 들어간 게 좋아.』

치즈가 들어간 샌드위치 말이지? 스이는 역시 치즈를 좋아하는구나.

『한 그릇 더.』

페르에게는 겨자와 마요네즈를 쓴 돈가스 샌드위치를 많이 만들어주었고, 스이에게는 치즈가 들어간 치킨가스 샌드위치와 치즈가 들어간 민치가스 샌드위치를 만들어주었다.

그리고 나도 먹기 시작한다. 내가 먹는 건 겨자를 좀 많이 넣어 만든 겨자와 마요네즈가 들어간 돈가스 샌드위치다.

덥석. 음, 맛있다. 겨자와 마요네즈가 잘 어울린다.

아이템 박스에서 페트병에 담긴 차가운 차를 꺼내서 꿀꺽.

입 안을 개운하게 한 다음 다시 샌드위치를 덥석.

『주인, 스이한테도 마실 거 줘.』

『이 몸에게도 다오. 그 톡톡 하는 게 좋겠다.』

"네네."

나는 인터넷 슈퍼에서 콜라를 사서 둘에게 따라주었다.

식사가 끝나도 해가 질 때까지는 아직 시간이 있었다.

"아직 시간이 있으니까, 여기서 작업을 좀 하고 갈 거야. 둘은 낮잠이라도 자고 있어."

『알았어. 스이 낮잠 잘게.』

스이는 그렇게 말하더니 좋아하는 가방 안으로 들어갔다.

『뭐냐, 뭘 하려는 거냐?』

"뭐, 그야 식사 준비지. 좀 먹고 싶은 게 있거든."

『음, 그건 맛있는 것이냐?』

"물론 맛있지."

『그거 기대되는구나.』

"그러니까 이 근처에서 느긋하게 기다리고 있어줘."

『음. 알았다.』

자 그럼, 내가 만들려고 하는 건 바로 만두다.

간 고기가 있으니까 말이지. 이건 만들 수밖에 없잖아.

만두는 좋아하는 음식이라 자주 먹으러 가기도 했고, 집에는 냉동 만두를 상비해둘 정도였다.

그런고로, 만두를 만들어볼까 한다. 만들어서 보관해두고 싶으니까 많이 만들도록 하자. 고기가 적으면 페르가 불만을 늘어놓을 테니 고기를 많이 넣어 만들어야겠다. 그리고 밑간을 제대로 해서 소스 없이도 먹을 수 있게 할 생각이다.

부족한 재료를 인터넷 슈퍼에서 보충해야겠지? 양배추, 부추, 다진 생강이랑 다진 마늘은 튜브에 든 게 있었고, 간장이랑 술도 있고, 닭 육수 분말이 없으니 사두고, 다음은 참기름이랑 중요한 만두피다.

우선 양배추를 다져서 소금으로 버무린 다음 가볍게 짠다. 양배추 말고 배추를 쓰기도 하는데, 나는 직접 만두를 만들 때는 양배추를 쓰는 쪽이기 때문에 이번에도 양배추로 했다. 그리고 부추도 잘게 다진다.

볼에 오크 제너럴 간 고기를 넣고 다진 생강과 마늘, 간장, 술, 닭 육수 분말, 참기름, 소금 후추를 더해서 잘 버무린다. 거기에 소금에 절여둔 양배추, 부추를 넣어서 점성이 생길 때까지 섞는다.

만두소가 완성되면 피로 싼다. 그렇게 만두피에 속을 넣어서, 비축해둘 분량까지 잔뜩 만들었다. 조금 남겨둔 만두소에 채소를 더 넣어서 내가 먹을 채소가 많이 들어간 만두도 만들어보았다.

"다음은 굽기만 하면 완성인데, 이대로 뒀다가 먹을 때 굽는 편이 갓 만들어 먹는 느낌이 들어 더 맛있으려나?"

꼬르르르.

배에서 난 소리인가? 주저주저하며 뒤를 돌아보니 군침을 흘리는 페르가 앉아서 기다리고 있었다. 하아~. 해도 꽤 기울었으니, 여기서 밥을 먹는 것도 괜찮으려나.

"지금 밥 먹고 갈까?"

『음, 그렇게 해다오.』

이번에는 파삭한 일본식 군만두로 할까.

프라이팬을 두 개 써서 페르와 스이 몫을 굽기 시작했다. 프라이팬에 기름을 두르고 만두를 나란히 놓는다. 살짝 갈색으로 구워졌을 때 밀가루를 풀어둔 물을 붓고 뚜껑을 덮는다. 수분이 사라지고 탁탁 소리가 나면 주위에 참기름을 둘러서 만두 사이사이에 생긴 얇은 밀가루 막 부분을 노릇하게 구워주면 완성이다.

프라이팬에 접시를 덮은 다음 뒤집어서 접시 위에 한 덩어리가 된 만두를 담으면 군만두 완성이다.

"다 됐어."

스이도 일어난 모양이네.

『음.』

『밥, 밥.』

밑간을 확실하게 했으니까 곁들이는 소스 없이 이대로도 괜찮을 터다.

페르는 다섯 개 정도를 한꺼번에 입에 넣었다.

『오오, 육즙이 넘쳐 나오는 게 맛있구나.』

『진짜다. 채소도 들어 있는데, 육즙이 쫙 나와서 맛있어. 이 바깥에 있는 바삭한 부분도 맛있어.』

다행이다. 둘 다 만두가 마음에 들었나 보군.

양배추를 소금에 절여서 물기를 제거했던 게 정답이었나 보다. 간 오크 제너럴 고기는 지방 부분이 많았으니까, 양배추를 절이지 않고 했다면 수분이 많아 질척해졌을지도 모른다.

『더 다오.』

『스이도 더 줘.』

페르와 스이에게 줄 만두를 추가로 계속 구웠다. 나는 둘이 다 먹은 다음에 느긋하게 먹을 생각이다.

페르와 스이의 식사가 끝나고, 나는 채소가 듬뿍 들어간 내 몫의 만두를 구웠다. 만두와 함께 먹을 음식이라고 하면 역시 이거겠지. 아이템 박스에서 지어두었던 쌀밥과 프리미엄 맥주를 꺼냈다. 채소가 많이 들어가서 맛이 약간 가볍게 되었기 때문에 소스에 찍어서 먹기로 한다. 소스는 간장에 식초와 고추기름을 섞어 만들었다.

파삭. 군만두, 맛있어.

밀가루 푼 물을 넣어 만들어진 파삭한 부분이 식당에서 사 먹는 만두 같아서 좋다. 일본식 군만두로 하길 잘한 것 같다.

그나저나 쌀밥하고 잘 어울리네. 밥반찬으로 먹다 남은 만두를 안주 삼아 맥주를 마신다.

역시 만두와 맥주는 잘 어울리는구나~. 절절히 그런 생각을 하며 만두를 입 안에 넣으려는데, 귓가에서 파닥파닥하는 소리가 들려왔다. 뭔가 싶어 옆을 바라보니…….

………………뭐?

시선 끝에서는 자그마한 드래곤이 날고 있었다.

뭐, 뭐야, 이거?

겉모습은 드래곤, 맞지? 작지만.

작다는 건, 새끼 드래곤인 건가?

이 드래곤은 머리부터 꼬리 끝까지 해도 50센티미터 정도밖에 되지 않았다.

보기에는 공격하려는 것 같지는 않은데……. 이거, 어떻게 해야 하는 걸까?

파닥파닥 날개를 파닥거리는 자그마한 드래곤의 시선을 따라가 보니, 내가 손에 든 젓가락 끝에 있는 만두가 보였다. 시험 삼아 젓가락을 움직여보니 자그마한 드래곤 머리도 따라서 움직였다.

이거, 먹고 싶다는 건가?

『호오, 픽시 드래곤이라니, 별일이구나.』

페르가 그런 말을 했다. 페르는 이 녀석에 관해 아는 모양이다.

"응? 이 녀석 픽시 드래곤이라고 하는 거야?"

『그래. 작지만 드래곤의 한 종류다. 이 몸도 한 500년 만에 보는 거다.』

"뀨이, 뀨이."

아무래도 만두 먹고 싶은 모양이다. 시험 삼아 하나 줘볼까?

"자."

젓가락으로 집은 만두를 픽시 드래곤을 향해 내밀자 덥석 먹었다.

"뀨이, 뀨이, 뀨이."

더 달라고 하는 것 같은데? 어쩔 수 없네.

"자, 여기 이거 먹어도 돼."

접시에 남아 있던 만두를 픽시 드래곤에게 주었다.

픽시 드래곤은 지면에 내려앉아 접시에 있는 만두를 허겁지겁 먹기 시작했다.

"저기, 페르가 500년 만에 봤다는 건, 보기 드문 종류란 뜻이야?"

『음. 살아 있는 수는 적다.』

"드래곤이라도 이 정도 크기면 작고 귀엽네."

『무슨 소리냐. 작다고 해서 얕보면 안 된다. 픽시 드래곤은 꽤 강하니까 말이다.』

어? 그런 거야? 작아서 전혀 강해 보이지 않는데.

『픽시 드래곤은 일단 움직임이 빠르다. 그리고 마력도 풍부해서 불 마법·물 마법·바람 마법·흙 마법은 물론이고 얼음 마법·번개 마법·회복 마법까지 쓸 수 있다. 그리고 이 녀석들의 필살기는 그 마법을 온몸에 두르는 것이다. 주로 불 마법과 번개 마법을 두르고 그 빠른 움직임을 살려서 초고속으로 달려들지. 이 몸도 그 공격에는 한순간 식은땀을 흘렸을 정도다……. 물론 이겼지만.』

마법을 두르고 초고속으로 달려든다니, 포탄이냐. 꽤나 날카로운 공격일 것 같다.

그보다, 페르는 픽시 드래곤과도 싸웠구나.

"뀨이, 뀨이."

찰싹.

"으앗, 자, 잠깐, 뭐하는 거야?!"

찰싹하고 내 얼굴에 무언가가 달라붙었다.

얼굴에 손을 대보니 아무래도 픽시 드래곤이 내 머리에 달라붙어 있는 모양이었다.

"어, 어이, 좀 떨어져……."

픽시 드래곤을 머리에서 당겨 떼어냈다.

『저기 저기, 이거 엄청 맛있어. 나, 배고파. 이거 더 줘.』

"더 달라니, 어이. 만두를 또 구우라는 거냐………… 응? 어라? 이건 누구 목소리지?"

『으음……. 그 픽시 드래곤, 자네의 사역마가 되어 있구나.』

"뭐?"

『이렇게 맛있는 걸 먹을 수 있는 거라면, 사역마도 될 수 있어.』

『음. 이 녀석이 만드는 밥은 맛있으니 말이다. 우리 같은 장수 종은 사역 계약을 맺어서 수십 년 인간을 따른다고 해도 그리 손해 볼 것 없지.』

『역시 그렇지? 적어도 사역마로 있는 동안은 맛있는 밥을 먹을 수 있는 거잖아. 뭘 좀 아는 펜리르네.』

어이어이, 거기서 멋대로 얘기를 진행시키지 마. 아니, 또 밥에 낚인 거냐고.

이 세계의 센 녀석은 모조리 먹보 캐릭터인 거야?

"그나저나, 뭔가 생각했던 목소리랑 다르네."

『다르다니, 어떤 걸 상상했던 건데?』

"어떤 거라니, 음, 스이처럼 어린아이 같은 목소리려나?"

『자네, 그 픽시 드래곤은 어린애가 아니다. 젊기는 하지만 다 자란 용이다.』

『맞아. 우리 종이 원래 작아서 그렇지, 이래 봬도 다 자란 성룡 이거든.』

"그, 그렇구나."

픽시 드래곤, 이 크기가 어린애가 아닌 거구나.

『그런 것보다 사역마가 됐으니까, 나한테 이름을 붙여줘.』

"갑자기 이름을 붙이라고 해도 말이지. 으음, 드래곤이니까 드라 짱이라고 하자."

『에엑, 좀 더 나한테 걸맞은 멋진 이름을 붙여달라고.』

"어, 걸맞은 이름이라니. 드라 짱, 잘 어울리는 이름이잖아."

『웃기지 마! 드라 짱이라고 하지 마!』

일단 툴툴거리며 화내는 드라 짱은 내버려 두고 감정을 해보자.

【이름】드라 짱

【나이】116

【종족】픽시 드래곤

【레벨】126

【체력】895

【마력】2879

【공격력】2652

【방어력】865

【민첩성】3269

【스킬】불 마법, 물 마법, 바람 마법, 흙 마법, 얼음 마법, 번개 마법, 회복 마법, 포격

아, 이름이 '드라 짱'으로 인정되었네. 아무리 봐도 생김새가 드라보다는 드라 '짱'이라니까. 이제 드라 짱으로 결정이네.

스테이터스 수치를 보니, 스이보다는 위다. 작아도 역시 드래곤이구나. 페르가 말했던 대로 마력과 민첩성이 높다. 마법 스킬도 잔뜩 있네.

"드라 짱은 116살이구나. 그렇게는 안 보이지만."

『그러니까, 드라 짱이 아니라고.』

『포기해라. 이름 칸에 이미 드라 짱이라고 쓰여 있다. 사역마로 있는 한, 그건 이제 변하지 않는다.』

『뭐라고오?!』

드라 짱이 풀썩 땅에 손을 짚고 좌절하고 있다.

『더 멋진 이름을 갖고 싶었는데…….』

"드래곤에서 따온 거니까 멋있잖아. 뭐가 불만인 건데?"

『이 녀석에게 제대로 된 이름을 기대해선 안 된다. 이 몸에게도 펜리르라서 페르라는 이름을 붙였다. 드래곤이니까 드라라는 것도 같은 발상인 거겠지. 그래도 그 정도면 나은 편이다. 이 몸에게는 맨 처음에 포치니 고로니 하는, 어째선지 듣는 것만으로도 열 받는 이름을 붙이려 했었으니 말이다.』

『포치, 고로…… 어쩐지 바보 취급 하는 것 같은 울림인데?』

『그렇지? 그런 이름과 비교하면 드라는 괜찮은 편이다.』

『그럴지도 모르겠네. 포치나 고로 같은 이름을 붙이지 않아 다행이라 생각해야 하는 건가.』

『참고로 슬라임도 사역하고 있다만, 그 슬라임은 슬라임이라서 스이라는 이름이다.』

『……이 주인한테 멋진 이름을 붙이라고 했던 내가 잘못이었구나.』

　……뭐야 이거. 어쩐지 바보 취급을 당하고 있는 기분이 드는데?

　뭐, 됐어. 일단 내 스테이터스도 확인해두자.

　드라 짱이 사역마에 들어가 있을 테니까.

【이름】무코다(츠요시 무코다)

【나이】27

【직업】휩쓸린 이세계인

【레벨】13

【체력】229

【마력】223

【공격력】206

【방어력】205

【민첩성】200

【스킬】감정, 아이템 박스, 불 마법, 흙 마법

　　　　사역마(계약 마수) 펜리르, 빅 슬라임, 픽시 드래곤

【고유 스킬】인터넷 슈퍼

【가호】바람의 여신 닌릴의 가호(소),

　　　　불의 여신 아그니의 가호(소),

　　　　대지의 여신 키샤르의 가호(소)

　오옷, 레벨도 조금 올라갔잖아. 아자.

　그래 봐야 내가 제일 약하지만. 뭐, 애들이 강한 거니까 할 수 없는 일이지.

사역마에 픽시 드래곤이 있네. 페르에 스이에 드라 짱. 최강의
포진이군.

『어이, 주인. 배고프다고.』

"아, 네네."

그러고 보니 드라 짱이 만두를 더 먹고 싶다고 했었지.

어쩔 수 없으니 드라 짱에게 만두를 구워주었다. 그나마 다행
이었던 것은 페르나 스이만큼 대식가는 아니라는 점이다. 한 번
굽는 것으로 끝났다.

"그럼, 도시로 돌아갈까?"

『음.』

"드라 짱은 날아서 갈 수 있는 거지?"

『날 누구라고 생각하는 거야. 재빠르게 나는 걸로는 천하제일
인 픽시 드래곤이라고. 하루 종일이라도 날 수 있거든.』

"아, 그래. 아무튼 도시로 돌아갈 거니까. 돌아가면 스이, 슬라
임 사역마 말이야. 지금은 이 가방 안에서 자고 있는데, 아무튼
돌아가면 스이도 소개해줄게."

『그래. 알았어.』

『그럼 출발하자.』

나를 태운 페르가 도시를 향해 달리기 시작했다.

도시 안으로 들어가려는데, 아무리 작다고는 해도 겉모습이 드래곤이다 보니 드라 짱 때문에 한바탕 난리가 났다. 새롭게 사역 계약을 맺어 사역마가 되었다고 설명하고 문제도 일으키지 않을 거라고 해도 문지기는 좀처럼 들어가도 된다는 말을 해주지 않았다.

길드 카드에 드라 짱이 기재되어 있었다면 또 달랐겠지만, 드라 짱과는 이제 막 계약을 맺은 참이다. 어쩔 수 없이 모험가 길드의 길드 마스터인 로돌포 씨를 불러달라고 부탁했다.

"대체 무슨 일인가?"

"저기, 새로운 사역마가 생겨서, 그래서 문제가 돼서……."

"자, 자네, 그, 그건 픽시 드래곤인가?!"

"네. 보기 드문 종이라고 들었는데, 잘 아시네요."

"뭐 그렇지. 예전에 동료 중에 드래곤 슬레이어를 동경해서 드래곤에 관해 이것저것 조사해대던 녀석이 있었거든. 그 녀석한테 지긋지긋할 정도로 이런저런 이야기를 들었던지라……."

로돌포 씨, 어째서 먼눈을 하고 계신 건가요?

"들었던 이야기 중에 그 픽시 드래곤도 있었지."

아무래도 그 사람은 드래곤에 관해 이것저것 조사하다 보니 그 지식이 높은 수준에 이르게 되어 직접 드래곤 도감 같은 것까지 만들었다고 한다.

"페르도 500년 만에 본다고 했으니까, 꽤 드문 종류인 모양입니다."

"그런 것 같네. 그 녀석도 어딘가의 왕도에 있는 국립 도서관을 모조리 조사해서 겨우 그럴 듯한 문헌을 발견했다고 얘기했었으니까."

로돌포 씨의 동료는 그렇게까지 했던 건가. 외골수구나.

"아무튼, 자네는 괜찮은 건가?"

"네. 확실하게 사역 계약을 맺었으니까요."

"하긴, 사역 계약 운운 이전에 자네에게 뭔가를 하려 했다면 그 펜리르가 잠자코 있지 않았겠지."

『물론이다. 이 녀석에게 손을 대려 한다면 이 몸이 용서치 않는다. 이 녀석 밥은 최고니까.』

페르, 그거 그렇게 의기양양하게 할 얘기가 아니거든.

"어이, 밥이라니……?"

"로돌포 씨, 그 부분은 깊이 파고들지 말아주셨으면 합니다."

"그, 그런가."

어쩐지 로돌포 씨는 미묘한 표정을 짓고 있었다. 그런 얘기를 해봐야 어쩔 수 없잖아. 이 세계에 먹보 캐릭터가 많은 게 글러먹은 거라고.

"이들에 관한 건 내가 보증할 테니 들여보내 주게."

"길드 마스터가 그리 말씀하시니 들여보내겠습니다만, 부디 문제가 일어나지 않도록 부탁드립니다."

로돌포 씨가 중재해준 덕분에 우리는 도시로 들어갈 수 있었다.

"그래서, 베놈 타란툴라는 어찌 되었나?"

모험가 길드로 가는 길에 로돌포 씨가 질문했다.

"물론 잡았습니다. 그런데, 마물 본체를 사냥해 오면 된다고 하서서 그렇게 하긴 했습니다만, 거미집을 채취해서 가져오지 않아도 괜찮은 겁니까?"

"그런 점착질인 걸 채취할 수 있겠나. 베놈 타란툴라의 실이라는 건, 배 속의 실주머니에 있는 것을 특수한 기술을 이용해 실로 만드는 거라네. 뭐, 그 실을 만드는 방법은 꽁꽁 숨겨져 있기 때문에 그게 가능한 장인 자체가 적지만 말이야. 예의 그 브루노 상회는 그 장인을 데리고 있는 곳이라네."

호오, 그런 거구나. 그래, 생각해보니 그 말이 맞다. 나무에 붙어 있는 거미집의 실은 사냥감을 포획하기 위한 거니까 끈적끈적할 테지. 아무리 애써도 그걸 채취하려다 거미줄에 걸리게 될 것 같다.

"아, 맞다. 두 마리면 된다고 하셨는데, 여덟 마리가 있기에 다 사냥해 왔습니다. 전부 매입해주셨으면 합니다."

"여, 여덟 마리라고? 뭐, 많으면 많을수록 좋지. 브루노 상회도 기꺼이 구입해줄 테니 그건 괜찮네만…… 펜리르는 이렇게나 간단하게 사냥을 해 오는 건가. 그 숲에서 하루 만에 돌아오다니."

그 부분은 일단 전설의 마수니까요. 게다가 엄청 강한 슬라임도 있거든요.

아, 이거, 자이언트 센티피드도 있다고 하면 놀라려나?

이러저러하는 사이에 모험가 길드에 도착했다.

"우선은 그 픽시 드래곤을 사역마로 등록하는 것부터 해야겠군."

모험가 길드에 들어가니 드라 짱이 때문에 엄청나게 주목을 받았다.

로돌포 씨가 함께란 이유도 있겠지만.

"저, 저거, 드래곤이야?"

"작은 걸 보면 새끼 드래곤인 거 아냐?"

"새끼 드래곤이라고 해도 드래곤 같은 게 있어도 괜찮은 거야?"

등등, 소곤소곤 말하는 소리가 들려왔다.

드라 짱은 주목 받는 게 기쁜지 "뀨이뀨이" 하며 울고 있다.

"어이, 다들. 이 드래곤은 이 녀석의 사역마다. 사역마는 그 주인에게 위해를 가하지 않으면 아무 짓도 안 한다. 알았으면 이상한 시비 걸지 말도록 해. 보면 알겠지만, 이 녀석한테는 강한 사역마가 더 있으니까. 그 녀석들도 잠자코 있지는 않을 거라고."

못을 박아두듯 그렇게 말하며 로돌포 씨가 페르를 바라보자 모험가들이 조용히 입을 다물고 페르를 응시했다.

"그럼, 사역마 등록을 해버리도록 하지."

로돌포 씨, 이 미묘한 분위기 어쩌실 건가요?

"응? 뭐하나? 어서 하게."

로돌포 씨의 재촉에 길드 카드를 내밀었다.

드라 짱의 사역마 등록을 마치고 다음은 거래 이야기로 넘어가기로 했다.

"물건이 물건이니 이쪽으로 오게."

로돌포 씨는 그렇게 말하면서 우리를 창고로 안내했다. 이곳 모험가 길드도 창고는 매매 창구 뒤쪽에 있는 모양이다. 모험가 길드는 어디나 다 비슷한 느낌이네.

"길드 마스터 아니십니까? 여긴 어쩐 일이십니까?"

그렇게 말을 걸어온 것은 20대 중반 정도로 보이는 체격 좋은 청년이었다. 오른쪽 다리를 조금 끄는 것을 보니, 부상으로 모험가를 은퇴한 것일지도 모르겠다.

이 청년이 이곳에서 해체를 담당하는 모양이다.

"그럼, 베놈 타란툴라를 꺼내주게."

나는 로돌포 씨의 말에 따라 베놈 타란툴라를 꺼냈다.

"우와, 여덟 마리나 되네요."

청년이여, 놀라기는 이르다네.

"저기, 자이언트 센티피드도 있는데, 그것도 매입해주실 수 있을까요?"

"뭐라?! 자이언트 센티피드도 사냥한 겐가?"

나는 아이템 박스에서 자이언트 센티피드를 꺼냈다.

"저, 자이언트 센티피드 처음 봤습니다……."

"이 길드에 이게 들어온 건 오랜만이니까 말이지. 그나저나, 자이언트 센티피드의 외피는 갑옷 소재가 될 정도로 단단할 텐데, 어떤 공격을 하면 이렇게 되는 건가?"

턱 아래에서 머리 위로 난 커다란 구멍을 보며 로돌포 씨가 그렇게 물었다. 아니, 그건 그러니까, 스이가…….

『스이가 했어. 대단해?』

스이가 가방 안에서 튀어나오더니 **뿅뿅** 뛰기 시작했다. 깨어 있었구나, 스이.

"혹시, 이 슬라임이 한 건가?"

"네, 뭐."

어떻게 한 건지는 말 못 하지만요.

아, 맞다. 스이가 일어났으니 드라 짱한테 소개해줘야지.

『스이, 새롭게 동료가 된 드라 짱이야.』

스이에게 염화로 말을 걸었다.

『우와~ 난다. 대단해. 스이는 있지, 스이라고 해. 드라 짱, 잘 부탁해!』

『여어, 잘 부탁한다!』

이쪽이 염화로 자기소개를 하는 사이 로돌포 씨 쪽도 거래에 관한 의논을 한 모양이다.

"수가 좀 많아서 내일모레 정도가 될 것 같네."

"네, 그건 괜찮습니다. 이 도시에서 옷도 구경하고 싶으니까요. 아, 베놈 타란툴라는 먹을 수 있다고 하니까, 다리 부분은 돌려주셨으면 합니다. 다리 이외에는 전부 매입하셔도 됩니다."

베놈 타란툴라는 먹을 수 있다는 말을 들었지만, 다리 이외의 부분은 좀 지나치게 그로테스크해서 무리일 것 같다. 배는 실주머니가 있으니 매입해줄 테고, 다른 가슴이나 머리 부분을 돌려줘 봐야 어떻게 하면 좋을지 모르겠거든. 그러니까 먹을 수 있다고 해도 돌려받는 건 다리 부분만이다.

"음, 알았네. 다리는 소금물에 데치면 맛있으니까 말이지. 그리고 이쪽의 제일 중요한 목적은 실이니까."

"그럼 모레 다시 오겠습니다."

"그래, 천 제품이라면 이 도시가 제일이라네. 옷도 이 도시라면 품질 좋은 걸 싸게 구할 수 있지. 잘 찾아보게."

"네. 여기저기 구경해보겠습니다."

우리는 모험가 길드를 뒤로했다.

"그럼, 페르와 드라 짱은 축사로."

그렇게 말하자 페르는 총총 걸어가더니 축사에 깔린 본인 이불 위에 드러누웠다.

『어? 나도 축사야?』

드라 짱은 뭔가 불만스러워 보였지만, 여기는 나도 물러서지 않는다.

"아무리 작다고 해도 드래곤을 숙소 방에 들일 수 있을 리가 없잖아."

『에엑? 나는 작으니까 괜찮잖아. 스이는 방에서 잘 거 아냐? 치사하다고.』

"스이는 가방에 들어가 있으니까 괜찮아. 작다고 해도 날아다니는 드래곤을 데리고 숙소 안으로 들어갔다간 주인장한테 혼날 게 틀림없어."

스이는 가방 안에 들어가 있기 때문에 밖에서는 보이지 않으니까 괜찮은 거라고.

『에이, 그게 뭐야. 나 인간 숙소에 들어가 보고 싶었는데..』

"자 자. 내일 맛있는 거 먹게 해줄 테니까 참아줘."

『어? 맛있는 거 먹게 해주는 거야? 아자! 야호!』

드라 짱이 내 주변을 날아다니며 기뻐하고 있다. 먹을 거에 기분이 풀린 거구나.

"그럼 오늘은 축사에서 자는 거다?"

『그런 거라면 참아줄게.』

"그럼 내일 아침에 보자."

『어, 그래.』

드라 짱은 의외로 다루기 쉬울지도 모르겠다.

촉촉~한 반숙 달걀로 만든 스카치 에그

인터넷 슈퍼에서 발견해서 구입한 수동 분쇄기.

이걸로 간 고기 요리를 만들 수 있게 되었다. 만세.

오늘도 간 고기를 만들었는데, 의욕이 지나친 나머지 너무 많이 만들어버리고 말았다.

가지고 있던 남은 블러디 혼 불과 오크를 섞어 간 고기.

그대로 보관해뒀다가 나중에 써도 되겠지만, 이렇게나 많으니 오늘은 다른 재료와 섞어 볶거나 하기보다는 간 고기를 메인으로 한 요리를 만들고 싶어졌다.

간 고기 요리라고 하면 딱 떠오르는 민치가스나 햄버그는 이미 만들었으니, 이번엔 뭘 만들까…….

크로켓 같은 건 어떨까?

맛있기는 하지만, 내가 좋아하는 건 감자가 듬뿍 들어간 크로켓이다. 그렇게 되면 분명히 페르한테서 불만이 나올 것 같다. 아니, 같다가 아니라 틀림없이 나올 거다. 고기가 적다고 말이지.

크로켓이 안 된다면, 뭘 만들지?

뭔가 힌트가 될 만한 게 없을까 싶어서 아이템 박스를 찾아보다가 어제 쓰고 남은 달걀을 찾았다. 달걀이라…….

달걀과 간 고기, 달걀과 간 고기, 달걀과 간 고기…………, 아, 달걀이 통째로 들어가는 스카치 에그는 어떨까? 응, 괜찮네. 아니, 이제 그것밖에 떠오르지 않아.

안에 넣는 달걀은 완숙이 아니라 부드러운 반숙이다. 자르면 안에서 노른자가 주르륵 흘러내리는 스카치 에그를 상상해보았다. 응응, 괜찮지 않을까? 맛있을 것 같아.

좋아, 오늘 저녁은 스카치 에그로 결정이다.

그렇게 정해졌으면 우선은 인터넷 슈퍼에서 재료를 찾아볼까? 달걀은 한 팩 남아 있기는 하지만, 그것만으로는 부족하니까, 부족한 양을 사야지. 팩에 담긴 달걀을 카트에 여러 개 담았다. 그리고 달걀을 감쌀 간 고기는 햄버그와 같은 요령으로 만들면 되니까, 재료는 양파와 빵가루와 우유인가. 육두구는 있으면 넣는다는 느낌의 재료지만, 구하기 어렵지 않으니 기왕이면 넣기로 할까? 육두구를 카트에 넣고 계산을 한다.

그러자 반짝반짝 빛나는 입자가 모이더니 눈앞에 익숙한 종이 상자가 나타났다.

매번 생각하는 거지만, 대체 어떤 원리인 걸까?

뭐, 그건 제쳐두고. 재료도 도착했으니 만들어볼까.

우선은 달걀이다. 껍질을 벗기기 쉽도록 달걀의 아래(뾰족하지 않은 쪽이다)쪽을 스푼으로 가볍게 살짝 두드려서 금을 넣어준다. 정말로 살짝 두드리면 된다. 사실 안전핀이나 100엔 숍에서 파는 달걀에 구멍을 내주는 도구가 있으면 좋겠지만 말이지. 집에서는 100엔 숍에서 산 도구를 썼었는데, 그건 정말 편리했다. 지금은 없으니 숟가락으로 살짝 넣어두는 걸로.

가볍게 금을 내준 다음에는 평범하게 삶으면 된다. 반숙으로 만들 생각이므로 짧게 6분 정도만 삶는다. 커다란 냄비로 대량의 달걀을 삶는다.

노른자가 한가운데에 위치하도록 삶는 동안에도 젓가락으로 조심조심 굴려준다. 좀 귀찮기는 하지만, 이 과정이 중요하다. 달걀이 다 삶아지면 불에서 내려 찬물에 담갔다가 껍질을 벗긴다.

삶은 달걀이 완성되면 다음은 간 고기다. 햄버그 반죽과 같은 요령으로, 볼에 빵가루를 넣고 우유를 붓는다. 거기에 간 고기와 다진 양파, 달걀, 소금 후추, 육두구를 넣어서 잘 석어준다.

그런 다음 삶은 달걀에 얇게 밀가루를 묻히고, 그 달걀을 반죽해둔 고기로 감싸듯이 해서 뭉치고 모양을 잡는다. 다음은 거기에 다시 밀가루, 달걀 물, 빵가루를 순서대로 묻히고 보기 좋은 갈색이 될 때까지 기름에 튀기면 된다.

응, 잘된 것 같다.

시험 삼아 하나를 반으로 잘라보니…….

"오오."

반숙 달걀의 노른자가 주르륵~ 흘러나왔다. 꽤 잘 만들었다며 자화자찬.

정말로 맛있어 보이는 스카치 에그가 완성되었다.

『오, 이 안에 달걀이 들어 있구나. 맛있다.』
『노른자가 퍼져서 부드러운 맛이 됐어. 응, 맛있네.』
『맛있어.』

반숙 달걀로 만든 스카치 에그는 페르, 드라 짱, 스이 모두에게 호평이었다.

모두들 반으로 자르지 않고 그대로 케첩을 바른 것을 허겁지겁 먹고 있다.

페르 같은 경우엔 두세 개를 한꺼번에 먹는다.

그럼 나도 먹어볼까. 우선은 케첩을 바른 것부터. 응. 맛있어.

이 반숙 달걀이 좋은 역할을 하네. 케첩의 산미를 부드럽게 정리해주고 있어.

맛있기는 하지만, 페르의 요청을 받아주다 보면 고기만 먹게 돼서 큰일이다.

채소도 제대로 섭취해줘야겠다. 인터넷 슈퍼에서 샐러드를 골라 카트에 담았다.

너희들도 먹어볼래? 하고 권했더니 페르는 『그런 건 필요 없다』고 딱 잘라 거절했고, 드라 짱과 스이도 『싫어』라며 냉정하게 거절했다.

육식계라고 해서 고기만 먹으면 안 된다고.

아, 스카치 에그엔 그게 있는 편이 좋으려나.

내 몫의 샐러드와 스카치 에그에 뿌릴 소스로 타바스코를 구입했다.

도착한 타바스코를 바로 스카치 에그에 뿌렸다. 너무 뿌리면 매우니까 조금만 뿌린다.

뚝, 뚝뚝…….

"으앗, 이쪽은 너무 뿌려졌어."

『음? 뭘 뿌리는 것이냐?』

"이거? 이건 매운 수스인데?"

『이 몸에게도 다오.』

"이거 꽤 매운데, 괜찮겠어?"

『음. 괜찮다. 어서 뿌려라.』

예이예이. 페르의 스카치 에그에도 타바스코 소스를 뿌렸다.

참고로 드라 짱과 스이는 매운 건 필요 없단다. 특히 스이는 매운 걸 잘 못 먹으니까.

자, 그럼 타바스코를 뿌린 스카치 에그, 먹어볼까요.

"우와~ 매워, 물물물."

타바스코를 지나치게 뿌린 쪽을 먹어봤더니, 예상대로 매웠다.

아이템 박스에서 페트병에 담긴 물을 꺼내 서둘러 마셨다.

"하아, 매워. 그래도 맛있네."

물을 마시고 있으려니 신음하는 페르의 목소리가 들렸다. 그리고 혀를 내밀고 하아하아거리고 있다.

"매웠지? 그러니까 맵다고 했잖아."

나는 나무 접시에 물을 따라 페르에게 주었다. 페르는 그 물을 허겁지겁 마시기 시작했다.

『후우. 혀가 찌릿찌릿하구나. 하지만 그게 좋다.』

페르는 그렇게 말하더니 질리지도 않고 다시 타바스코를 뿌린 스카치 에그를 먹기 시작했다.

『매운 게 뭐가 좋다는 거야.』

그런 페르를 보며 드라 짱이 어이없다는 표정을 지었다.

『매운 거 싫어. 이대로 먹는 게 맛있는걸~.』

스이는 그렇게 말하더니 케첩을 뿌린 스카치 에그를 통째로 흡수했다.

정말이지, 페르는 못 말릴 녀석이다.

피식 웃으며 나는 스카치 에그를 한입 가득 넣었다.

후기

《터무니없는 스킬로 이세계 방랑 밥》2권을 읽어주셔서 정말로 고맙습니다! 감사하게도 무사히 2권을 낼 수 있게 되었습니다. 모두 읽어주신 여러분 덕분입니다.

2권은 어떠셨는지요? 페르, 스이에 이어 세 마리째 사역마 드라 짱이 등장했습니다. 예외 없이 먹보인 것은 틀림없습니다만, 일러스트 속의 드라 짱이 제가 생각했던 것보다 멋지고 귀여워서 감격했습니다. 마사 선생님 역시 대단하십니다! 페르, 스이, 드라 짱이 함께하는 일러스트는 꼭 보셔야 합니다. 그리고 드디어 닌릴 님 이외의 여신님 등장입니다! 이쪽도 마사 선생님이 개성 넘치게 그려주셨습니다. 이쪽도 꼭 보셔야 합니다. 등장인물이 적은 작품입니다만, 이번 2권에서는 새로운 캐릭터가 연이어 등장하오니, 즐겁게 읽어주셨으면 좋겠습니다.

이미 아시는 분도 계시겠지만, 무려 본 작품의 코미컬라이즈가 시작됩니다! 그쪽도 부디 잘 부탁드립니다!

일러스트를 그려주신 마사 선생님, 담당인 I 님, 오버랩 출판사 여러분, 정말로 고맙습니다.

마지막으로, 앞으로도 무코다와 페르, 스이, 드라 짱의 느긋하고 훈훈한 이세계 모험담 《터무니없는 스킬로 이세계 방랑 밥》을 잘 부탁드립니다.

3권에서 다시 만날 수 있기를 바라겠습니다.

Tondemo Skill de Isekai Hourou Meshi 2

ⓒ 2017 by Ren Eguchi
First published in Japan in 2017 by OVERLAP, Inc.
Korean translation rights reserved by Somy Media, Inc.
Under the license from OVERLAP, Inc., Tokyo JAPAN

터무니없는 스킬로 이세계 방랑 밥 2

군만두 × 환상의 용

2018년 1월 1일 1판 1쇄 발행
2023년 4월 15일 1판 6쇄 발행

저   자 에구치 렌
일 러 스 트 마사
옮 긴 이 이신
발 행 인 유재옥
본 부 장 조병권
담 당 편 집 박치우
편집 1팀 김준균 김혜연
편집 2팀 정영길 조찬희 박치우 정지원
편집 3팀 오준영 이해빈
편집 4팀 전태영 박소연
디 자 인 김보라 박민솔
라이츠담당 김정미 맹미영 이윤서
디 지 털 박상섭 김지연
발 행 처 ㈜소미미디어
등   록 제2015-000008호
주   소 서울시 마포구 토정로 222, 403호 (신수동, 한국출판콘텐츠센터)
판   매 ㈜소미미디어
영   업 박종욱
마 케 팅 한민지 최원석 박수진 최정연
물   류 허석용 백철기
전   화 판매 및 마케팅 (070)4165-6888 Fax (02)322-7665

ISBN 979-11-6190-256-2
ISBN 979-11-6190-011-7 (세트)